Tucholsky Wagner Zola Scott Sydow Schlegel
Turgenev Fonatne Freud
Wallace
Twain Walther von der Vogelweide Fouqué Friedrich II. von Preußen
Weber Freiligrath Frey
Fechner Kant Ernst Frommel
Fichte Weiße Rose von Fallersleben Richthofen
Hölderlin
Fehrs Engels Fielding Eichendorff Tacitus Dumas
Faber Flaubert
Eliasberg Ebner Eschenbach
Feuerbach Maximilian I. von Habsburg Fock Eliot Zweig
Ewald Vergil
Goethe Elisabeth von Österreich London
Mendelssohn Balzac Shakespeare Dostojewski Ganghofer
Lichtenberg Rathenau
Trackl Stevenson Doyle Gjellerup
Mommsen Tolstoi Hambruch
Thoma Lenz Hanrieder Droste-Hülshoff
Dach Verne von Arnim Hägele Hauff Humboldt
Reuter Hagen Hauptmann
Karrillon Garschin Rousseau Gautier
Defoe Baudelaire
Damaschke Descartes Hebbel
Hegel Kussmaul Herder
Wolfram von Eschenbach Dickens Schopenhauer Rilke George
Bronner Darwin Melville Grimm Jerome
Campe Horváth Aristoteles Bebel Proust
Bismarck Vigny Barlach Voltaire Federer Herodot
Gengenbach Heine
Storm Casanova Tersteegen Grillparzer Georgy
Chamberlain Lessing Langbein Gilm Gryphius
Brentano Lafontaine
Strachwitz Claudius Schiller Kralik Iffland Sokrates
Bellamy Schilling
Katharina II. von Rußland Gerstäcker Raabe Gibbon Tschechow
Löns Hesse Hoffmann Gogol Wilde Gleim Vulpius
Luther Heym Hofmannsthal Morgenstern
Roth Klee Hölty Goedicke
Heyse Klopstock Kleist
Luxemburg Puschkin Homer Mörike
La Roche Horaz Musil
Machiavelli
Navarra Aurel Musset Kierkegaard Kraft Kraus
Nestroy Marie de France Lamprecht Kind Kirchhoff Hugo Moltke
Laotse Ipsen Liebknecht
Nietzsche Nansen Ringelnatz
Marx Lassalle Gorki Klett Leibniz
von Ossietzky May Irving
vom Stein Lawrence
Petalozzi Knigge
Platon Kafka
Sachs Pückler Michelangelo Kock
Poe Liebermann Korolenko
de Sade Praetorius Mistral Zetkin

Sibirische Novellen

Wladimir Galaktionovich Korolenko

Impressum

Autor: Wladimir Galaktionovich Korolenko
Übersetzung: Julius Grünberg
Umschlagkonzept: toepferschumann, Berlin

Verlag: tredition GmbH, Hamburg
ISBN: 978-3-8472-5428-7
Printed in Germany

Die Flüchtlinge von Sachalin.

1.

... Mein Zeltgenosse war verreist; ich mußte daher allein in meiner Jurte nächtigen.

Arbeiten wollte ich nicht, und auf meinem Bette liegend, im Halbdunkel, da ich kein Feuer anzünden wollte, überließ ich mich, ohne es selbst zu wollen, den schweren Empfindungen, welche die Stille und das Dunkel gewöhnlich erwecken, während der kurze Tag des Nordens ganz im kalten, sich hebenden Nebel versank. Die letzten schwachen Strahlen der Sonne schwanden durch die vereisten Fenster aus dem Zimmer; ein tiefes Dunkel schien aus den Winkeln hervorzuschleichen und umhüllte die schrägen Wände, die über meinem Kopfe immer mehr zusammenzutreten schienen. Kurze Zeit sah ich noch die Umrisse des in der Mitte der Jurte stehenden mächtigen Ofens, doch auch dieser plumpe Penat jakutischen Wohnsitzes begann der einbrechenden Finsternis seine Arme entgegenzustrecken, und bald verschwand auch er meinen Blicken ... Finsternis umgab mich. Nur an drei Stellen glänzte es noch etwas heller in schwachem, phosphoreszierendem Glanze – dort, wo der jakutische Frost durch die ganz vereisten Fenster ins Zimmer schaute.

Minuten, Stunden vergingen unbemerkt, und ich achtete kaum, wie das verhängnisvolle Gefühl der Trauer und der Sehnsucht mich überkam, wie »die Fremde« feindlich mich anwehte mit ihrer Kälte und Unfreundlichkeit; wie in meiner erregten Vorstellung jene unermesslichen, weiten Strecken – Berge, Wälder, unendliche Steppen – erstanden, die mich von allem trennten, das mir lieb und wert und – verloren war, und mich doch stets zu sich lockte.

Jetzt erstand es mir in kaum sichtbarer Ferne, matt nur leuchtend in fast verlöschendem Lichte der Hoffnung. Und das unterdrückte, doch nicht überwundene Leid, das tief versteckt lag in dem entferntesten Winkel des Herzens – nun kam es schleichend hervor, kühn sein Haupt erhebend, um mitten in der mich umgebenden Stille, im tiefsten Dunkel, deutlich die schrecklichen, verhängnisvollen Worte zu flüstern: »Auf immer bist du in diesem Grabe, bist lebendig begraben, auf immer!«

Ein leises Gewinsel, das zu mir vom flachen Dache durch das Rohr des Ofens herunter drang, weckte mich aus diesem schweren Sinnen. Mein kluger Freund war es, der treue Hund Cerberus, der auf seinem Posten vor Kälte zitternd verharrte und mich nun fragte, was mit mir sei und weshalb ich nicht Feuer anzünde.

Ich rüttelte mich auf, denn ich fühlte, daß ich in dem Kampfe mit der Dunkelheit und dem Schweigen unterliegen müßte, und entschloß mich, jenes Mittel zu ergreifen, das ich hier unter der Hand hatte. Dies Mittel – der Gott in jeder Jurte Sibiriens – ist das Feuer.

Die Jakuten unterbrechen den ganzen Winter hindurch nicht die Heizung im Zelte und haben daher auch keine Vorrichtung zum Schließen des Ofenrohres. Wir hatten es uns aber konstruiert; es wurde von außen geöffnet und mußte man daher jedesmal zu diesem Zwecke das flache Dach der Hütte erklettern.

Ich schritt die Stufen hinan, die ich in den Schnee, der die Hütte bis fast zum Dache umgab, gehauen hatte. Unsere Wohnung stand fast ganz am Ende des Fleckens, den man von unserem Dache ganz überblickte, wie er dalag im Thale, umgeben von Bergen, und von dem man sonst sehen konnte, wie die Lichter durch die Fenster der jakutischen Zelte durchschimmerten, in denen Nachkommen russischer Ansiedler und verschickte Tataren hausten. Heute war alles in tiefen grauen Nebel gehüllt, der kalt und schwer auf der Erde lastete und gar keinen Ausblick gewährte. Nur oben in weiter Ferne glänzte matt ein Stern, dem es gelungen war, diese kalte Hülle mit seinem Strahle zu durchbrechen.

Rund umher lautlose Stille ... Das bergige Ufer des Flusses, die ärmlichen Hütten des Fleckens, die kleine Kirche, die glatte Schneefläche der Felder, der dunkle Saum des Waldes – alles war versunken in diesem uferlosen Meere des Nebels. Das Dach meines Zeltes, auf dem ich stand, mit dem aus Lehm roh gearbeiteten Schornsteine – zu meinen Füßen geschmiegt der Hund – schien eine Insel im weiten, unendlichen, unübersehbaren Ozean. Rund umher kein Laut, alles kalt und unheimlich. – Die Nacht lag schweigend und furchtbar ausgebreitet über der Erde ...

Cerberus winselte leise. Dem armen Tiere war es offenbar auch unheimlich wegen des anbrechenden heftigen Frostes; es schmiegte sich an mich, seine spitze Schnauze ausstreckend und mit der Ohren lauschend, und blickte aufmerksam in die dunkle, graue Finsternis hinaus.

Da spitzte es die Ohren und knurrte. Ich horchte auf. Anfangs war alles still wie früher, dann klang ein Ton durch die Stille, leise – da, noch einer, wieder und wieder einer. Durch die kalte Luft hörte man schwach den Hufschlag eines Pferdes noch weit draußen im Felde.

An den einsamen Reiter denkend, der, dem schwachen Tone des Hufschlages nach, noch etwa zwei Werst von unserem Flecken entfernt sein mußte, eilte ich an der schrägen Mauer hinab in meine Hütte. Eine Minute mit freiem Antlitz bei diesem Froste drohte mit einer abgefrorenen Wange oder Nase. Cerberus folgte mir, aufheulend in die Richtung, aus der der Hufschlag kam.

Bald darauf loderte im Ofen ein angezündeter Kienspan auf. Ich näherte ihn den trockenen, im Ofen bereit liegenden Holzscheiten und gleich darauf veränderte sich das Innere meiner Wohnung bis zur Unkenntlichkeit. Die schweigsame Hütte war erfüllt von Geprassel, Geknatter; Hunderte von Feuerzungen schlichen zwischen den Holzstücken hin, umfingen sie, spielten, sprangen um sie, krachten, knisterten, prasselten. Etwas Lebendiges war in das Zimmer gestürzt, alle Winkel und Ecken durchstöbernd und sie mit Geräusch erfüllend. Von Zeit zu Zeit verstummte das prasselnde Feuer. Dann hörte ich, wie die brennenden Funken knisternd durch das Ofenrohr in die kalte Luft hinausflogen.

Gleich darauf begann das Spiel von neuem mit frischen Kräften und häufige Krache erfolgten in der Jurte, wie das Geknatter von Pistolenschüssen.

Jetzt fühlte ich mich nicht mehr so verlassen, wie früher. Alles um mich her schien zu leben, sich zu bewegen, zu tanzen. Die Fensterscheiben, die vor kurzem nur schwach den Frost von außen hereinblicken ließen, spielten jetzt in tausend Farben und spiegelten den Schein der Flamme wieder. Ich fand Gefallen an dem Gedanken, daß im Dunkel der Nacht meine alleinstehende Hütte weithin leuchte und, gleichsam ein kleiner Vulkan, Tausende von Funken hinauswerfe, die zitternd in der Luft tanzten und inmitten weißen Rauches erstürben.

Cerberus ließ sich gegenüber dem Ofen nieder und blickte angestrengt, bewegungslos wie ein weißes Gespenst in die Flamme; nur zuweilen wandte er seinen Kopf zu mir und in seinen klugen Augen las ich Dankbarkeit und Treue. Schwere Schritte wurden außen hörbar, doch Cerberus blieb ruhig – er wußte, daß es unsere Pferde waren, die bis jetzt irgendwo unter Dach standen, mit gesenktem Kopf und vor Frost zuweilen zusammenschauernd, und jetzt dem Feuer nachgingen, um an der Wand stehen zu bleiben, die lustig springenden Funken und das breite Band des weißen Rauches zu betrachten, der dem Schornsteine kerzengerade entstieg.

Doch jetzt wandte sich der Hund unzufrieden ab und knurrte, gleich darauf warf er sich auf die Thür. Ich ließ ihn hinaus und während er auf seinem Wachtplatze bellte, blickte ich hinaus in den Hof. Jener einsame Wanderer, dessen Annäherung aus ich vorhin durch die Stille der Nacht gehört hatte, ließ sich durch mein fröhliches Ofenfeuer verlocken. Er öffnete eben die Pforte, um sein gesatteltes und bepacktes Pferd hereinzulassen.

Ich erwartete keinen Bekannten. Ein Jakute wäre wohl schwerlich so spät in den Flecken gekommen, und selbst wenn er es gethan hätte, so wäre er bei einem Freunde eingekehrt und hätte sich nicht durch ein brennendes Feuer verlocken lassen, bei einem Fremden anzuhalten.

»So kann es denn nur ein Ansiedler sein« – überlegte ich bei mir. Zu anderer Zeit wäre ich über einen solchen Besuch weniger erfreut gewesen, jetzt war ein lebender Mensch mir sehr erwünscht. – Ich wußte, daß das lustige Feuer bald verlöschen, die Flämmchen nur träge von Holzscheit zu Holzscheit schleichen und dann nur noch ein Häufchen glühender Kohlen zurückbleiben würde, über die nur selten blaue Züngelchen huschen – immer seltener, langsamer ... Dann würde wieder in der Jurte die Stille und Dunkelheit anbrechen und in meinem Herzen sich wieder jene Sehnsucht erheben. Der Ofen würde nur sichtbar sein durch ein schwaches Glühen unter der Asche, dann endlich auch dieses verschwinden, ersterben. Wieder würde ich allein bleiben – allein eine ganze, tiefe, lange, sehnsuchterregende, unendliche Nacht lang.

8

Der Gedanke, daß ich vielleicht eine Nacht mit einem Menschen würde zubringen müssen, dessen Vergangenheit mit Blut besudelt sei, kam mir gar nicht in den Sinn. Sibirien lehrt uns, auch im Mörder den Menschen zu sehen, und wenn auch die nähere Bekanntschaft mit Solchen uns nicht gerade jene »Unglücklichen« idealisiert erscheinen läßt, die Schlösser aufbrechen, Pferde stehlen oder in dunkler Nacht ihrem Nächsten den Schädel einschlagen, so lehrt doch diese Bekanntschaft sich zurechtzufinden unter den so komplizierten Trieben und Beweggründen der Menschen. Man erkennt, wann und was man vom Menschen zu erwarten hat. Ein Mörder mordet ja nicht immer; er lebt noch und empfindet auch ebenso, wie alle anderen – darunter sicherlich auch Dankbarkeit zu demjenigen, der ihn in kalter Nacht in seiner Hütte aufnimmt und beherbergt. Wenn ich aber mit einem aus ihrer Mitte eine Bekanntschaft schloß und bei meinem neuen Bekannten sich ein frisches, gesatteltes Pferd und am Sattel noch verschiedene Säckchen und Päckchen vorfanden, dann blieb die Frage über den Besitzer des Pferdes noch zweifelhaft, und das Innere dieser Säckchen und Päckchen ließ ebenfalls mitunter Zweifel aufkommen betreffs dessen rechtmäßiger Erwerbung seitens des augenblicklichen Besitzers. Die schwere, mit Pferdehaut beschlagene Thür der Jurte wurde aufgehoben; vom Hofe herein schlug eine Dampfwolke und zum Ofen trat ein Fremder – ein Mann von hohem Wuchs, breitschultrig und stattlich. Auf den ersten Blick konnte man sehen, daß er kein Jakute sei, trotz der jukutischen Kleidung. An den Füßen trug er Stiefel aus blendend weißem Pferdefell. Die breiten Überwürfe des jakutischen Kaftans standen Falten werfend auf den Schultern, die Ohren bedeckend, Kopf und Hals waren umwickelt mit einem großen Shawl, dessen Enden um die Hüften gebunden waren. Der ganze Shawl, sowie überhaupt die Kleidung und die hohe Mütze waren mit Reif überzogen.

2.

Der Fremde hatte sich dem Ofen genähert und begann nun ungeschickt mit durchfrorenen, erstarrten Fingern den Knoten seines Shawls und dann den Riemen seiner Mütze zu lösen. Als er beides abgeworfen hatte, erblickte ich das jugendfrische, vom Frost stark gerötete Gesicht eines etwa dreißigjährigen Mannes; die groben, doch charaktervollen Züge hatten jenen eigentümlichen Ausdruck, wie ich solchen zuweilen auf den Gesichtern von Arrestantenaufsehern begegnet bin und überhaupt solcher Menschen, die gewöhnt sind, Achtung zu heischen und Furcht einzuflößen, und die doch selbst stets auf ihrer Hut sein müssen. Seine schwarzen, ausdrucksvollen Augen warfen kurze, durchdringende Blicke. Der untere Teil des Gesichts stand etwas hervor, eine leidenschaftliche Natur verratend, doch hatte der »Landstreicher« – denn daß er ein solcher war, hatte ich nach einigen charakteristischen, nicht wiederzugebenden Merkmalen sofort erkannt – offenbar gelernt, sie zu zügeln und zurückzuhalten. Nur ein leichtes Zittern der unteren Lippe und ein nervöses Spiel der Muskeln verriet zuweilen innere Unruhe und verborgenen Kampf.

Die Müdigkeit, die Kälte der Nacht, vielleicht auch das Sehnsuchtsgefühl, das der einsame Wanderer, der sich durch den undurchdringlichen Nebel hatte hindurchzwingen müssen, empfand, milderten einigermaßen die Schroffheit des Gesichtsausdrucks, gaben ihm einen Zug von Leid, was mit meiner Stimmung am heutigen Abend so sehr harmonierte und mir Sympathie zu meinem fremden Gaste einflößte, der indes, ohne sein Oberkleid abzulegen, den Arm auf den Ofen stützte und eine Pfeife aus der Tasche zog. –

»Guten Abend, Herr!« – sagte er, seine Pfeife ausklopfend und mich zugleich aufmerksam betrachtend. – »Guten Abend!« erwiederte ich, meinerseits die fremde Gestalt musternd.

»Sie müssen mich nun schon entschuldigen, daß ich so ungebeten bei Ihnen einkehre. Ich wollte mich nur etwas erwärmen und eine Pfeife rauchen – dann gehe ich weiter; ich habe etwa zwei Werst von hier Bekannte, die mich immer aufnehmen.«

In seiner Stimme sprach sich die Zurückhaltung eines Menschen aus, der nicht aufdringlich sein will. Indem er mit mir sprach, warf er einige kurze, aufmerksame Blicke auf mich, als wollte er meine Antwort abwarten, um danach sein ferneres Verhalten mir gegenüber einzurichten.

»Wie du mit mir, so werde ich mit dir sein« – schienen diese kalten, durchdringenden Blicke zu sagen. Jedenfalls fielen mir die Manieren meines Gastes auf, die einen angenehmen Kontrast zu der Aufdringlichkeit des jakutischen Ansiedlers bildeten, obgleich ich ja auch begriff, daß, wenn er nicht bei mir hätte nächtigen wollen, er sein Pferd nicht in den Stall geführt, sondern draußen angebunden hätte.

»Wer sind Sie? Wie heißen Sie?« fragte ich ihn.

»Ich? Ich heiße Bagilai – d. h. so nennt man mich hier – mein eigentlicher Name ist Wassili. Vielleicht hörten Sie – aus dem Bajagataischen Distrikt.«

»Vom Ural gebürtig? Ein Landstreicher?

Über das Gesicht des Fremden huschte ein kaum merkliches Lächeln der Zufriedenheit.

»Jawohl derselbe! So haben Sie also schon etwas von mir gehört?«

»Ja, von NN., Sie wohnten ja in der Nähe von ihm!«

»Ja, Herr NN. kennt mich.«

»Freut mich, bleiben Sie bei mir zur Nacht, machen Sie es sich bequem, bleiben Sie nur; zudem bin ich auch allein. Nehmen Sie ab, indes will ich Thee bereiten.«

Der Landstreicher kam der Aufforderung gern nach.

»Danke, Herr! Wenn Sie mich denn schon einladen, so werde ich bleiben. Ich muß nur noch die Mantelsäcke vom Sattel nehmen und einiges in die Hütte hereinholen. Zwar ist mein Pferd innen im Hofe, dennoch ist's aber so besser. Das Volk hier ist schlau, besonders die Tataren.«

Er trat hinaus und kam gleich darauf mit zwei Mantelsäcken wieder zurück, öffnete die Riemen und langte seine Vorräte heraus: ein Stück gefrorener Butter, gefrorene Milch, einige Dutzend Eier u. dgl. Einiges davon legte er auf die Wandbretter in der Hütte, den Rest trug er ins Vorhaus in die Kälte. Dann nahm er den Kaftan ab und den Pelz und blieb in seinem roten Hemde mit den üblichen Beinkleidern; er setzte sich mir gegenüber ans Feuer.

»Ja, Herr,« sagte er, und lächelte, »ich will Ihnen die Wahrheit sagen: da reite ich an Ihrer Pforte vorbei und denke dabei: wird er mich wirklich nicht bei sich nächtigen lassen? Ich weiß so recht wohl, daß von den Unsrigen mancher derartig ist, daß man ihn bei sich gar nicht behalten kann. Ich gehöre nicht zu solchen – das kann ich frei sagen. Sie sagten ja auch, Sie hätten von mir schon gehört.«

»Ja, ich hörte von Ihnen.«

»Nun, sehen Sie, ich kann, ohne zu prahlen, sagen: ich lebe ehrlich und recht; habe eine Kuh, einen Ochsen im Stall, ein Pferd; ich pflüge meinen Acker, mein Feld...«

Er sprach das alles in einem so seltsamen Tone, nachdenklich auf einen Punkt blickend; bei den letzten Worten schien es mir, als denke er selbst:»Es ist ja auch wirklich so, wie ich sage!«

»Ja« – setzte er fort –»ich arbeite. So, wie es nach Gottes Gebot uns befohlen ist. Nun, ich glaube, das ist auch besser, als zu stehlen und zu morden. Nun, um gleich ein Beispiel anzuführen. Da fahre ich nachts vorbei bei Ihnen, sehe Feuer, trete ein und gleich werde ich freundlich und achtungsvoll empfangen; ich muß das zu würdigen wissen – nicht wahr?«

»Allerdings« – erwiderte ich, obgleich eigentlich der Landstreicher mehr zu sich selbst gesprochen hatte, um sich selbst von den Vorzügen seines jetzigen Lebens zu überzeugen.

Über Wassili hatte ich wirklich von Bekannten einiges gehört; er war einer von den Landstreicheransiedlern, lebte schon seit zwei Jahren in seinem Häuschen, mitten im Walde am See, in einem der größeren jakutischen Gemeinden. Unter den so vielen arbeitsunlustigen und verrotteten Kolonisten, die von Diebstahl und häufig von Mord lebten, war er einer der Wenigen, die es vorzogen, ein Leben voll Arbeit zu führen, wodurch man sich hier übrigens leicht eine gute Lebensstellung erwerben kann. Die Jakuten sind im allgemeinen ein sehr gutmütiger Volksstamm und in mancher Gemeinde ist es Sitte geworden, Neuangekommenen eine recht wesentliche Hilfe zu leisten. Allerdings müßte der Mensch, der durch das Schicksal in diese Gegenden verschlagen wird, ohne diese Hilfe entweder vor Hunger und Kälte sterben oder von Raub leben. Auch wird diese Hilfe häufig denjenigen geboten, die weiterwandern wollen, um sie weiterzuschaffen, und selten kommen solche zurück; aber auch solchen Menschen wird Unterstützung geboten, die sich ernstlich um eine Lebensstellung daselbst bemühen wollen.

Wassili bekam von der Gemeinde eine Hütte, einen Ochsen und im ersten Jahre sechs Pfund Roggen zur Saat. Die Ernte fiel gut aus; außerdem hatte er unter vorteilhaften Bedingungen übernommen, den Jakuten das Heu zu mähen, handelte mit Tabak, und nach zwei Jahren hatte er eine recht ansehnliche Wirtschaft. Die Jakuten behandelten ihn mit Achtung und nannten ihn, wenn er dabei war, stets Wassili Iwanowitsch, und nur in seiner Abwesenheit Wassjka. Die Priester kehrten auf dem Wege zum Vollziehen ihrer Amtshandlungen gern bei ihm ein und setzten ihn an ihren Tisch, wenn er zu ihnen kam. Auch zu uns hielt er sich, der Intelligenz, die das Schicksal in diese fernen Gegenden verschlagen hatte. Warum hätte er also seines Lebens nicht froh, warum nicht zufrieden sein sollen? Hätte er nur noch heiraten dürfen! Jedoch wäre hierbei noch die Schwierigkeit zu überwinden, daß Landstreicher dem Gesetze nach nicht getraut werden, doch hier, in dieser entlegenen Ecke, läßt sich für Geld und gute Worte auch das in Ordnung bringen.

Nichtsdestoweniger gewahrte ich an diesem energievollen Antlitze des jungen Landstreichers eine gewisse Seltsamkeit. Jetzt gefiel mir dieses Gesicht schon weniger als im Anfange, doch blieb es noch immer angenehm. Die dunkeln Augen blickten zuweilen nachdenklich und verständnisvoll, alle Züge drückten Energie aus, sein Benehmen war offen und aus dem Tone seiner Stimme hörte man das befriedigte Selbstbewußtsein einer stolzen Natur heraus.

Nur von Zeit zu Zeit zuckte der untere Theil des Gesichts und seine Augen wurden trübe. Augenscheinlich war es Bagilai nicht leicht, diesen gleichmäßigen Ton einzuhalten, den ein Etwas durchbrechen zu wollen schien – etwas Bitteres, Trauriges, Sehnsuchtsvolles, das nur durch einen starken Willen unterdrückt wurde.

Anfangs konnte ich mir nicht erklären, worin dieses Etwas bestand, jetzt weiß ich es: der gewohnte Landstreicher betrog sich selbst, indem er sich zu überreden versuchte, er wäre zufrieden mit seiner ruhigen, sorgenlosen Existenz, seinem Häuschen, seiner Kuh, seinem Ochsen und seinem Pferde im Stall und der ihm entgegengebrachten Achtung. In der Tiefe seiner Seele war er sich bewußt – und dieses Bewußtsein suchte er zu unterdrücken – daß dieses graue Leben, dieses Leben in der Fremde, ihn nicht befriedigte. Aus der Tiefe seiner Seele erhob sich schon damals die Sehnsucht nach dem Walde; aus der Alltäglichkeit seines einförmigen Lebens rief es ihn in die lockende, trügerische Ferne. So erklärte ich mir diesen Zug später; damals sah ich nur, daß, ungeachtet der äußeren Ruhe, ein Etwas am Herzen des Landstreichers nage und herauswolle aus dem Innern.

Während ich mit dem Zubereiten des Thees beschäftigt war, saß Wassili am Ofen und schaute nachdenklich ins Feuer. Ich rief ihn an, als alles fertig war.

»Danke Herr« – sagte er, sich erhebend – »Danke für das freundliche Wort. Ach Herr,« fuhr er leidenschaftlich erregt fort – »glaubst du es mir oder nicht: als ich Feuer in deiner Hütte erblickte, klopfte mir das Herz im Busen. Ich wußte es ja, daß hier ein Russe wohne. Ich ritt so durch Wald und Feld – Nebel, Finsternis überall, Frost. Zuweilen ritt ich an Zelten vorbei, wo der Rauch aus dem Schornstein stieg und mein Pferd wandte sich stets dahin; mich aber zog mein Herz fort. Was sollte ich da? Erwärmt hätte ich mich allerdings, auch Branntwein hätte ich da gefunden. Doch das wollte ich nicht! Als ich aber dein Feuer sah, beschloß ich zu dir einzukehren, wenn du mich nur aufnehmen würdest. Danke dafür, Herr! Solltest du zu uns in unsere Gemeinde einmal kommen, dann vergiß mich nicht und nimm dann vorlieb, es kommt aus vollem Herzen.«

3.

Als er seinen Thee getrunken hatte, setzte er sich wieder zum Feuer; noch konnte er sich nicht schlafen legen, er mußte erst abwarten, bis sein Pferd sich abgekühlt haben würde, um ihm dann Heu vorzulegen. Das jakutische Pferd ist nicht besonders kräftig, dafür aber ungemein anspruchslos; der Jakute führt auf ihm Butter und andere Vorräte zu den Gruben oder in den Wald zu den Tungusen, zum entfernten Utschur; Hunderte von Werst fährt er durch Gegenden, wo an Heu auch nicht zu denken ist.

Zur Nacht lagert er im dichten Walde, zündet einen Scheiterhaufen an und läßt das gekoppelte Pferd in den Wald traben; hier findet es sein Futter selbst: das alte Gras unter dem Schnee – und ist am Morgen wieder bereit zu ermüdender Fahrt. Doch hat es eine Eigentümlichkeit: man darf es nicht gleich nach dem Marsche füttern und ein sattes Pferd läßt man vor der Fahrt auch häufig erst einen ganzen Tag ohne Futter stehen.

Wassili mußte drei Stunden warten. Ich legte mich auch nicht hin, und so saßen wir beide, nur selten ein Wort miteinander wechselnd. Wassili – oder, wie er sich zu nennen liebte,» *Bagilai*« – legte ein Scheit nach dem anderen dem erlöschenden Feuer zu. Das war eine Gewohnheit, zu der man im Laufe langer jakutischer Winterabende kommt.

»Weit!« – sagte er plötzlich nach längerem Stillschweigen, als beantworte er sich selbst einen Gedanken.

»Was?« fragte ich.

»Weit entfernt liegt unser Land – Rußland. Hier ist alles anders – selbst das Pferd: dort, bei uns zu Hause, ist für das Pferd das erste Bedürfnis nach einem Ritt – Futter; füttert man aber dieses hier, so krepiert es. Ebenso die Menschen hier: im Walde leben sie, essen Pferdefleisch, essen es roh – selbst Aas essen sie – Gott verzeihe es ihnen! Pfui! Gar kein Schamgefühl haben sie. Zieht man bei ihnen in der Jurte seinen Tabaksbeutel nur hervor, gleich strecken sie die Hände darnach: Gieb nur!«

»Nun, das ist so Sitte bei ihnen,« sagte ich.»Sie selbst geben ja auch. So haben sie Ihnen ja auch geholfen, eine eigene Wirtschaft anzulegen.«

»Ja, das wohl...«

»Sind Sie mit Ihrem Leben zufrieden?« fragte ich, ihn aufmerksam anblickend.

Er lächelte.

»Ja,« sagte er und schwieg, ein Holzscheit in den Ofen legend. Die Flamme beleuchtete sein Gesicht, seine Augen blickten trübe.

»Ach, Herr, wenn ich Ihnen erzählen würde! – Nichts Gutes habe ich in meinem Leben gesehen und sehe es auch jetzt nicht. Nur vielleicht noch bis zu meinem achtzehnten Jahre gab es Besseres für mich. Glücklich lebte ich, solange ich meinen Eltern gehorchte; als ich es nicht mehr that, war es auch mit meinem glücklichen Leben zu Ende. Seitdem rechne ich mich zu den Toten.«

Und bei diesen Worten zogen Schatten über sein Antlitz und seine Unterlippe zuckte wie bei einem Kinde – gleichsam als wäre er wieder ein Kind, das »seinen Eltern gehorcht«, nur daß dieses Kind bereit war, Thränen zu vergießen, zu weinen über sein verfehltes, verlorenes Leben.

Er merkte, daß ich ihn anschaute, faßte sich und schüttelte sein Haupt.

»Was soll's! ... Wollen Sie nicht lieber hören, wie ich von Sachalin flüchtete?«

Ich war bereit und lauschte den Geschichten des Landstreichers bis zum frühen Morgen.

In einer Sommernacht des Jahres 187. schwamm das Dampfboot »Nishni-Nowgorod« auf den Fluten der japanesischen Gewässer, in der Luft eine dunkle Rauchwolke hinter sich zurücklassend. Links trat schon das bergige Ufer vor in einem schmalen, bläulichen Strich am Horizonte, rechts gingen die Wellen der Meerenge *La perouse* fort in unübersehbare Weite. Das Dampfboot hielt seinen Kurs auf Sachalin, dessen felsige Ufer indessen noch nicht sichtbar waren.

Auf Deck war alles still. Vorn am Bug nur standen, vom Monde hell beleuchtet, die Gestalten der Lootsen und dejourierenden Offiziere. Durch die Luken schimmerte ein schwaches Licht und spiegelte sich auf der Oberfläche des ruhigen Oceans wieder.

Der »Nishni-Nowgorod« sollte Arrestanten an ihren Bestimmungsort Sachalin bringen. Die Gesetze der Marine sind im allgemeinen schon streng, auf einem Schiffe mit solcher Belastung sind sie aber noch strenger. Am Tage durften sich die Arrestanten abwechselnd auf dem Decke ergehen, von einer militärischen Kette umgeben. Die übrige Zeit verbrachten sie in ihren Kajüten unter Deck.

Ein großes Gemach war es, mit niedrig herabhängender Decke. Am Tage trat in diesen Raum das Licht durch die kleinen Luken hinein, die sich auf dem dunklen Fonds hervorthaten wie zwei Reihen glänzender Knöpfe, welche, immer kleiner und kleiner werdend sich an den abgerundeten Seiten des Dampfschiffkörpers ganz verloren. Mitten hindurch führte ein Korridor, der durch eiserne Gitter und Pfähle von den Zellen der Arrestanten getrennt war. Hier standen, gestützt auf ihre Flinten, die Wachen. Abends brannten hier schwach flimmernde Laternen.

Das ganze Leben dieser Passagiere spielt sich unverhüllt im Angesichte der Wachen hinter jenem Gitter ab. Mag über dem Meere die tropische Sonne ihre heißen Strahlen versenden, oder mag der Wind heulen, mögen die Masten sich ächzend biegen und die Wellen sich mächtig an den Schiffsbalken brechen – hier lauschen dem Heulen und Wüten des Unwetters hunderte immer zusammen eingepferchter Menschen, die kein Interesse mehr daran haben, was oben über ihren Häuptern und jenseits dieser Wände vorgeht, denen es gleich bleibt, wohin sie dieser schwimmende Kerker führt.

Es sind viel mehr Arrestanten auf dem Schiffe als bewachende Soldaten; dafür ist aber einem jeden Schritt, einer jeden Bewegung dieser Gruppe Menschen mit starker Hand ein bestimmtes Maß angewiesen und das Schiff sichergestellt gegen jede etwa ausbrechende Meuterei.

Übrigens ist alles, selbst das Unwahrscheinlichste, ins Auge gefaßt: selbst wenn sich hier dieses wütendste, verzweifelnde Tier erheben und der größten Gefahr ins Auge sehen wollte, wenn die Schüsse durch das Gitter ihre Wirkung verfehlen sollten und dieses Tier sein eisernes Gitter zerbrechen wollte, auch dann noch bliebe dem Kommandeur ein gewaltiges Mittel. Er brauchte nur in den Maschinenraum die wenigen Worte zu rufen:»das Ventil ist zu öffnen!«

»Zu Befehl!« – und gleich nach diesen Worten würden sich in die Zellen der Arrestanten aus dem Maschinenraum Ströme heißen Dampfes ergießen, wie in eine Spalte mit Ungeziefer. Dieses eigenartige Mittel verhütet am sichersten jede Auflehnung dieses Häufchens Menschen dort unten im Raume.

Nichtsdestoweniger lebte auch unter dem Druck eines so strengen Regiments dies graue Völkchen hinter dem eisernen Gitter ein gewöhnliches, menschliches Leben. In derselben Nacht, wo das Dampfschiff keuchend durch die Wellen fuhr, hinter sich einen Funkenregen in der Dunkelheit zurücklassend, als die wachthabenden Soldaten, auf ihre Gewehre gestützt, im Korridor schlummerten und die Laternen schwach den Durchgang zwischen den Zellen und die Lagerstätten der Arrestanten erleuchteten – in dieser selben Nacht vollzog sich dort hinter jenem Gitter lautlos ein Drama. Die gefesselte Gemeinschaft bestrafte ihre Abtrünnigen.

Am andern Morgen erhoben sich beim Aufruf drei Arrestanten nicht mehr von ihrem Lager. Sie blieben liegen trotz des drohenden Zurufes ihrer Vorgesetzten. Als man hinter das Gitter trat und die Mäntel aufhob, mit denen sie bedeckt waren, sahen die Vorgesetzten, daß diese Drei auf ihren Aufruf nie antworten würden.

In der Arrestantengemeinschaft werden alle wichtigeren Geschehnisse von einem einflußreichen Centrum aus vollzogen. Für die Masse, jenen Haufen, der eine Individualität vorzustellen aufgehört hat, sind diese nächtlichen Ereignisse häufig etwas Unerwartetes, Unverhofftes. Erschreckt durch diese nächtliche Tragödie, herrschte im Raume ein düsteres Schweigen; nur das Plätschern der Meereswellen und das Keuchen der Maschine hallte durch den Schiffsraum wieder.

Doch bald begannen unter den Arrestanten Gespräche und Mutmaßungen über die Folgen dieses »Ereignisses«. Die Obrigkeit wollte offenbar nicht den Tod einem Zufall oder einer schnell verlaufenden tödlichen Krankheit zuschreiben. Die Anzeichen dafür, daß Gewalt angewandt worden war, lagen auf der Hand, und man stellte ein Verhör an. Die Antworten der Arrestanten waren übereinstimmend. Zu einer andern Zeit wäre es der Obrigkeit vielleicht auch gelungen, den einen oder anderen durch Drohungen oder Versprechungen von Erleichterungen zum Anzeigen seiner Kameraden zu bringen, doch jetzt war eines jeden Zunge gebunden – nicht nur durch das Gefühl der Kollegialität. Denn wie furchtbar die Obrigkeit auch war, wie schrecklich sie auch drohte, die »Gemeinschaft« war noch schrecklicher; in dieser Nacht, dort, auf jenen Brettern, im Angesichte der Wachthabenden hatte sie ihre Macht gezeigt. Zweifellos hatte mancher nicht geschlafen; manches Ohr mag das kurze Stöhnen oder den leisen Kampf unter der Bettdecke gehört haben, jenes Röcheln und Atmen, das so verschieden von dem Atmen ruhig Schlafender ist. – Niemand aber zeigte die Vollstrecker des schrecklichen Urteils an. Der Obrigkeit blieb nichts anderes übrig, als diejenigen Genossen zur Rechenschaft zu ziehen, die offiziell verantwortlich waren – den Ältesten und seinen Gehilfen. Noch am selben Tage waren sie in Fesseln geschlagen.

4.

Der Gehilfe des Ältesten war der Erzähler, *Wassili*, gewesen, der damals einen anderen Namen führte.

Noch zwei Tage vergingen, und die ganze Angelegenheit war von den Arrestanten überdacht worden. Auf den ersten Blick schienen die Spuren verwischt, die Schuldigen nicht auffindbar zu sein und den legitimen Repräsentanten der »Gemeinschaft« schien nur eine leichte Disciplinarstrafe zu drohen. Auf alle Fragen hatten die Sträflinge nur die eine Antwort: »wir schliefen.«

Bei näherem Betrachten hatte die Sache indessen doch Zweifel wachgerufen, die sich auf Wassili bezogen. In solchen Sachen handelt die Gemeinschaft allerdings immer so, daß die Unschuld der Ältesten vollkommen auf der Hand liegt, und auch diesmal konnte Wassili leicht beweisen, daß er in diesem Falle völlig unbeteiligt gewesen. Indes schüttelten die alten Arrestanten, die durch Feuer und Wasser schon gegangen waren, beim Besprechen dieser Angelegenheit die Köpfe.

»Höre mal,« sagte, zu Wassili tretend, ein alter, ergrauter Landstreicher, »wenn wir nach Sachalin kommen, bereite dich zur Flucht vor. Deine Sache steht schlimm.«

»Wie so?«

»Ja, so. Bist du das erste oder das zweite Mal unter Gericht?«

»Das zweite Mal.«

»Nun also. Weißt du noch, gegen wen der verstorbene Fedjka ausgesagt hat? Gegen dich. Seinetwegen gingst du ja einige Wochen in Handfesseln? Nicht wahr?«

»Ja.«

»Nun, und was hast du ihm damals gesagt? Die Soldaten haben's doch gehört. Wie denkst du darüber – war das nicht eine Drohung?«

Wassili und die anderen sahen ein, daß Grund zu solcher Betrachtung vorhanden war.

»Nun also überlege und sei auf den Tod durch Erschießen gefaßt.«

Unter den Leuten erhob sich ein Murren.

»Schweig' still, Buran!« rief man ihm unwillig zu.

»Unnützes Geplapper!«

»Altersschwäche ... 'ne Kleinigkeit! Erschießen! Der Alte ist verrückt geworden.«

»Ich bin nicht verrückt,« sagte der Alte ärgerlich und spie aus. »Nichts versteht ihr, dummes Volk! Ihr urteilt, wie es in Rußland, ich, wie es hier der Brauch ist. Ich kenne die hiesigen Sitten und sage dir, Wassili: bringt man deine Sache vor den Gouverneur des Amurgebietes, so mache dich auf das Erschießen gefaßt. Vielleicht aus Gnade wirst du zum »Bock«[1] verurteilt – das ist noch schlimmer: da wirst du nicht aufstehen. Sieh es doch ein, mein Lieber, wir sind zu Schiff, wo das Gesetz doppelt so streng ist, wie zu Lande. – Übrigens« – fügte er hinzu – »mir kann's ja gleich sein, meinetwegen könnt ihr alle zum Teufel gehen« ...

Die erloschenen Augen des Alten, der ermattet war durch ein freudloses Leben und ein schweres Schicksal, blickten nur trübe und mit mürrischer Gleichgültigkeit. Er setzte sich beiseite.

Unter den Arrestanten begegnet man nicht selten Kennern des Rechts, und wenn solche nach aufmerksamem Überlegen einer Sache den wahrscheinlichen Urteilsspruch voraussagen, so trifft dieser gewöhnlich auch ein. Im vorliegenden Falle waren sie alle mit der Meinung Burans einverstanden und daher wurde beschlossen, Wassili zur Flucht zu verhelfen.

Da er durch die »Gemeinschaft« in eine Gefahr gekommen war, sah sich diese verpflichtet, ihm bei der Flucht Beistand zu leisten. Ein Vorrat von Zwieback, der durch allmähliches Absparen von der Ration seitens der Genossen zusammengebracht war, wurde ihm

---

[1] Ein »Bock« wird eine Bank genannt, auf die der Arrestant gebunden und dann gepeitscht wird.

überlassen und Wassili begann Leute anzuwerben, die an der Flucht sich beteiligten.

Der alte Buran war schon zweimal von Sachalin geflohen und daher fiel die Wahl sofort auf ihn. Der Alte war bald dazu bereit.

»Mir hat das Schicksal wohl bestimmt« – sagte er – »im Walde zu sterben. Und so wird's wohl auch besser sein. Nur Eines: ich bin nicht mehr so stark wie früher – «

Der alte Landstreicher wurde ernster.

»Nun, wirb nur immer an. Zu zweien oder dreien hat es keinen Zweck zu fliehen. Die Flucht ist schwer. Kannst du etwa zehn Mann anwerben, so ist's gut. Ich werde schon mitgehen, so lange mich meine Füße tragen. Nur sterben möchte ich wo anders, als an diesem Orte.«

Buran wurde noch ernster und über die gefurchten Wangen des Alten flossen Thränen.

»Schwach geworden ist der Alte –« dachte Wassili und warb Genossen an.

Um das Vorgebirge biegend, näherte sich das Dampfschiff dem Hafen. Die Arrestanten standen in Gruppen an den Luken und blickten erregt und neugierig auf die bergigen, hohen Ufer der Insel, die immer deutlicher trotz der zunehmenden Dunkelheit des anbrechenden Abends hervortraten.

Nachts lief das Schiff in den Hafen ein. Die Ufer der Inseln bildeten schwarze, düstere, mächtige Felsen. Der Dampfer hielt, die Wache ordnete sich, man begann die Arrestanten ans Land zu transportieren.

Hie und da sah man am Ufer aus der herrschenden Dunkelheit schwache Flämmchen leuchten; das Meer schlug an den Sand, der Himmel hing schwer voller Wolken und die Seelen aller waren umfangen von tiefen, schwer auf ihnen lastenden Gedanken.

»Dieser Hafen,« sagte leise Buran, »heißt Dué. Hier werden wir für die erste Zeit in Kasernen wohnen.«

Nach einem Aufruf in Gegenwart der örtlichen Obrigkeit führte man eine Partie ans Ufer. Nach Monate langem Aufenthalt auf dem

Schiff traten die Arrestanten zum erstenmal wieder auf festen Boden. Das Schiff, auf dem sie so lange Zeit zugebracht hatten, schaukelte leicht auf den Wellen und warf weiße Rauchwolken aus, die grell hervortraten aus der angebrochenen Dunkelheit.

Vorn flammten Lichter auf; man hörte Stimmen.

»Ein Arrestantentransport?«

»Ja.«

»Hierher, in die siebente Kaserne!«

Die Arrestanten näherten sich dem Feuer. Man ging nicht in Reih' und Glied, sondern schob sich in Unordnung vorwärts und alle waren darüber erstaunt, daß von den Seiten sie niemand mit dem Flintenkolben zurechtwies.

»Brüder« – sprachen manche erstaunt – »wir scheinen keine Wache bei uns zu haben?«

»Sei still!« – sagte mürrisch darauf Buran. »Wozu brauchst du hier eine Wache? Auch ohne Wache wirst du hier nicht weglaufen. Die Insel ist groß und wild. Überall kann man hier Hungers sterben. Rund um die Insel ist Meer – hörst du es nicht?«

Und wirklich! es hatte sich ein Wind erhoben, die Laternen flimmerten in ungleichem Lichte und das hohle Brausen des Meeres war vom Ufer aus hörbar, wie das Brüllen eines erwachenden Tieres.

»Hörst du es heulen?« wandte sich Buran zu Wassili. »Das ist Unglück und Elend – von Wasser von allen Seiten umgeben[2] ... Über das Meer muß man unbedingt hinüber, doch bis zur Fähre muß man auf der Insel noch einen weiten Weg zurücklegen – an Wiesen und Wald und Kordons vorbei! ... Mir liegt es schwer auf dem Herzen; Unheil kündend ist die Sprache des Meeres. Nicht entgehen werde ich Sachalin ... Ich bin alt. Zweimal bin ich geflohen: einmal wurde ich in Blagoweschtschenski, das zweite Mal in Rußland gefangen – und wieder bin ich hier; das Schicksal hat's wohl so bestimmt, daß ich hier sterbe.«

»Vielleicht auch nicht,« ermutigte ihn Wassili.

---

[2] Ein russisches Sprichwort.

»Du bist noch jung – ich bin schon alt und schwach. Höre nur, wie schrecklich und wie wehmütig das Meer braust!«

5.

Aus der siebenten Kaserne führte man die sie bis jetzt bewohnenden Arrestanten heraus und die Neuangekommenen hinein, für den Anfang am Ausgange eine Wache hinstellend. Gewöhnt an Bewachung und feste Fesseln, würden sie sich sonst sofort über die Insel zerstreut haben, wie Lämmer, die aus dem Stalle gelassen sind.

Diejenigen, welche schon länger auf der Insel gelebt hatten, schloß man nicht ein; nach einer näheren Prüfung der obwaltenden Verhältnisse mußten alle dort weilenden Sträflinge zur Überzeugung gelangen, daß eine Flucht von der Insel ein gewagtes Unternehmen, ja fast der sichere Tod sei, und daher nahmen an solchem Unternehmen nur ganz besonders entschlossene Naturen, und auch dann erst nach längerer Überlegung, teil. Und solche einzuschließen ist unnütz: sie entlaufen doch, wenn nicht aus der Kaserne, so von der Arbeit.

»Nun, Buran, jetzt rate« – wandte sich Wassili drei Tage nach ihrer Ankunft auf der Insel an denselben. »Du bist ja bei uns der Älteste, du mußt also vorangehen und die erforderlichen Befehle erteilen. Für einen Vorrat wird man doch wohl auch Sorge tragen müssen.«

»Was soll ich raten,« sagte matt Buran. »Schwer ist's; mein Alter ist nicht mehr danach. Sieh also selbst zu. Nach etwa drei Tagen wird man uns partienweise auf die Arbeit schicken, und auch so steht es uns ja frei, die Kaserne zu verlassen. Doch mit einem Sack wird man dich nicht hinauslassen. Da denk nun darüber nach, wie man es anfangen soll.«

»Denk du nach, überlege du, Buran; du mußt es ja besser wissen!«

Doch Buran ging umher teilnahmlos, mürrisch. Mit niemandem sprach er und murmelte nur etwas vor sich hin Mit jedem Tage schien der alte Landstreicher, der sich zum drittenmale an diesem Orte sah, schwächer zu werden.

Indessen hatte Wassili noch zehn Burschen zur Flucht angeworben, von denen einer strammer als der andere war, und drang nun ein auf Buran, suchte ihn zu beleben und ihn für das Gelingen der bisher teilnahmlos von ihm besprochenen Flucht zu erwärmen. Bisweilen gelang es ihm; doch auch dann endigte der Alte immer damit, daß er die Schwierigkeit der Flucht und die schlimmen Vorbedeutungen hervorhob.

»Nicht entgehen werde ich dieser Insel!« – das waren stets die Worte, mit denen der alte Landstreicher seine Hoffnungslosigkeit ausdrückte. In lichteren Momenten konnte er sich doch noch begeistern durch die Erinnerungen an seine früheren Fluchten und dann erzählte er, auf seinem Lager liegend, Wassili des Abends gewöhnlich über die Lage und die Wege der Insel, die die Flüchtlinge würden einschlagen müssen.

Der Hafen Dué liegt auf der westlichen Seite der Insel, dem asiatischen Ufer zugewandt. Der Meerbusen ist hier dreihundert Werst breit; ihn in einem kleinen Boote zu durchschiffen ist unmöglich, und daher wenden sich etwaige Flüchtlinge gewöhnlich nach einer andern Seite. Die Flucht selbst ist auf der Insel nicht erschwert. »Man kann gehen, wohin man will,« sagte Buran, »wenn man sterben will: die Insel ist groß, besteht aus Feld und Wald. Selbst der Eingeborene kann nicht überall seinen Wohnsitz nehmen. Geht man rechts, so verirrt man sich in dem Gestein und wird von den hungrigen Tieren des Waldes überfallen oder kehrt aus freien Stücken zurück. Geht man südwärts, so kommt man ans Ende der Insel, wo das Meer ist. Zu Schiffe könnte man dort wohl hinüber. Nur ein Weg bleibt uns – der nach Norden, immer am Ufer entlang; das Meer wird uns Wegweiser sein. Dreihundert Werst etwa müssen wir zurücklegen und dann werden wir zu einem Meerbusen gelangen, der schmäler ist, da müssen wir hinüber, zu Boot.«

»Doch muß ich dir sagen« – fügte Buran seinen gewöhnlichen Schluß hinzu – »auch hier ist's schwer, da wir an Kordons vorbei müssen, in denen Soldaten liegen. Der erste Kordon heißt Warki, der vorletzte Pangi, der letzte Pógiba – wohl deshalb so benannt, weil er unseren Leuten am ehesten Verderben bringt. Und schlau haben sie ihre Kordons gebaut. Dort, wo ein Weg schroff um die

Ecke biegt, liegen sie – man kann gehen und, ohne es zu ahnen, ihnen in die Arme laufen. Gott behüte uns davor!«

»Zweimal bist du ja aber schon gegangen und wirst jetzt doch wohl schon wissen, wo sie sich befinden!«

»Ja, wohl bin ich gegangen!« – und in seinen erloschenen Augen glühte es auf. »Hört also, was ich euch sagen werde, und thut darnach. Bald wird man zum Mühlenbau Leute aufrufen, meldet euch alle. Dann wird man Provision zusammen aufladen; ladet auch eure Zwiebackvorräte auf. In der Mühle ist Petruscha, auch einer von unsern jungen Leuten. Von dort wollen wir unseren Weg nehmen. Drei Tage lang wird man uns nicht vermissen – so ist hier einmal die Ordnung, daß man sich drei Tage beim Aufruf nicht zu melden braucht – das thut nichts! Der Doktor befreit von jeder Strafe, das Krankenhaus ist hier schlecht. Wird jemand durch Überanstrengung krank und kann sich nicht rühren, so legt er sich im Gebüsch dort im Walde nieder und erholt sich in freier Luft. Kommt man aber am vierten Tage auch nicht, dann sieht man ihn als Flüchtling an. Und kommt man später noch zurück, so kann man sich geraden Weges zum »Bock« wenden!«

»Wozu zum »Bock«, wir wollen mit Gottes Hilfe freiwillig nicht mehr zurückkehren!« sagte Wassili.

»Und kehrst du nicht zurück,« sagte Buran mürrisch, und seine Augen verloren wieder ihren Glanz, »so werden dich die wilden Tiere im Walde zerfleischen oder die Soldaten aus den Kordons niederschießen. Die machen nicht viel Federlesens mit Unsresgleichen; sie schicken uns nicht Hunderte von Werst zurück ... Dort, wo sie uns treffen, schießen sie uns auf dem Fleck nieder, und das Lied ist zu Ende!«

»Krächze nicht, Unglücksrabe! Morgen gehen wir. Sage du nur Bobrow, was wir brauchen. ›Die Gemeinschaft‹ wird es uns besorgen.

Der Alte brummte vor sich hin und ging mit gesenktem Kopf von dannen, während Wassili den Genossen mitteilte, sie sollten sich bereit halten. Das Amt des Gehilfen des Ältesten hatte er schon früher niedergelegt, und an seine Stelle war ein anderer gewählt und eingesetzt worden.

Die Flüchtlinge legten ihr Gepäck zusammen, tauschten sich eine bessere Kleidung und Beschuhung ein, und meldeten sich wirklich alle, als man Arbeiter zum Mühlenbau aufrief. Am nämlichen Tage gingen sie von der Mühle aus in den Wald. Nur Buran fehlte.

Die Genossen waren gut gewählt. Mit Wassili gingen sein Freund, ein Landstreicher, der den Namen Wolodjka führte; Makarow, ein Riese an Wuchs, kühn und gewandt, der aus den Bergwerken schon zweimal geflüchtet war, zwei Tscherkessen, entschlossen und treu zu ihren Genossen haltend; ein Tatare, der schlau und verräterisch zwar, aber im höchsten Grade verschlagen und daher von Nutzen war. Die übrigen waren auch Landstreicher, die ganz Sibirien schon durchstreift hatten.

Den ganzen Tag hatten sie im Walde zugebracht, nächtigten und warteten den nächsten Tag – Buran kam noch immer nicht. Man schickte den Tataren in die Kaserne. Vorsichtig schlich er sich hinein und ließ den alten Arrestanten Bobrow herausrufen, einen Freund Wassilis, der unter den Arrestanten Achtung und Einfluß genoß. Am nächsten Morgen kam Bobrow zu den Leuten in den Wald. »Nun, Freunde, womit kann ich euch nützen?«

»Schicke unbedingt Buran zu uns! Ohne ihn können wir nicht gehen. Und wenn er noch etwas an Vorräten verlangen sollte, so gebts ihm nur. Wir warten nur noch auf ihn.«

Bobrow kehrte zurück und sah, daß Buran noch gar keine Anstalten getroffen hatte. Er ging umher und brummte vor sich hin. »Was zögerst du denn, Buran?« rief ihn Bobrow an.

»Was?«

»Wie, was?' weshalb bist du nicht bereit?«

»In die Grube zu steigen bin ich bereit!«

Bobrow wurde ärgerlich.

»Ja, was ist denn das! Den vierten Tag sitzen die Leute schon im Walde und warten nur auf dich. Deinetwegen werden sie jetzt wohl die Knute kosten müssen. Und du bist doch ein alter Landstreicher?!«

Der Alte weinte.

»Ja, meine Zeit ist um... Nicht entgehen kann ich dieser Insel. Alt bin ich, zu alt fürs Leben!...«

»Ob du zu alt bist oder nicht, das ist deine Sache. Wirst du nicht das Ende der Flucht erreichen, auf dem Wege sterben – kein Vorwurf kann dir dann gemacht werden; wenn du aber elf Leute fast unter die Knute gebracht hast, so *mußt* du gehen. Ich brauche ja nur der ›Gemeinschaft‹ davon mitzuteilen, so weißt du ja, was dir bevorsteht.«

»Ich weiß,« sagte ernst Buran, »und ich verdiene es. So möchte ich nicht sterben. Ich muß also wohl gehen, doch habe ich nichts vorbereitet.«

»Du sollst alles bekommen, und zwar sofort. Was brauchst du?«

»Erstens bring mir zwölf neue gute Kittel.«

»Die Leute haben ja welche?«

»Höre, was ich dir sage,« wiederholte eindringlich Buran. »Ich weiß, daß jeder von ihnen einen Kittel hat; jeder braucht aber zwei. Den Eingeborenen wird jeder für das Boot je einen Kittel geben müssen. Dann brauche ich zwölf gute Messer, zwei Beile und drei Kessel.«

Bobrow berief die Gemeinschaft und teilte mit, um was es sich handelte.

Wer überflüssige Kittel hatte, gab sie den Flüchtlingen hin. In jedem Arrestanten lebt das instinktive Gefühl der Sympathie für den kühnen Versuch, sich herauszureißen aus den dumpfen Kerkerwänden fort in die Freiheit. Kessel und Messer erhielt man teils umsonst, teils gegen geringe Bezahlung bei Ansiedlern.

6.

Seit der Ankunft auf der Insel waren dreizehn Tage vergangen.

Am nächsten Morgen führte Bobrow Buran in den Wald und brachte die erforderlichen Vorräte mit sich. – Die Flüchtlinge hielten ein Gebet ab, nahmen dann von Bobrow Abschied und traten ihre Flucht an.

»Nun, ward euch auch recht froh zu Mute, als ihr euren Weg angetreten hattet?« fragte ich, als ich sah, wie die Züge des Erzählers sich bei dieser Stelle seiner Schilderungen belebten und seine kräftige Stimme sich hob.

»Wie sollte dem nicht so sein! Sobald wir erst aus dem niedrigen Gehölz in den dichten Wald traten und sein Rauschen hörten – glauben Sie es, Herr, wie neugeboren fühlten wir uns. So froh wurden wir alle; nur Buran ging mit gesenktem Kopf vor uns her, Unverständliches vor sich hinmurmelnd. Nicht mit frohem Mute hatte er sich auf den Marsch gemacht. Sein Herz wird geahnt haben, daß er nicht weit würde zu gehen brauchen.

Gleich anfangs sahen wir, daß unser Führer nicht in allen Stücken den Anforderungen entsprach, die man an einen solchen zu stellen pflegt. Zwar war er ein gewohnter Landstreicher und war schon zweimal von dieser Insel aus geflüchtet, kannte offenbar auch den Weg, doch regten sich in mir und meinem Freunde Wolodjka bald Zweifel an der Tüchtigkeit unseres Führers.

»Sieh nur zu,« sagte mir Wolodjka, »daß uns mit Buran nur nicht ein Unglück passiere: es scheint mir nicht ganz richtig mit ihm zu sein.« »Wieso?« fragte ich.

»Er scheint nicht ganz bei Sinnen zu sein, spricht mit sich selbst allerlei Zeug, schüttelt und winkt mit dem Kopfe, Befehle erteilt er auch nicht. Schon längst hätten wir eine Erholungspause machen sollen, er geht aber immer fort. Nicht richtig scheint es mir um ihn zu stehen.«

Auch mir schien es so. Wir traten zu Buran und riefen ihn an: »Väterchen, was bist du so in Eifer geraten? Sollten wir nicht Halt machen und ein wenig rasten?« Er kehrte sich um, blickte uns eine Weile an und ging dann weiter.

»Wartet,« sagte er, »was eilt ihr so mit dem Ausruhen? In Warki oder Pogiba wird man euch schon mit Kugeln niederlegen. Dann könnt ihr ruhen.«

Daß ihn ... ! Doch wir wollten nicht mit ihm streiten; dann sahen wir aber auch, daß wir Unrecht hatten: am ersten Tage mußten wir weiter eilen und durften nicht rasten.

Wir waren noch eine Strecke weiter gegangen, als Wolodjka mich wieder anstieß.

»Höre, Wassili, es ist doch nicht richtig.«

»Wieso?«

»Bis Warki, sagte man, seien zwanzig Werst. Nun, achtzehn haben wir sicher zurückgelegt. Daß wir nicht dem Kordon in die Hände laufen!«

»Buran, he Buran!« riefen wir.

»Was braucht ihr?«

»Bis Warki wird es wohl nicht mehr weit sein?«

»Nein, noch ist es weit,« antwortete er und schritt weiter.

Hier wäre uns auf ein Haar ein Unglück zugestoßen, doch zum Glück bemerkten wir ein Boot am Ufer. So wie wir es erblickten, blieben wir alle stehen. Makarow hielt Buran mit Gewalt zurück. »Wenn ein Boot da ist, so müssen auch Menschen in der Nähe sein, dachten wir. Still, Brüder, hinweg, tiefer ins Dickicht hinein!«

Wir gingen in den Wald, nachdem wir bis dahin am Flußufer entlang marschiert waren; zu beiden Seiten des Flusses war dichtbelaubter Wald. – Im Frühling liegt über Sachalin ein dichter Nebel, der auch an jenem Tage alles wie mit einem Schleier verdeckte.

Als wir den Berg erklettert hatten und nahezu auf den Gipfel desselben angelangt waren, erhob sich im Thale ein Wind und jagte den Nebel zum Meere hin. Da sahen wir denn den ganzen Kordon wie auf der Handfläche vor uns liegen, die Soldaten auf dem Hofe umhergehen, die Hunde schnüffeln, die Wache schlafen... Alle atmeten wir auf: es hatte wahrlich nicht viel gefehlt, so wären wir dem Wolfe in den Rachen gelaufen.

»Wie ist es denn, Buran? Das ist ja ein Kordon!«

»Ja,« sagte er »das ist Warki.«

»Nun, lieber Buran, ärgere dich nicht, du bist zwar unter uns der Älteste, aber doch werden wir für uns selbst sorgen müssen. Mit dir kann man sonst, weiß der Himmel wohin gelangen.«

»Brüder,« sagte er, »ich bin alt, vergebt mir! Seit vierzig Jahren streiche ich umher; ich kann nicht mehr. Zuweilen verläßt mich mein Gedächtnis: so manches lebt mir noch recht gut im Gedächtnis fort, manches aber habe ich ganz und gar vergessen. Vergebt mir! Jetzt müssen wir von hier forteilen, sonst trifft uns hier jemand zufällig aus dem Kordon oder ein Hund von dort unten bekommt Witterung von uns und dann – behüt uns Gott!«

Wir gingen weiter. Auf dem Wege berieten wir uns und beschlossen, Buran im Auge zu behalten. Mich wählten die Leute zum Führer; ich sollte also die Haltepunkte angeben und die Befehle erteilen; Buran aber sollte vorangehen, da er den Weg ja doch noch kenne. Die Füße sind bei uns Landstreichern kräftig, der ganze Körper mag hinsterben, die Füße halten aus. Bis zu seinem Tode marschierte der alte Buran.

Wir stiegen meist auf Bergen umher; zwar war das Gehen schwieriger, dafür aber mit weniger Gefahr verbunden: aus den Bergen rauscht nur der Wald, die Bäche plätschern und tanzen über Steine. Die Ansiedler und Eingeborenen wohnen in den Thälern, am Ufer der Flüsse und am Meere, wo sie sich meist von Fischen nähren, deren eine große Menge am Meeresufer gefangen wird. Wir selbst haben sie mit den Händen gefangen, so viele giebt es ihrer.

So ging es immer vorwärts, immer dem Meeresufer entlang. Wo es weniger gefährlich schien, näherten wir uns dem Meere, an dessen Ufer wir dann vorwärts schritten; sobald wir aber an der Gefahrlosigkeit ein wenig zu zweifeln anfingen, eilten wir auf den Bergrücken hinauf. Die Kordons umgingen wir vorsichtig; sie lagen aber sehr verschieden, bald zwanzig, bald fünfzig Werst von einander entfernt. Erraten ließ es sich nicht. Nun, Gott hat uns beschützt: alle umgingen wir, bis auf den letzten...«

Der Erzähler stockte. Nach einiger Zeit erhob er sich.

»Nun, was war denn weiter?« fragte ich.

»Ich muß nach dem Pferde sehen... Es wird wohl schon soweit sein. Man könnte es jetzt wohl von der Koppel lassen.«

Wir traten beide auf den Hof hinaus. Der Frost hatte etwas nachgelassen, der Nebel war gefallen. Der Landstreicher sah zum Himmel auf.

»Die Sterne stehen hoch,« sagte er, »Mitternacht wird wohl schon vorüber sein.«

Jetzt konnte man die Zelte des benachbarten Fleckens deutlich unterscheiden, da der Nebel den Ausblick auf größere Entfernungen nicht mehr verhinderte. Alles schlief. Weiße Rauchwolken stiegen langsam in die Luft, und nur zuweilen warf ein Schornstein Funken empor, die sprühend in der Kälte erloschen. Die Jakuten heizen ihre Öfen die ganze Nacht hindurch, doch die Wärme hält nicht lange vor, und daher legt der erste, der unter der Einwirkung der anbrechenden Kälte in der Nacht erwacht, Holzscheite zum erlöschenden Feuer.

Kurze Zeit stand der Landstreicher schweigend da, auf den Flecken schauend. Dann seufzte er.

»Da ist auch der Flecken ... Schon längst habe ich einen solchen nicht gesehen. Die Jakuten wohnen ja nicht zusammen, sondern immer einzeln. Sollte ich nicht hierher herüberziehen? Hier würde ich mich vielleicht einleben können.«

»Nun, und dort bei Ihnen können Sie sich nicht einleben? Sie haben dort doch Ihre Wirtschaft. Und doch sagten Sie vorhin, Sie seien mit Ihrem Lose zufrieden?«

Er antwortete nicht gleich.

»Ich kann nicht! Hätte ich diese Gegend doch nie gesehen!«

Er trat zum Pferde, sah nach ihm und streichelte es. Das kluge Tier blickte auf ihn und wieherte.

»Gut, gut!« – sagte Wassili, es liebkosend – »warte, gleich löse ich dich von der Koppel. Paß nur auf, Pferdchen, und laß mich morgen nicht im Stich! Morgen will ich es mit den tartarischen Pferden um die Wette laufen lassen. Das Pferd ist gut; ich habe es zugeritten. Es nimmt es jetzt mit jedem Renner auf. Ein Wirbelwind!« Er nahm die Halfter ab und ließ das Pferd zum Heu laufen. Wir kehrten ins Zelt zurück.

7.

Das Gesicht Wassilis hatte den mürrischen Ausdruck beibehalten. Er schien seine Erzählung vergessen zu haben oder sie nicht fortsetzen zu wollen. Ich erinnerte ihn, daß ich auf das Ende warte.

»Was soll ich noch erzählen,« sagte er verdrossen. »Ich weiß wirklich nicht... Schlimmes haben wir durchgemacht! ... Nun, begonnen habe ich, da muß ich denn auch endigen...

So gingen wir zwölf Tage lang und waren noch immer nicht ans Ende der Insel gelangt, obgleich wir eigentlich schon am achten Tage auf die andere Seite hätten übergesetzt sein können. Und das alles nur deshalb, weil wir auf unserer Hut sein mußten und keinen ordentlichen Führer hatten. Statt am Ufer auf ebener Fläche zu gehen, kletterten wir über Berge und Felsen, durch Thäler und Schluchten und Moräste. Auch unser Vorrat begann schon zur Neige zu gehen, da wir uns nur für zwölf Tage versorgt hatten. Zunächst begannen wir die Rationen zu verkleinern; Zwieback gaben wir wenig, jeder mochte zur Befriedigung seines Hungers suchen, was er brauchte und wollte, denn Beeren gab es im Walde genug. So kamen wir denn zu einem Meerbusen – dort »Liman« genannt. Das Wasser in ihm ist gewöhnlich salzig, nur zuweilen, wenn eine Strömung vom Amur dahin treibt, kommt trinkbares mit. Hier mußten wir uns ein Boot besorgen, um zum Amur hinüberzuschiffen.

Wir begannen zu überlegen und zu beraten, wo wir ein Boot bekommen könnten. Wir fragten den Buran, wie wir das wohl anfangen sollten. Er aber war ganz zusammengefallen; seine Augen blickten matt, er selbst war müde und schwach geworden. Einen Rat konnte er uns nicht geben.

»Bei den Eingeborenen,« sagte er, »kann man Boote bekommen.«

Wo diese Eingeborenen aber wären und wie man von ihnen ein Boot bekommen sollte, das konnte er nicht sagen.

Da sagten wir, Wolodjka, Makarow und ich: »Ihr Leute, wartet 'mal hier, wir wollen am Ufer entlang gehen, vielleicht treffen wir jemand von den Eingeborenen und kommen endlich auf irgend eine Weise zu einem oder mehreren Booten. Seid aber vorsichtig, da sich hier ja doch ein Kordon in der Nähe befinden könnte.« Sie blieben zurück, und wir gingen ans Ufer und kamen an einen Felsen, von wo aus wir auch einen Mann erblickten, der Takelwerk reparierte. Gott sandte uns ihn, den »Orkun«.

»Was ist denn das ›Orkun‹? Ist das sein Name?«

»Wer kann es wissen? Es kann sein, daß er so hieß, aber mich dünkt es wahrscheinlicher, daß Orkun die Bezeichnung des Häuptlings bei ihnen ist. Wir wußten es nicht, näherten uns ihm aber langsam und vorsichtig, damit er nicht etwa erschrecke und davonlaufe; endlich traten wir rasch auf ihn zu und als er uns nun erblickte, begann er auf sich zu zeigen und »Orkun!« zu rufen. Wir verstanden ihn nicht, begannen aber ihm auseinanderzusetzen, was wir brauchten. Wolodjka nahm einen Stock in die Hand und zeichnete ein Boot im Sande auf; es sollte bedeuten, daß wir ein solches brauchten. Der Mensch überlegte und begriff sofort, nickte und machte uns mit den Fingern Zeichen: bald zeigte er uns zwei, bald fünf, bald alle zehn. Lange konnten wir nicht darauf kommen, was er damit wollte, endlich erriet Makarow: »Brüder,« sagte er, »er will ja wissen, wie viel unsrer sind, um danach ein Boot zu besorgen.«

»Richtig!« sagten wir und zeigten nun dem Fragenden, daß wir unserer zwölf Mann waren. Er verstand.

Dann wollte er zu unseren anderen Genossen geführt werden. Wir zögerten zuerst, doch blieb nichts anderes übrig. Was sollten wir denn thun – zu Fuß konnten wir ja doch nicht übers Meer. Wir führten ihn also hin. Die Genossen murrten anfangs auch und fragten: »Wozu habt ihr ihn zu uns geführt? Etwa um ihm unseren Lagerplatz zu zeigen?« Indessen ließ es sich anders doch nicht machen. »Schweigt still, es ist so nötig!« sagten wir ihnen. Der Mensch ging aber ganz furchtlos zwischen uns und befühlte nur die Kittel.

Wir gaben ihm die überflüssigen Kittel ab, er nahm sie, warf sie sich über die Schulter und schritt hinab. Wir folgten ihm natürlich. Unten sahen wir die Zelte seiner Landsleute stehen, ein kleines Dorf.

»Was nun?« fragten zögernd unsere Leute. »Er ging ja ins Dorf und wird seine Landsleute zusammenrufen.«

»Was kann das uns schaden?« antworteten wir. »Das ganze Dorf besteht aus vier Zelten, wie viele können es ihrer da sein. Wir aber sind zwölf Mann, von denen ein jeder gute, dreiviertel Arschin lange Messer bei sich trägt... Und wie können diese Leute sich mit uns Riesen an Kraft messen? Sie leben ja nur von Fisch, während der Russe sich von Fleisch nährt. Was können diese gegen uns?«

Und doch muß ich gestehen, ward es auch mir recht ängstlich zu Mute. Da waren wir am Ende der Insel; wird es uns aber vergönnt sein, dort auf der anderen Seite, am Amur aufzuatmen, dort, wo das Ufer wie ein bläulicher Streifen am Horizont hervorschimmert? Wie beneidete ich damals den Vogel um seine Flügel!

Nun gut! kurze Zeit hatten wir gewartet, als wir einen ganzen Haufen der Landbewohner, Orkun voran, auf uns zukommen sahen mit ihren Spießen in der Hand. »Seht,« sagten die unsrigen, »da kommen sie gegen uns. Lebendig ergeben wir uns aber nicht. Fällt jemand im Kampfe, so wird's ihm wohl schon so vom Schicksal bestimmt gewesen sein. Haltet aus, solange ihr könnt, und einer soll dem anderen nach Kräften beistehen. Rückt näher Brüder, tretet zusammen, fester!«

Indes hatten wir umsonst diese Leute in Verdacht gehabt. Als Orkun sah, daß wir ihnen mißtrauten, nahm er den Seinen die Spieße ab und gab sie einem Manne zu halten. Da sahen wir denn, daß sie kein Arges gegen uns im Schilde führten und gingen zum Platze, wo sie die Boote versteckt hatten. Sie zogen für uns zwei Boote ins Wasser, das eine, größere, für acht Mann, das andere, kleinere, für vier Mann.

Da hatten wir endlich auch Boote, hinüber konnten wir aber doch nicht. Es hatte sich ein Wind erhoben, der von jener Seite her blies; die Wellen gingen hoch, so daß es unmöglich war, bei solchem Wetter auf diesen kleinen Booten überzusetzen.

So mußten wir denn des Windes wegen noch zwei Tage hier zubringen. Inzwischen waren unsere Vorräte zu Ende gegangen und wir nährten uns nur von Beeren und Fischen, die uns Orkun gab. Ein guter, ehrlicher Mann war dieser Orkun. Gott vergelt's ihm! Noch jetzt denke ich seiner oft genug.

Der Tag war zu Ende und noch saßen wir auf der Insel. Wie sehr uns das verdroß, läßt sich gar nicht sagen. Die Nacht verging, es kam der dritte Tag und wieder hatten wir denselben Wind. Und jene Seite, nach der wir strebten, lockte uns jetzt, wo sie frei vor unseren Blicken dalag, noch mächtiger zu sich hinüber; der Wind hatte nämlich den Nebel, der auf der See lagerte, gänzlich vertrieben und so konnten wir die Küste erschauen.

Buran saß stundenlang auf dem Felsen, die Augen gerade dorthin gerichtet, und rührte sich nicht vom Fleck. Er stand nicht auf und pflückte sich auch keine Beeren; aus Mitleid brachte auch ihm einer oder der andere von den Unseren mitunter einige Beeren zur Erfrischung. – Das Landstreicherherz rührte sich im Busen des Alten! Vielleicht ahnte er auch den nahen Tod ...

Endlich ward das Warten allen zuviel, und da beschlossen wir, in der nächsten Nacht um jeden Preis aufzubrechen – komme, was da wolle. Am Tage ging es nicht, da man uns von einem Kordon hätte erblicken können; nachts war es weniger gefährlich, und Gott konnte uns ja behüten und nicht ertrinken lassen. Der Wind peitschte noch immer die Wellen und ließ sie mächtig ans Ufer schlagen; weißer Schaum bedeckte das Meer so weit man blicken konnte ...

»Kommt, Brüder, laßt uns ausruhen!« riet ich. »Der Mond wird um Mitternacht aufgehen; dann wollen wir uns auf den Weg machen. Dann werden wir nicht schlafen können, also wollen wir jetzt Kräfte sammeln.«

Die Leute hörten auf mich und legten sich nieder. Einen Platz hatten wir uns ausgesucht am hohen Ufer in der Nähe des Felsens; von unten herauf konnte man uns nicht erblicken, Bäume verdeckten uns. Nur Buran legte sich nicht nieder, sondern schaute unverwandt gen Westen aus. Als wir uns niederlegten, hatte sich die Sonne kaum erst zu senken begonnen; bis zum Abend war es noch weit. Ich bekreuzigte mich, lauschte, wie die Erde stöhnte, wie im Walde der Wind die Bäume wiegte, und schlief ein.

Wir ahnten nicht die uns drohende Gefahr.

Ich erwachte vom leisen Rufe Burans. Ich schüttelte den Schlaf ab und blickte um mich: Buran stand über mir; mit wildem Blick wies er ins Gebüsch: »Steh' auf, sie sind da, sie holen uns zurück!« Ich schaute ins Gebüsch: *Soldaten!* ...

Einer, der uns am nächsten war, zielte auf uns, ein zweiter kam auf uns zugeeilt, vom Berge stiegen noch etwa drei Mann herab und hoben ihre Gewehre. Im Nu war ich ganz wach und weckte mit lautem Rufe die Genossen. Schnell erhoben sie sich alle. Kaum hatte der erste Soldat geschossen, als wir auf ihn eindrangen.«

Aufregung ließ den Erzähler stocken. Er senkte den Kopf auf die Brust; im Zelte herrschte Halbdunkel, da der Landstreicher im Eifer der Erzählung unterlassen hatte, Holzscheite in den Ofen zu schieben.

»Wozu erzähle ich es denn!« sagte er in einem Tone, aus dem es wie Flehen klang.

»Nun, ganz gleich, endigen Sie doch nur, ich bitte! Was geschah weiter?«

»Weiter ... Nun, ihrer waren sechs Mann, wir waren unsrer zwölf. Uns wollten sie im Schlafe fangen, indes ließen wir sie kaum zur Besinnung kommen und sich ansammeln ... Wir hatten große Messer ... Sie schossen kaum einmal in der Eile und fehlten. Im Laufe vom Berge konnten sie nicht stehen bleiben und unten erwarteten wir sie...«

»Ja,« sagte er wehmütig, den Blick zu mir erhebend, »sie konnten sich überhaupt kaum noch zur Wehr setzen. Mit ihren Bajonetten wehrten sie uns ab, die wir wie tolle Wölfe auf sie eindrangen ...

Einer der Soldaten stieß nach mir mit dem Bajonett und kratzte mich nur leicht am Fuß; ich stolperte, fiel – er auf mich. Über ihn stürzte Makarow her ... Da fühlte ich etwas Warmes über mein Gesicht rinnen: ich und Makarow erhoben uns, der Soldat nicht ...

Ich war aufgesprungen und schaute um mich: zwei der Unsrigen waren auf den Felsen gestiegen – vorn stand *Saltanow, der Kommandant des Kordons*. Weit im Lande war er bekannt und gefürchtet von allen, selbst von den Eingeborenen; von unseren Leuten hatte mancher von seiner Hand den Tod erlitten ... Jetzt sollte es so nicht kommen – er selbst war verloren.

Mit uns waren zwei Tscherkessen, tapfer und schlau und geschmeidig wie die Katzen. Einer warf sich Saltanow entgegen, mitten auf dem Felsen trafen sie aufeinander. Saltanow schoß auf ihn aus dem Revolver, der Tscherkesse bückte sich und beide fielen hin; der andere Tscherkesse glaubte nun sein Genosse wäre tot, und eilte wütend dorthin. Kaum hatten wir begriffen, was geschah, als er mit einem Ruck Saltanow den Kopf vom Rumpfe getrennt hatte ...

Er sprang auf, grinste: in seiner Hand hielt er das Haupt des gefürchteten Kommandanten ... Erstarrt standen wir da ... Laut rief er etwas in seiner Sprache, hell und gellend hallte der Ruf wieder. Er schwang das Haupt über seinem Kopfe und warf es im weitem Bogen hinaus ins Meer.

Still ward's bei uns, wir standen erstarrt und hörten, wie etwas ins Meer fiel – es war das Haupt Saltanows.

Auch der Letzte von den Soldaten auf dem Felsen stand still. Dann warf er sein Gewehr von sich, bedeckte sein Antlitz mit den Händen und floh davon. Wir verfolgten ihn nicht:»Gott mit dir, rette dich!« Er war der einzige von den Anwesenden im Kordon am Leben gebliebene, denn zwanzig machten die ganze Besatzung aus: dreizehn von ihnen waren, um sich mit Vorräten zu versorgen, auf jene Seite hinübergefahren und des Windes wegen noch nicht zurückgekehrt, sechs Mann hatten wir niedergemacht.

Alles war schon zu Ende, und doch konnten wir noch immer nicht zu uns kommen, sahen einander an und fragten furchtsam, zögernd, mutlos:»Was war das? War es Wirklichkeit oder Traum?« Plötzlich hörten wir hinter uns, dort, wo wir eben noch lagen, Buran stöhnen.

Der erste Schuß hatte ihn getroffen, tödlich getroffen. Noch kurze Zeit quälte er sich; als die Sonne untergegangen war, hatte auch ihn das Leben verlassen.

Wir traten zu ihm. Er saß unter einer Lärchentanne, die Hand auf die Brust gedrückt, in den Augen Thränen. Er rief mich zu sich: »Laß die Leute mir ein Grab graben. – Ihr könnt jetzt ja doch noch nicht fahren, sondern müßt die Nacht abwarten, damit ihr mit den anderen Soldaten auf dem Meer nicht zusammentrefft. Begrabt mich daher früher – um Gottes willen!«

»Was sprichst du da, lieber Buran,« sagte ich. »Kann man denn einem lebenden Menschen ein Grab graben? Wir nehmen dich auf jene Seite mit, und dann tragen wir dich auf den Händen weiter ... Was denkst du nur?«

»Nein, seinem Schicksal entgeht niemand,« erwiderte der Alte; »mir war es bestimmt, hier auf dieser Insel zu liegen – gut so – mein Herz ahnte es ... Mein ganzes Leben zog es mich fort aus Sibirien nach Rußland, ach, könnte ich jetzt wenigstens auf Sibiriens Erde sterben, nur nicht auf dieser Insel!«

Ich wunderte mich über Buran – ein anderer war er geworden. Er sprach verständig, bei voller Besinnung; seine Augen blickten klar, nur seine Stimme war schwach. Er rief uns alle zu sich, teilte uns seine letzten Bestimmungen mit und gab uns noch einige Ratschläge: »Hört, Freunde,« sagte er, »was ich euch sagen werde, und behaltet es im Gedächtnis: ihr werdet jetzt ohne mich durch Sibirien gehen und ich werde hier bleiben müssen. Um eure Sache steht es jetzt schlecht, sehr schlecht – schlechter deshalb, weil Saltanow ermordet ist. Das Gerücht davon wird sich schnell verbreiten – nicht nur nach Irkutsk, nein, bis nach Rußland sogar wird es eilen.

In Nikolajewsk wird man euch auflauern. Hört mich, Freunde, seid vorsichtig; leidet Hunger und Kälte, meidet aber Dörfer und Städte. Die Eingeborenen fürchtet nicht, die werden euch nichts thun. Jetzt aber merkt euch, was ich euch über den Weg sagen will. Vor der Stadt Nikolajewsk ist ein Gehöft; dort wohnt unser Wohlthäter, der Verwalter des Kaufmanns Tarchanow. Früher trieb er hier auf Sachalin Handel mit den Eingeborenen, kam einmal hierher in die Berge und verirrte sich hier mit seinen Waren. Mit den Eingeborenen stand er aber in Streit und Uneinigkeit. Als diese sahen, daß er sich in einem ungünstigen Ort verfangen hatte, fielen sie über ihn her und hätten ihn umgebracht, wenn wir nicht damals zufällig hier vorbeigezogen wären, auf der Flucht von Sachalin ... Damals floh ich noch zum erstenmale.

Als wir im Walde russische Hilferufe hörten, eilten wir hin und befreiten den Verwalter von den Eingeborenen. Seitdem vergilt er die ihm erwiesene Hilfe. »Bis an das Ende meines Lebens muß ich mich den Leuten aus Sachalin dankbar erweisen!« sagte er, und wirklich, seitdem hat er uns manches Gute und manche Hilfe unseren Leuten erwiesen. Sucht ihn auf; er wird auch euch helfen.«

So teilte der Alte uns alle Wege mit, gab uns Ratschläge und sagte dann: »Jetzt, Brüder, habt ihre keine Zeit mehr zu verlieren. Du, Wassili, befiehl doch den Leuten, hier an dieser Stelle mir meine letzte Wohnung zu graben; hier ist es besser. Wenigstens wird mein Grab der Wind umfächeln, der von jener Seite herüberkommt, und die Wellen von dort her ans Ufer, an mein Grab schlagen. Zögert nicht, Leute; an die Arbeit!« Wir gehorchten.

Da saß der Alte am Fuße der Lärche, und wir gruben ihm mit unseren Messern ein Grab. Als wir es vollendet hatten, sprachen wir ein Gebet. Der Alte saß still, mit dem Haupte nickend, und über seine Wangen flossen Thränen.

Als die Sonne hinter den Bergen versank, war er tot, und als es dunkel war, hatten wir schon die Grube verschüttet.

Als wir ins Meer hinausgefahren waren, ging mit mildem Leuchten der Mond am Himmel auf. Wir schauten uns um und entblößten unsere Häupter ... Hinter uns starrten die Berge Sachalins, am Ufer auf dem Felsen nickte die Lärche Burans.

8.

Am sibirischen Gestade angekommen, hörten wir schon, daß das Gerücht von Saltarows gräßlichem Tode selbst den Eingeborenen bekannt geworden war: so schnell hatten sie es erfahren, als hätte der Wind es ihnen zugetragen. Wir trafen ihrer einige beim Fischfang. Sie schüttelten die Köpfe und grinsten; augenscheinlich freuten sie sich.. »Ihr habt gut lachen, dachten wir; wie aber wird es uns ergehen? Sein Kopf kann nun die unsrigen kosten?« – Sie gaben uns Fische, klärten uns über die verschiedenen Wege auf, die wir einzuschlagen hätten, und wir marschierten weiter. Es war als gingen wir auf glühenden Kohlen; wir schreckten bei jedem Geräusch zusammen, umgingen jedes Gehöft, mieden jeden Russen und verwischten hinter uns unsere Spuren. Schrecklich war es!

Am Tage ruhten wir meist im Walde aus; nachts gingen wir weiter. Beim Tarchanowschen Gehöft kamen wir bei Morgendämmerung an. Mitten im Walde stand es, neu, von einem starken Zaun umgeben. Die Pforten waren geschlossen. Den Anzeichen nach war es das nämliche, von dem Buran uns erzählt hatte. Wir traten näher heran und klopften an. Es wurde drinnen Licht angezündet und bald tönte die Frage: »Wer da?«

»Landstreicher, die von Buran dem Stachei Mitritsch Grüße über-bringen,« erwiderten wir. Damals war der Hauptverwalter, eben dieser Stachei Mitritsch, gerade ausgefahren und hatte auf dem Gehöft einen Gehilfen zurückgelassen mit dem Gebot, wenn von Sachalin Flüchtlinge kämen, solle er jedem von ihnen fünf Rubel, ein Paar Stiefel, einen Pelz, Kleidung und Proviant, so viel sie brauchten, auf den Weg geben. »Wie viele ihrer auch seien, befrie-dige alle; rufe die Arbeiter zusammen, damit es in ihrer Gegenwart geschehe, und sie es mir nachher bestätigen können,« hatte er beim Verlassen seines Hauses gesagt.

Auch hier hatte man von Saltanow gehört. Als uns daher der Ge-hilfe erblickte, erschrak er.

»Ach, Brüder, seid ihr es, die den Saltanow niedergeschlagen – schlecht steht es um euch!«

»Nun, ob wir's sind oder nicht, thut nichts zur Sache. Wie steht es aber damit, wird Eure Gnaden uns nicht irgend welche Hilfe leis-ten? Buran sendet uns zu Stachei Mitritsch mit Grüßen.«

»Wo ist denn Buran selbst? Wieder in Sachalin?«

»Ja, auf Sachalin liegt er begraben.«

»Nun, Gott hab ihn selig! Ein guter Mensch war er, ehrlich ... Sta-chei Mitritsch denkt noch jetzt häufig seiner. Er wird für ihn wohl manche Messe lesen lassen. Wie hieß er aber, wißt ihr's, Leute?«

»Nein, wir wissen's nicht. Buran hieß er stets bei uns. Er mag wohl selbst seinen Namen vergessen haben; ein Landstreicher braucht keinen.«

»Das ist es eben, Brüder – schlimm ist euer Leben, sehr schlimm. Selbst wenn der Pope für euch zu Gott beten will, kann er es nicht, weiß er doch nicht, wie er euch nennen soll. Der Alte wird doch auch eine Heimat, Verwandte gehabt haben, Brüder, Schwestern und vielleicht gar liebe Kinder!« »Natürlich mag er sie gehabt ha-ben. Mag ein Landstreicher seinen Namen, den er bei der Taufe empfangen hat, abgelegt haben, doch auch ihn, wie die anderen, hat ja ein Weib geboren.«

»Ihr führt ein trauriges Leben, Brüder!«

»Giebt's etwas Traurigeres?! Erbetteltes, Geschenktes essen wir, Geschenktes tragen wir, und sterben wir, so bekommen wir nicht einmal ein Grab. Sterben wir im Walde, so fressen unseren Leib die wilden Tiere, unsere Knochen bleicht die Sonne. Traurig wohl ist unser Leben!«

Bedauern und Mitleid erregten unsere Worte beim Gehilfen – denn je mehr man Teilnahme hervorruft beim Sibirier, desto freigebiger wird er – und wir selbst waren auch erregt durch die Wahrheit dieser Worte. Er wird doch gleich gähnend zu Bette gehen und satt im warmen Bette schlafen; wir aber müssen hinaus, müssen in dem finsteren Walde umherirren und uns vor jedem Menschenauge verbergen, wie ein verpestetes Untier, wie ein Gespenst bei Anbruch des Tageslichts.

»Doch, Brüder,« sagte er, »ich muß schlafen gehen. Ich gebe euch von mir aus noch je einen Zwanziger pro Mann, und da, empfangt nach der Weisung meines Herrn, was euch zukommt, und geht mit Gott. Alle Arbeiter werde ich nicht wecken – drei Mann habe ich hier, denen man vertrauen kann, sie werden's dann später bestätigen. Sonst kann man sich noch Unglück mit euch auf den Hals laden. Hört nur meinen Rat, geht nicht nach Nikolajewsk, dort lebt jetzt ein strenger Kreisrichter. Alle durchziehenden Wanderer befahl er aufzuhalten, wo sich nur einer zeigen sollte. »Keine Elster werde ich vorüberfliegen,« sagte er, »keinen Hasen vorüberspringen lassen, geschweige denn diese Sachaliner.« Glücklich könnt ihr euch schätzen, wenn ihr unangefochten vorüberkommt; in die Stadt steckt nur ja nicht eure Nase.«

Er gab uns, wie es ihm befohlen war, außerdem noch Fische und von sich aus jedem einzelnen einen Zwanziger, bekreuzigte sich dann, ging in sein Zimmer und schloß das Thor. Das angezündete Licht erlosch, und bald schlief alles im Gehöft. Bis zum Morgen war es noch weit. Wir zogen weiter, und schwer lastete auf uns die Traurigkeit.

Ja, tiefe Trauer bedrückt manchmal die Seele des Landstreichers. Die tiefe Nacht, der finstere Wald umgeben ihn, der Regen durchnäßt, der Wind und die Sonne trocknen ihn wieder – und nirgends auf der freien weiten Welt, nirgends findet er Ruhe und Sicherheit. In die Heimat stets sehnt er sich zurück, und kommt er dahin nach vieler Mühsal und Gefahr, so erkennt ihn jeder Hund als einen Landstreicher. Und streng ist da die Obrigkeit ... Kaum in die Heimat zurückgekehrt, erwartet ihn wieder der Kerker!

Ja, und dennoch scheint ihm zuweilen selbst der Kerker ein Paradies zu sein – so auch in jener Nacht. Schweigend schritten wir fort, als Wolodjka plötzlich sagte:»Brüder, was mögen jetzt die Unsrigen machen?«

»Von wem sprichst du?«

»Von den Unsrigen dort auf Sachalin, in der siebenten Kaserne. Jetzt mögen sie wohl sorglos schlafen! Wir aber – wir irren hier ... ach, wären wir lieber gar nicht gegangen!«

Ärgerlich schalt ich ihn.»Schämst du dich nicht, wie ein altes Weib zu bereuen! Wärst du doch gar nicht mitgezogen, wenn dein Mut so klein ist und du nur andere mutlos machen kannst.«

Und doch ward auch ich nachdenklich. Müde waren wir, gingen und schlummerten; der Landstreicher ist es gewohnt, im Gehen zu schlummern. Sobald ich aber in Schlaf verfiel, träumte ich mich sofort zurück in die Kaserne. Der Mond leuchtete und erhellte matt die Wand und hinter den vergitterten Fenstern schliefen die Arrestanten auf ihren Lagerstätten. Dann träumte ich, daß auch ich dort läge und mich reckte. Der Schlaf entfloh. Doch schlimmer wirkt kein Traum, als wenn Vater und Mutter im Traume vor uns treten. Nichts, so träumte ich, wäre mit mir vorgefallen, nichts hätte ich erlebt, nicht Kerker, nicht Sachalin, nicht jene Begegnung mit den Kordonsoldaten. In der elterlichen Hütte lag ich und die Mutter kämmte mein Haar und glättete es. Auf dem Tisch brannte ein Licht und der Vater saß mit der Brille auf der Nase und las in einem ehrwürdigen Buch ... Vorleser war er. Die Mutter sang ein Lied.

Als ich von diesem Traum erwachte, war mir als stak in meinem Herzen ein Messer. Statt der traulichen Stube – der düstere Wald. Voranschreitend Makarow und wir alle im Gänsemarsch hinter ihm her. Ein leiser Wind erhob sich bisweilen, bewegte flüsternd das Laub und erstarb. Und in der Ferne, zwischen dem Laub der Blätter, erblickt man das Meer und darüber wölbt sich der Himmel, am fernen Rande des Horizonts leicht sich rötend – ein Zeichen, daß die Sonne sich bald erheben würde. Niemals aber schweigt das Meer –

immer scheint es ein fremdländisches Lied zu singen oder zu grollen. Daher träumte ich stets von diesem Liede. Meist weht das Meer unser einem Sehnsucht ins Herz, da wir nicht ans Meer gewöhnt zu sein pflegen.

Immer mehr näherten wir uns Nikolajewsk; Dörfer und Gehöfte wurden immer häufiger, und der Weg für uns immer gefährlicher. Langsam und vorsichtig schlichen wir an die Stadt heran. Des Nachts marschierten wir vorwärts, den Tag über hielten wir uns im Waldesdickicht versteckt, wohin nicht nur kein Mensch, sondern selbst kein Tier sich verirrt.

Wir hätten einen größeren Umweg um Nikolajewsk machen müssen, doch wir waren zu ermüdet und außerdem war unser Proviant zur Neige gegangen.

Abends kamen wir zum Ufer eines Flusses und sahen dort einen Haufen Menschen. Wir schauten näher hin: die »freie Mannschaft«[3] war es, die Fische fing. Da traten wir denn furchtlos näher.

»Grüß Gott, Leute!« sagten wir.

»Grüß Gott!« erwiderten sie. »Woher?«

Ein Wort gab das andere. Dann blickte ihr Ältester auf uns, rief mich beiseite und fragte: »Seid ihr nicht aus Sachalin? Seid ihr es nicht, die den Saltanow niedergemacht?«

Aufrichtig gesagt, zögerte ich, ihm die Wahrheit zu sagen. Zwar gehörte er zu unseren Leuten, doch auch diesen konnte man nicht alles sagen. Und dann ist die »freie Mannschaft« doch auch nicht dasselbe, was unsere »Arrestantengemeinschaft« ist. Will nun etwa der Älteste oder sonst jemand von ihnen sich bei der Obrigkeit beliebt machen, so geht er hin und zeigt heimlich etwas an – er ist ja frei. Im Kerker kennen wir alle Denunzianten; kaum passiert etwas – sofort wissen wir, wer es gethan hat. Wie kann man das aber hier erkennen?

---

[3] Die »freie Mannschaft« bilden jene Zuchthäusler, die ihre Strafzeit verbüßt haben. Sie leben nicht im Gefängnis, sondern in eigenen Wohnungen, obgleich sie sowohl persönlich, als auch ihre Arbeit einer gewissen Kontrolle und gewissen Regeln unterworfen sind.

Er durchschaute sofort, weshalb ich zögerte, und sagte:»Mich fürchtet nicht; nie werde ich einen Genossen verraten, auch geht es mich ja nichts an. Da in der Stadt schon die Sache bekannt ist und ich jetzt sehe, daß ihr elf Mann seid, so war es mir nicht schwer zu erraten. Brüder, eine schlimme Suppe habt ihr euch eingebrockt. Die Geschichte ist eine sehr böse und der Kreisrichter hier sehr streng – doch, das ist eure Sache. Werdet ihr durchkommen, so könnt ihr zufrieden sein. Da wir noch Proviant nachbehalten haben, so werde ich euch sobald wir in die Stadt zurückkehren, unser Brot und etwas Fisch geben. Braucht ihr nicht vielleicht einen Kessel?«

»Ein überflüssiger Kessel könnte allerdings nicht schaden.«

»Ihr sollt ihn haben ... Nachts bringe ich ihn und auch sonst noch einiges. Seinem Mitbruder muß man doch helfen!«

Leichter ward es uns ums Herz. Ich zog die Mütze und dankte dem guten Mann, ebenso thaten meine Genossen. Viel war es uns wert, daß er uns mit Vorräten versorgte, mehr noch, daß er uns ein gutes Wort gab. Bis jetzt hatten wir die Menschen meiden müssen, da wir von ihnen nichts zu erwarten hatten, als Böses und den Tod – hier bedauerte man uns zum erstenmal.

Vor Freude wäre uns hier fast ein Unglück zugestoßen.

Als die freie Mannschaft fortgegangen war, faßten wir Mut und wurden sorgloser; Wolodjka fing sogar an zu tanzen. Wir ließen jede Vorsicht außer acht, zogen uns zurück in die Dickmannsche Schlucht (nach dem Deutschen Dickmann so benannt, der dort seine Dampfmaschinen baute) – oberhalb des Flusses. Wir zündeten Feuer an, hingen darüber zwei Kessel; in dem einen kochten wir Thee, in dem anderen eine Fischsuppe. Indessen war es Abend geworden, es wurde dunkel, und ein feiner Regen rieselte nieder. Wir kümmerten uns beim heißen Thee nicht um den Regen.

So saßen wir, als wären wir in Abrahams Schoß, ohne zu bedenken, daß, da wir von uns aus die Lichter der Stadt sahen, von dort aus auch unser Feuer gesehen werden konnte. So unvorsichtig konnten wir zuweilen sein, die wir durch Wald und Feld geirrt waren, vor jedem Menschen uns verborgen hatten – jetzt, gegenüber der Stadt zündeten wir ein Feuer an und unterhielten uns so sorglos, als drohe uns dabei nicht die geringste Gefahr.

Zu unserem Glück wohnte damals in der Stadt ein alter Herr, ein Beamter. Früher war er in N. Gefängnisinspektor gewesen. In N. war das Gefängnis groß; viele Leute hatte es beherbergt und alle erinnerten sich gern dieses Greises. Ganz Sibirien kannte den Samarow, und als man mir vor drei Jahren sagte, daß er gestorben sei, fuhr ich nur deshalb zum Popen, um für ihn eine Totenmesse lesen zu lassen. Ein guter Herr war er gewesen, nur zu schimpfen liebte er; und so schimpfte er, daß es ganz schrecklich war. Er schrie und stampfte mit den Füßen – Schlimmes that er aber niemandem. Man achtete ihn, da er gerecht war, niemand beleidigte, nie uns Arrestanten bedrückte; er ließ sich nicht bestechen und verlangte nie etwas von der »Gemeinschaft« zu seinem Vorteil, sondern nahm nur das, was diese ihm freiwillig für seine Wohlthaten bot. Er hatte es auch sehr nötig, denn seine Familie war nicht klein.

Damals war er aber schon aus dem Dienste geschieden und lebte in Nikolajewsk, im eigenen Häuschen. Aus alter Gewohnheit machte er sich auch jetzt viel mit unseren Leuten, der »freien Mannschaft,« zu schaffen. An jenem Abend saß er auf seiner Terrasse und rauchte; da sah er in der Dickmannschen Schlucht ein Feuer. »Wer mag dort wohl Feuer angezündet haben?« dachte er.

Zwei von der »freien Mannschaft« gingen da zufällig vorbei. Er rief sie zu sich heran.

»Wo fischen jetzt die eurigen,« fragte er, »an der Dickmannschen Schlucht, glaube ich, doch wohl nicht?«

»Nein,« erwiderten sie, »dort nicht. Oberhalb der Schlucht. Übrigens müssen sie heute zurückkehren?«

»Das ist's ja … Seht ihr aber dort jenseits das brennende Feuer?« »Ja.« »Wer kann das wohl sein? Wie meint ihr?« –

»Wir wissen es nicht, Stepan Saweljitsch. Wanderer wahrscheinlich.«

»Das ist's eben: Wanderer! Ihr Schufte denkt gar nicht an eure Brüder, nur ich muß immer an sie denken. Wißt ihr nicht, was der Kreisrichter vorgestern von den Flüchtlingen aus Sachalin gesagt hat? Man hat sie hier in der Nähe gesehen … Sie mögens wohl sein, die thörichten Kinder, die dort das Feuer angezündet haben!« »Mag sein, Stepan Saweljitsch.«

»Nun, schlimm steht es dann um sie? Seht mal an, was sie da treiben! ... Ich weiß nur nicht, ob der Kreisrichter schon in der Stadt ist? Wenn er noch nicht zurück ist, so muß er bald kommen, und sieht er das Feuer, so sammelt er sofort Militär. Und doch ist es so schade um die Leute. Saltanows Mord kann ihnen die Köpfe kosten. Macht doch geschwind ein Boot bereit!«

Wir saßen nun am Feuer in Erwartung der Fischsuppe; schon längst hatten wir nichts Warmes in den Mund genommen. Die Nacht war dunkel, vom Ocean her waren Wolken aufgezogen, ein feiner Staubregen fiel hernieder, im Walde flüsterte und rauschte es, unser Geräusch und Reden übertönend – uns Landstreichern ist die dunkle Nacht der beste Freund. Je dunkler am Himmel, desto heller im Herzen.

Plötzlich horchte der Tatare auf – ein feines Gehör besitzen diese Tataren. Auch ich horchte und mir schien es, als hörte ich leise Ruderschläge auf dem Wasser. Ich trat näher zum Fluß – richtig: ein Boot näherte sich unhörbar, am Steuer saß ein Mensch mit einer Kokarde an der Mütze.

»Nun Leute,« sagte ich, »wir sind verloren. Der Kreisrichter kommt!« Wir sprangen auf, warfen die Kessel um und flohen in den Wald ... Ich hatte den Leuten verboten, auseinanderzulaufen. Wir wollten erst sehen, was da sein werde. Im ganzen Haufen könnten wir uns vielleicht noch eher retten, wenn die Zahl der Angreifer klein wäre. Wir verbargen uns hinter die Bäume und warteten ...

Das Boot hielt am Ufer; fünf Mann stiegen aus. Der Eine lachte hell auf und sprach: »Was seid ihr Dummköpfe auseinander gerannt? Ihr werdet gleich alle herauskommen, wenn ich euch nur ein Wort sage; mutig seid ihr zwar wohl, lauft aber doch wie die Hasen davon!«

Neben mir stand hinter einem Baumstamme Darjin. »Hörst du nicht, Wassili – des Kreisrichters Stimme kommt mir so bekannt vor?«

»Warte, sei still! Ihrer sind nur wenige.«

Einer von ihnen trat vor und fragte: »He, ihr Leute! Fürchtet euch nicht! Wen kennt ihr in dem hiesigen Gefängnis?«

Wir antworteten nicht.

»Ach, ihr Teufelskinder,« rief er jetzt, »sagt, wen ihr hier kennt, vielleicht werdet ihr auch uns dann kennen!«

»Ob wir euch kennen oder nicht,« rief ich, »besser aber wäre es sowohl für uns als auch für euch, wenn wir euch nie gesehen hätten. Lebend ergeben wir uns nicht!«

Den Genossen gab ich ein Zeichen sich bereit zu halten. Ihrer waren fünf, wir waren also in der Mehrzahl. Nur schlimm wäre es, dachte ich, wenn sie zu schießen beginnen – in der Stadt würde man es hören. Wir schienen jedenfalls verloren; ohne Kampf wollten wir uns aber doch nicht ergeben.

Der Alte begann wieder: »Kinder, kennt denn niemand von euch den alten Samarow?«

Darjin stieß mich wieder an: »Richtig, das muß der Inspektor aus N. sein!« – »Nun, kennt Euer Gnaden vielleicht den Darjin?« fragte er laut.

»Wie sollte ich nicht? Ältester war er ja bei mir in N.; Fedor hieß er, glaube ich.«

»Ich bin's selbst, Euer Gnaden! kommt nur heraus, Kinder! Unser Wohlthäter ist's.« Da traten wir alle vor.

»Sind Sie wirklich, uns zu fangen hergekommen, Euer Gnaden? Das hätten wir von Ihnen nie erwartet.«

»Dummköpfe seid ihr! Bedauert habe ich euch, ihr Tröpfe. Seid ihr denn verrückt geworden, daß ihr im Angesichte der Stadt Feuer angezündet habt?«

»Der Regen hat uns durchnäßt, Euer Wohlgeboren!«

»Der Regen hat euch durchnäßt?! Und ihr nennt euch noch Landstreicher? Werdet wohl wie Zucker zergehen! Von Glück könnt ihr sagen, daß ich vor dem Kreisrichter auf die Terrasse heraustrat, um eine Pfeife zu rauchen. Hätte jener euer Feuer erblickt, er würde euch schon ein Plätzchen bereitet haben, wo ihr euch hättet trocknen können! Ach, Leute, Leute! Nicht sonderlich klug seid ihr, trotzdem ihr Saltanow über die Klinge habt springen lassen, ihr Kanaillen! Löscht schnell das Feuer und packt euch fort vom Ufer, tiefer hinein in die Schlucht! Dort steckt meinetwegen zehn Feuer an, ihr Lumpengesindel!« Er schimpfte, wir standen um ihn herum und lachten. Als er zu schreien aufgehört hatte, sprach er: »Da hab ich euch im Boot Brot und Thee mitgebracht. Gedenkt des alten Samarow nicht in Feindschaft. Und wenn euch Gott glücklich von hier forthilft und einer von euch vielleicht nach Tobolsk kommen sollte, so stelle er meinem Heiligen ein Licht dort in der Kirche. Ich werde wohl hier sterben, wo ich ein Haus mit meiner Frau als Hochzeitsgut mitbekommen habe ... auch bin ich schon alt. Und doch gedenke ich mitunter meines Geburtsorts. – Nun aber, lebt wohl! Und noch einen Rat gebe ich euch – trennt euch! Wie viele seid ihr jetzt?«

»Elf Mann.«

»Nun, und seid ihr nicht Esel? Von euch spricht man ja schon in Irkutsk, und ihr Narren zieht in hellem Haufen noch immer weiter!«

Der Alte setzte sich in sein Boot und fuhr fort. Wir gingen nun tiefer in die Schlucht zurück, kochten unseren Thee, aßen unsere Suppe, ordneten unsere Vorräte und nahmen, dem Rate des Alten folgend, Abschied voneinander.

Ich ging mit Darjin zusammen, Makarow mit den Tscherkessen, der Tatare mit zwei anderen und die übrigen drei auch zusammen. Seitdem haben wir einander nicht wiedergesehen. Ich weiß nicht, wer von ihnen noch lebt, oder ob jemand schon gestorben ist. Vom Tataren nur habe ich gehört; er soll auch hierher verschlagen sein – ob es aber wahr ist, weiß ich nicht. In derselben Nacht gelang es uns, heimlich an Nikolajewsk vorbeizugehen; nur ein Hund auf einem nahen Gehöft schlug an.

Als die Sonne aufging, hatten wir schon zehn Werst auf Waldwegen zurückgelegt und näherten uns der Landstraße. Plötzlich hörten wir Geklingel. Schnell versteckten wir uns hinter einem Strauche und sahen ein Dreigespann an uns vorüberfahren, und im Wagen saß schlummernd, in seinen Mantel gehüllt, der – Kreisrichter.

Da bekreuzigten wir uns beide, Darjin und ich. »Gott sei Lob und Dank, daß er am Abend nicht zurückgekehrt war! Uns zu fangen mag er wohl ausgefahren sein.«

9.

– Das Feuer im Ofen war erloschen und in der Hütte war es so warm, wie in einem Ofen. Der Reif am Fenster begann zu thauen und daraus konnte man schließen, daß der Frost nachgelassen haben mochte, da bei starken Frösten die Eiskruste am Fenster nie zu thauen pflegt, wie warm es in der Hütte auch sein mag. Daher hörten wir auf, Holz in den Ofen zu legen und ich trat hinaus, um das Ofenrohr zu schließen.

Der Nebel hatte sich wirklich ganz verzogen, die Luft war durchsichtig und schien weicher. Im Norden, hinter den Gipfeln der Hügel, die von schwarzen Wäldern bedeckt waren, erhoben sich, matt glänzend, weiße Wölkchen, die schnell am Himmelsraume dahinschwebten. Jemand schien schwer und tief zu seufzen und sein Atem, aus gigantischer Brust emporsteigend, erhob sich lautlos in die Luft, im weiten Räume verschwindend. Ein schwaches Nordlicht leuchtete.

Einem aufsteigenden traurigen Gefühle mich hingebend, stand ich auf dem Dache, und mein Blick schweifte nachdenklich in die Ferne. Die Nacht hatte sich über die Erde gebreitet in all ihrer mächtigen und kalten Schöne. Am Himmel blinkten die Sterne, die glatte Schneefläche zog sich weit hin, am Horizont stand der finstere Wald, erhoben sich die Gipfel der fernen Berge. Und dies ganze Bild in seiner Kälte, Dunkelheit und seinem Schweigen wehte Trauer und Sehnsucht mir ins Herz hinein ...

Als ich in die Hütte zurückkehrte, schlief schon der Landstreicher und die Stille ward nur unterbrochen von den langsamen, ruhiggleichmäßigen Atemzügen des Schlafenden.

Auch ich legte mich zu Bett, doch lange noch konnte ich nicht einschlafen unter dem Eindruck der eben gehörten Erzählung.

Mehr als einmal war ich im Begriff einzuschlafen, doch da rührte sich gerade dann der Schlafende auf seinem Lager und flüsterte leise, unverständlich. Sein tiefer Brustton, der wie ein dumpfes Murren zu mir herübertönte, machte mich immer wieder munter und erzeugte in meinen Gedanken Bilder aus seiner Odyssee. So schien es mir manchmal, als hörte ich über mir das Flüstern des Laubes im Walde, als schaute ich hinab vom Felsen und sähe die weißen Häuser der Kordons im Thale liegen und als schwebte zwischen mir und jenen Häusern ein gewaltiger Adler, langsam seine mächtigen freien Schwingen regend.

Und die Gedanken trugen mich fort – weiter und weiter fort aus dem hoffnungslosen Dunkel der engen Hütte. Ein freier Wind schien mich zu umfächeln, in meine Ohren tönte der weite Ocean grollend seine Melodien, die Sonne sah ich untergehen, tiefes Dunkel umgab mich und leise schaukelte mein Boot auf den Wellen des Meeres ...

Mein Blut war in Wallung geraten durch die Erzählung des Landstreichers. Ich dachte nach, welchen Eindruck diese hervorbringen müßte auf Gefangene, wenn sie in dumpfer Zelle erzählt würde. Und weshalb, fragte ich mich, wirkt auf mich die Erzählung nicht durch die Schwierigkeit der Flucht, nicht durch die erduldeten Mühsalen und Gefahren, selbst nicht durch die unstillbare, sehnende Schwermut des Landstreichers, sondern nur durch die ganze Poesie der freien Freiheit; weshalb überkommt auch mich jetzt der Wunsch nach Freiheit, nach Meer, Wald, und Feld? Und wenn diese mich zu sich rufen, wenn die unübersehbare Weite mich lockt, wie unbezwingbar muß sie erst den Landstreicher locken, der schon genippt hat an dieser Schale unstillbarer, unendlicher Sehnsucht?

Der Landstreicher schlief; mich ließen meine Gedanken nicht einschlafen. Ich vergaß dabei, was ihn in Kerker und Zuchthaus gebracht, was er gethan haben mochte, als er aufgehört hatte, »seinen Eltern zu gehorchen.« Ich sah in ihm nur ein Leben voll Jugendmut, Energie und Kraft, ein Leben, das hinausrief in die Freiheit, in ... Wohin?

Ja, wohin? ...

Aus dem leisen Geflüster des Landstreichers glaubte ich Seufzer herauszuhören. Wem galten sie? Ich versank in tiefes Grübeln über die Lösung eines schier unlösbaren Rätsels, und über mir schwebten düstere Traumgebilde ...

Die Sonne war untergegangen. Die Erde lag mächtig, unfaßbar, trauervoll, in tiefes Sinnen versunken da. Schweigsam hing eine Wolke schwer darüber. Nur ein schmaler Streif des Himmels am fernen Horizonte leuchtete noch im schwachen Lichte der erlöschenden Strahlen der Dämmerung, und weit, weit von jenen fernen Bergen her blinkte ein Licht. – Was mag es wohl sein? Das heimatliche Feuer des längst verlassenen Vaterhauses oder das Irrlicht im Dunkel auf dem uns erwartenden Grabe? ...

Ich schlief spät ein.

10.

Als ich erwachte, mochte es etwa elf Uhr sein. Auf dem Boden des Zeltes spielten schräge Sonnenstrahlen, die sich nur mühsam durch die befrorenen Fensterscheiben stahlen. Der Landstreicher war nicht mehr im Zelte.

Ich mußte in Geschäften ins Dorf, spannte daher mein Pferd vor den Schlitten und fuhr aus meiner Pforte die Dorfstraße hinunter. Der Tag war klar und verhältnismäßig warm. Es mag etwa zwanzig Grad Kälte gegeben haben und – alles in der Welt ist nur relativ – was sonst an anderen Orten nur im stärksten, strengsten Winter vorkommt, bei uns hier war es das erste Frühlingswehen. Die Rauchwolken, die aus allen Schornsteinen stiegen, standen nicht mehr kerzengerade in der Luft, wie es gewöhnlich bei starkem Frost vorzukommen pflegt, sie wurden nach Westen abgelenkt, ein Ostwind wehte, der Wärme vom Großen Ocean mit sich führte.

Das Dorf war zur Hälfte von verschickten Tataren bewohnt und da diese heute ein Fest feierten, war die Straße recht belebt. Hie und da knarrte eine Pforte und aus dem Hofe fuhr ein Schlitten oder sprengten Pferde heraus, auf denen berauschte Reiter schwankend saßen. Die Anhänger Mohameds beachten wenig das Verbot des Korans und daher beschrieben die Reiter sowohl als auch die Fußgänger auf ihrem Wege eigentümliche Zickzackkurven. Zuweilen sprang ein scheues Pferd zur Seite und warf den Schlitten um; das Pferd raste die Straße entlang, und der herausgeschleuderte, im Schnee fortgeschleifte Insasse wirbelte wahre Wolken von Schnee auf, indem er krampfhaft die Zügel festhielt. Ein Pferd nicht zügeln zu können oder aus dem Schlitten geschleudert zu werden, kann jedem passieren, besonders wenn man berauscht ist; aber bei einem guten Tataren gilt es für eine Schande, wenn man die Zügel aus der Hand läßt – selbst unter solch schwierigen Verhältnissen.

Doch da zeigt sich an der geraden Straße ein besonderes Leben. Reiter weichen zur Seite, Fußgänger gleichfalls, die Tatarinnen in ihren roten Gewändern, geschmückt und geputzt, treiben die Kinder von der Straße in den Hof. Aus den Zelten kommen Neugierige hervor, und alle schauen nach *einer* Richtung aus.

Am anderen Ende der langen Straße tauchte jetzt ein Häuflein Reiter auf, und bald sah ich, es galt ein Wettrennen, das bei den Tataren und den Jakuten sich großer Beliebtheit erfreut. Sechs Reiter waren es etwa, die wie der Wind dahinflogen; als sich die Kavalkade näherte, erkannte ich, allen voran, das graue Pferdchen, auf dem gestern Bagilai angekommen. Mit jedem Hufschlage vergrößerte sich die Entfernung zwischen ihm und den anderen. Nach einer Minute rasten sie an mir vorbei wie ein Sturmwind.

Die Augen der Tataren glänzten vor Erregung, vor Neid.

Alle bewegten sie im Reiten Hände und Füße und schrien, mit ihrem ganzen Körper sich zurückbeugend. Nur Wassili ritt »auf russische Art« nach vorn auf den Hals des Tieres gebeugt, nur von Zeit zu Zeit kurze, gellende Pfiffe hervorstoßend, die wie Peitschenschläge wirkten. Das graue Pferdchen rannte schnell, mit seinen Füßen kaum den Boden berührend.

Die Sympathie der Zuschauer war, wie gewöhnlich, auf seiten des Siegers.

»Ein fixer Kerl!« jubelten sie; und die alten Pferdediebe, ungeheure Liebhaber dieses Sports, klopften begeistert im Takt der Hufschläge sich auf die Hüften.

Mitten auf der Straße holte mich Wassili ein, als er auf seinem schaumbedeckten Tiere zurückkehrte; seine besiegten Nebenbuhler folgten weit hinten.

Das Gesicht des Landstreichers war bleich, seine Augen glänzten vor Erregung. Ich merkte, daß er schon getrunken hatte.

»Ich habe schon getrunken!« rief er mir zu, sich vom Pferde beugend und mit der Mütze herübergrüßend.

»Ihre Sache,« erwiderte ich.

»Thut nichts, sei nicht böse! Trinken kann ich, meine Besinnung vertrinke ich aber nie. Übrigens gieb, bitte, meine Mantelsäcke niemandem heraus. Und wenn ich auch selbst darum bitte, gieb sie nicht! Hörst du?«

»Ich höre,« antwortete ich kalt, »nur betrunken kommen Sie, bitte, nicht zu mir in die Hütte.«

»Ich werde nicht kommen,« erwiderte er und gab dem Pferde einen Schlag. Das Pferd schnob, bäumte sich, doch drei Faden war es kaum geeilt, als Wassili es anhielt und sich wieder zu mir wandte: »Das ist ein Pferd! Gold ist es wert! Ich habe darauf gewettet. Sehen Sie wie es läuft! Jetzt kann ich von den Tataren so viel bekommen, als ich dafür will. Ja, ja, ein Tatar liebt gute Pferde mehr als sein Leben.«

»Weshalb verkaufen Sie es denn? Womit werden Sie denn arbeiten?«

»So, weil ich muß!«

Wieder gab er dem Pferde einen Schlag und hielt es gleich darauf an.

»Deshalb eben, weil ich hier einen Bekannten getroffen habe. Alles werfe ich fort. Ach, Freund! Sieh mal, dort, auf dem schwarzen Schimmel, den Tataren ... Du, du! rief er dem hinter uns reitenden Tataren zu, – »Achmet! komm mal her!«

Ein kleiner, schmächtiger Schimmel kam mit seinem Reiter meinem Schlitten zugeeilt. Der Tatare nahm grüßend die Mütze vom Kopfe und lächelte. Neugierig schaute ich ihn an.

Die schlaue Physiognomie Achmets verzog sich zu einem breiten Grinsen. Die kleinen Augen blickten lustig, verschlagen und vertraulich das Gegenüber an. »Wir verstehen einander,« schien der Blick zu sagen. »Ich bin zwar ein Schelm, doch das ist's eben, ein schlauer Schelm zu sein! Darin liegt's!« Und das Gegenüber mußte auch lachen, wenn es auf dies breite, knochige Gesicht, die lustigen Fältchen um die Augen und auf die dünnen abstehenden Ohren blickte. Achmet war überzeugt, daß man ihn verstanden habe; er war befriedigt und nickte mit dem Kopf.

»Ein Freund und Genosse,« sagte er auf Wassili weisend, »zusammen streiften wir durch das Land.«

»Wo wohnst du denn jetzt? Ich habe dich früher hier nicht gesehen.«

»Ich hole meine Papiere; in die Gruben wandere ich, schleppe Spiritus.«[4] Ich sah auf Wassili. Er senkte sein Haupt vor meinem Blick und spielte mit dem Zügel; doch gleich darauf hob er wieder den Kopf und sah mich herausfordernd an mit seinen feurig glänzenden Augen. Seine Lippen waren fest geschlossen, nur seine Unterlippe zuckte.

»In den Wald zieh ich mit ihm. Was schauen Sie so auf mich? Ich bin ein Landstreicher und bleibe es!«

Die letzten Worte sprach er schon im Davonsprengen, hinter sich eine Wolke aufgewirbelten Schnees lassend.

Nach einem Jahre traf ich Achmet wieder im Dorf; er holte wieder »seine Papiere«. Wassili kehrte nicht mehr zurück.

---

[4] Der Handel mit Branntwein ist in und bei den Gruben streng verboten und daher hat sich in den Waldbezirken des Lenagebiets ein besonderes Gewerbe gebildet, das der Branntweinverkäufer, die in die Gruben den Branntwein bringen, der mit Gold aufgewogen wird. Das Gewerbe ist sehr gefährlich, da darauf Zuchthaus steht und die wilde Natur des Landes selbst viele Schwierigkeiten in den Weg legt. Viele dieser Branntweinverkäufer kommen in den Wäldern durch Entbehrungen und Kosakenkugeln um, nicht selten auch unter den Messern ihrer Konkurrenten. Dafür ist aber das Gewerbe ein rentableres, als das Goldgraben selbst.

Aus dem Tagebuche eines sibirischen Touristen.

1. Raubvögel.

Als ich in meiner Postkutsche die Fähre erreichte, dämmerte es schon. Eine frische Brise strich über die breite Fläche des Wassers und trieb seine Wellen in gleichmäßigem Schlage an das felsige Ufer. Von weitem hörten die Fährleute die Glöckchen meines Dreigespanns erklingen und erwarteten mich mit ihrer Fähre. Endlich war ich da; die Kutsche wurde hinaufgeschoben, die Fesseln der Fähre gelöst und munter plätscherten die Wellen an den Bord unseres Fahrzeuges; der Steuermann stieß ab und immer mehr entschwand das Ufer unseren Blicken, als würde es davongetragen von den Wellen, die daran schlugen.

Außer unserem Wagen erblickte ich auf der Fähre noch zwei andere. Auf einem konnte ich einen nicht mehr jungen, kräftigen Mann unterscheiden, der dem Kaufmannsstande anzugehören schien, auf dem anderen drei junge Leute, anscheinend harmlose Kleinbürger. Der Kaufmann saß unbeweglich auf seinem Fuhrwerk, sich mit dem aufgeschlagenen Kragen vor dem Winde schützend, und nahm von seinen zufälligen Reisegefährten keine Notiz. Die jungen Leute ihrerseits waren recht lustig und mitteilsam. Einer von ihnen, der schielte und von dessen Nasenflügeln der eine aufgerissen war, spielte auf seiner Harmonika lustige Melodien und sang mit seiner groben Stimme Lieder, deren herbe Töne vom Winde erfaßt und über die breite freie Wasserfläche des Flusses gezerrt wurden. Ein anderer, mit einer Branntweinflasche und einem Glase in der Hand, schenkte meinem Kutscher ein, und nur der dritte, ein gesunder Mann von etwa dreißig Jahren, kräftig und wohlgebildet, lag ausgestreckt, sein Haupt auf dem Arm gestützt, in seinem Wagen und verfolgte mit nachdenklichem Blicke die über uns hinschwebenden grauen Wolken am Himmel.

Schon zwei Tage war ich auf dem Wege aus der Gouvernementstadt N., und immer wieder begegneten mir diese Gestalten. Ich hatte es eilig und reiste in Geschäften, und stets traf ich diesen Kaufmann in seinem zweirädrigen Wagen mit dem wohlgepflegten Pferde bespannt, stets diese harmlosen Kleinbürger in ihrem von kräftigen Gäulen gezogenen Fuhrwerk; unablässig folgten sie mir, nach jeder meiner kurzen Ruhepausen traf ich sie entweder auf meinem Wege oder mich erwartend an einer Fähre.

»Wer sind sie?« fragte ich meinen Fuhrmann, als er an den Wagen trat.

»Kostjuschka mit seinen Genossen,« sagte er zurückhaltend.

»Wer?« fragte ich nochmals, da der genannte Name mir völlig unbekannt war. Der Fuhrmann wollte mir augenscheinlich das Nähere nicht mitteilen, da unser Gespräch von den Leuten gehört werden konnte. Er wandte sich um und zeigte in die Richtung zum Flusse.

Ich blickte in die gewiesene Richtung. Die breite Wasserfläche war von dunklen hohen Wogen durchschnitten, über denen große weiße Wasservögel, den Möven ähnlich, breite Kreise zogen, sich plötzlich zum Wasser senkten und schnell wieder die Höhe aufsuchten, die Luft mit ihrem kläglich-wilden Geschrei erfüllend.

» *Raubvögel!*« erklärte er, als die Fähre am Ufer gelandet war und unser Dreigespann uns auf die Straße hinausgetragen hatte.

»Diese Bürger sind dasselbe,« fuhr er fort, »nicht Haus, nicht Hof haben sie. Land sollen sie zwar gehabt haben, aber auch das haben sie neulich verkauft. Jetzt treiben sie sich auf den Landstraßen herum und machen sie unsicher.« »Sie rauben wohl?«

»Jawohl, sie rauben. Dem einen Reisenden trennen sie den Koffer vom Wagen, dem anderen stehlen sie Geld und Proviant – das ist ihre Beschäftigung ... Und geht's ihnen schlecht, so rauben sie auch uns, den Fuhrleuten, das letzte Pferd vom Wagen. Man ist ja auch nur ein Mensch, schlummert ein – da sind sie denn da. Dem Kostjuschka hat einer von uns Fuhrleuten den Nasenflügel mit seiner Peitsche aufgerissen. Ja, das ist wahr ... Dieser Kostja – das ist der gräßlichste Mensch. Er hat jetzt keinen Genossen; einen hatte er, der wurde getötet« ...

»So?«

»Ja, er wurde auf der That ertappt. Es war ihm nicht geglückt. Da bekam er seinen Teil.«

Der Erzähler lachte in seinen Bart.

»Zuerst hieb man ihm die Finger einzeln ab, dann brannte man ihn mit glühendem Eisen, pfählte ihn und ließ ihn dann liegen. Er krepierte, der Hund!«

»Bist du denn mit ihnen bekannt? Warum boten sie dir denn Branntwein an – ?«

»Man wird schon bekannt,« sagte er mürrisch, »auch ich bot ihnen manchmal Branntwein, denn mit ihnen läuft man stets Gefahr. Und merke dir's: Kostjuschka wird wohl auch heute Nacht nicht umsonst gefahren sein ... Zwecklos wird er seine Pferde nicht laufen lassen. – Er hat eine Beute im Auge, der Teufel! Ein Kaufmann war auch dort,« setzte er nachdenklich hinzu, »sollte er es etwa sein, den sie ... ? Doch nein, der sieht mir nicht danach aus. Und dann ist bei ihnen auch ein Neuer, den ich bis jetzt noch nie gesehen habe.«

»Der da im Wagen lag?«

»Ja, ja, ... es wird wohl auch einer von ihrer Sorte sein. Ein prächtiger Kerl!« ...

»Weißt du, Herr, fahre nicht des Nachts!« sagte er plötzlich, sich an mich wendend, »folgen sie nicht gar dir, die Hunde?« »Kennst du mich etwa?« fragte ich.

»Woher sollte ich,« sagte er ablenkend. »Man spricht, ein Kudinowscher Beamter werde aus der Stadt hier durchfahren; mich kümmert es ja auch nicht.«

Man kannte mich augenscheinlich. Ich führte für die Brüder Kudinow einen Prozeß mit der Krone und hatte ihn vor einigen Tagen gewonnen. Meine Klienten waren recht bekannt in dieser Gegend, ja im ganzen westlichen Sibirien und der Prozeß hatte Aufsehen erregt. Jetzt, nachdem ich eine bedeutende Geldsumme von der Rentei einkassiert hatte, eilte ich nach NN., um die Terminzahlungen zu leisten. Zeit hatte ich nicht viel, die Post nach NN. ging selten; daher führte ich das Geld bei mir. Ich fuhr Tag und Nacht ohne Aufenthalt, zuweilen sogar lenkte ich von der großen Landstraße ab, um nur Zeit zu gewinnen, daher war mir das mir vorauseilende Gerücht meiner Reise, das ganze Scharen dieser Raubvögel aufscheuchen konnte, nicht gerade tröstlich.

Ich schaute mich um. Ungeachtet der schon anbrechenden Dunkelheit erblickte ich doch auf dem Wege ein schnelles Dreigespann, und in einiger Entfernung von ihm – den Wagen des Kaufmanns ...

2. Der Teufelsfinger.

Auf der *** Poststation, die ich abends erreichte, waren keine Pferde zu haben.

»Ach, lieber Iwan Ssemenowitsch,« sagte mir der Stationsvorsteher, ein korpulenter, alter Herr, den ich bei meinen häufigen Reisen kennen gelernt und mit dem ich Freundschaft geschlossen hatte, »hören Sie auf meinen Rat, fahren Sie nicht in der Nacht weiter, lassen Sie das Geld noch warten! Das eigene Leben ist doch mehr wert, als fremdes Geld. Hier in hundert Werst Umkreis ist Ihr Prozeß Tagesgespräch; ebenso ist die große Geldsumme, die Sie mit sich führen, in aller Welt Munde. Die Raubvögel werden wohl auch ihre Nester verlassen haben ... Sie wären ihnen eine willkommene Beute ... Bleiben Sie hier zur Nacht.«

Ich war nun zwar vollkommen mit der Zweckmäßigkeit dieses Rates einverstanden, konnte ihm aber leider nicht folgen.

»Ich muß fahren ... Lassen Sie, bitte, Pferde holen.«

»Ach, Sie Eigensinn! Da will ich Ihnen denn wenigstens einen Fuhrmann besorgen, auf den Sie sich verlassen können. Er wird Sie nach B. führen, dort müssen Sie aber nächtigen. Der Weg führt ja dort am ›Teufelsfinger‹ vorbei. Es ist eine düstere, wilde Gegend und das Volk ist's nicht minder ... Warten Sie wenigstens ab, bis es hell wird!«

Nach einer halben Stunde saß ich im Wagen und fuhr fort, begleitet von den Segenswünschen und Ratschlägen des Freundes. Die frischen Pferde griffen aus und der Fuhrmann, willig gemacht durch die Aussicht auf ein gutes Trinkgeld, jagte den ganzen Weg so schnell er konnte. B. erreichten wir schnell.

»Wohin fährst du mich? fragte ich meinen Fuhrmann, als wir in B. eingefahren waren.

»Zu meinem Freunde, einen Fuhrmannswirt; er ist ein guter Bauer.« Wir fuhren bei mehreren halbzerfallenen Waldhütten vorbei und hielten endlich an dem Thor eines offenbar einem wohlhabenden Bauer gehörigen Hauses. Uns trat mit der Laterne in der Hand ein alter, graubärtiger Mann entgegen, der recht ehrwürdig aussah. Er hob die Laterne in die Höhe, musterte mich mit seinen schwachen Augen und sagte dann ruhig:»Ah, Iwan Ssemenowitsch. So haben denn die Leute, die unlängst hier vorbeifuhren, richtig gesagt: ›da wird der Bevollmächtigte der Kudinows aus der Stadt vorbeifahren. Besorge ihm Pferde!‹ – ›Was geht's denn euch an?‹ fragte ich sie. ›Vielleicht wird er nächtigen wollen. Zur Nacht fährt man nicht gern.‹«

»Was waren das für Leute,« unterbrach ihn mein Fuhrmann. »Wer kennt sie? Wohl Raubvögel! Sie sahen mir darnach aus. Städter schienen sie mir zu sein, wer sie aber waren, weiß ich nicht. Wer kennt sie auch alle. Du, Herr, bleibst doch wohl zur Nacht, nicht?«

»Nein! Besorge mir, bitte, Pferde, und zwar so schnell wie möglich!« sagte ich, ganz und gar nicht zufrieden mit dem mir vorauseilenden Gerücht.

Der Alte überlegte.

»Tritt in die Stube, was stehst du denn im Flur! ... Das ist's eben, es sind sogleich keine Pferde zu haben. Vor drei Tagen fuhren die letzten zur Stadt. Was thun? Höre, Herr, bleibe zur Nacht!«

Dieses neue Mißlingen war mir recht peinlich. Die Nacht war indes angebrochen, und zwar eine so düstere und dunkle, wie sie es nur in Sibirien nach einem unfreundlichen Herbsttag sein kann. Der Himmel war ganz von dunkeln Wolken überzogen, so daß man kaum unterscheiden konnte, wie oben im dunkeln Raume mächtige, drohende, gestaltlose Massen dahinschwebten, während unten undurchdringliche Finsternis herrschte; man konnte die Hand fast vor den Augen nicht sehen. Ein kühler Staubregen fiel zur Erde und bewegte mit eigentümlichem Geräusche das spärliche Laub der Bäume. Im dichten Walde entstand ein unheimliches leises Geflüster und geheimnisvolles Rauschen.

Und dennoch mußte ich fahren. Ich trat in die Stube und bat den Wirt, sofort Pferde und einen tüchtigen Fuhrmann suchen zu lassen.

»Herr,« schüttelte dieser sein greises Haupt, »du eilst zum Unglück und dazu noch bei solch einer Nacht! Eine rein ägyptische Finsternis!«

In die Stube trat mein Fuhrmann und unterhielt sich flüsternd mit dem Hauswirt. Noch einmal wandten sich beide an mich mit der Bitte, zu bleiben. Doch ich blieb fest. Sie flüsterten, nannten verschiedene Namen, stritten.

»Gut,« sagte der Fuhrmann, nur widerwillig den Worten des Wirtes folgend, »ich werde dir Pferde besorgen im nächsten Dorf.«

»Kann man nicht welche näher bekommen? ... Es wird lange dauern.«

»Nein,« sagte der Fuhrmann, und der Wirt fügte mürrisch hinzu: »Was eilst du so? Du kennst das Sprichwort: Eile mit Weile. Habe Geduld!«

Der Fuhrmann ging hinter den Verschlag, der das Zimmer in zwei Teile teilte, und kleidete sich an. Der Hausherr trat zu ihm und begann ihm etwas mit seiner leisen, greisenhaften Stimme zu erklären. Ich verfiel in einen Halbschlummer.

»Nun,« hörte ich die Stimme schon an der Thür, »sage dem ›Totschläger‹, er solle sich beeilen ... Er hat ja keine Geduld!«

Gleich darauf hörte ich den Hufschlag eines fortsprengenden Pferdes.

Die letzten Worte des Alten verscheuchten meinen Schlummer. Ich setzte mich aus Feuer und überlegte. In dunkler Nacht an fremdem Orte unter fremden Leuten, diese undeutlichen Reden, endlich dieses geheimnisvolle Wort – meine Nerven waren erregt.

Nach einer Stunde erklangen in der Nähe die Glöckchen eines Dreigespanns, das bald darauf vor der Thür hielt. Ich nahm mein weniges Gepäck und trat hinaus.

Am Himmel war es ein wenig heller geworden. Die Wolken eilten, als wollten sie sich schneller in Sicherheit bringen. Der Regen hatte aufgehört; nur von Zeit zu Zeit fielen schräg große Tropfen – der Wald rauschte. Dem anbrechenden Morgen entgegen erhob sich ein kühler Luftzug.

Der Alte begleitete mich mit der Laterne und dank diesem Umstande konnte ich meinen Fuhrmann mustern. Es war ein Bauer von ungeheurem Wuchse, kräftig, breitschultrig, ein ganzer Riese. Sein Gesicht war ruhig, ernst, und jener Ausdruck war ihm aufgeprägt, wie ihn ein tiefes Gefühl, und schweres, düsteres Nachdenken manchem Gesichte verleiht. Die Augen blickten ruhig, fest und ernst.

Aufrichtig gestanden, kam mir jetzt der Gedanke, meinen gewaltigen Fuhrmann nach Hause zu entlassen und bei dem Alten zur Nacht zu bleiben – doch nur für einen Augenblick. Ich betastete meinen Revolver und setzte mich in den Wagen. Mein Fuhrmann ordnete die Decke und stieg langsam auf seinen Bock.

»Höre, Totschläger,« sagte noch der Alte, »paß auf! Du weißt selbst.« ...

»Ich weiß,« erwiderte er, und wir waren im Dunkel der Nacht verschwunden.

Noch flimmerten einige Lichter auf durch das Dunkel aus den zerstreuten Hütten, an denen wir vorbeisausten; es ließen sich dunkle Massen des düsteren Waldes unterscheiden, die sich selbst aus dem uns umgebenden Dunkel hervorhoben; endlich blieb auch das letzte bewohnte Gebäude hinter uns, und uns umgab nichts als die schwärzlichen Konturen des finsteren Waldes, als die schwarze, unfreundliche Nacht.

Die Pferde liefen gleichmäßig und schnell und brachten uns mit jedem Augenblicke jenem verhängnisvollen Felsen näher; doch blieben noch bis dahin etwa fünf Werst Weges und ich hatte Zeit genug, meine Lage zu überdenken. Wie es in solchen Augenblicken zu geschehen pflegt, erkannte ich meine ernste Lage mit vollkommener Klarheit. Ich erinnerte mich der Gestalten der Männer, jener »Raubvögel«, die meinen Spuren schon seit einiger Zeit so verdächtig folgten, des geheimnisvollen Kaufmannes, der sie begleitete, und ich kam zur Überzeugung, daß mich dort am Felsen zweifellos eine Gefahr erwarte. Die Rolle, die in dieser Gefahr mein Fuhrmann spielen würde, war allein mir noch ein Rätsel.

Dieses Rätsel sollte sich indessen bald lösen. Auf dem etwas helleren, aber doch immerhin recht dunklen Horizonte konnte ich einen Höhenzug erblicken, auf dessen Gipfel der Wald rauschte und an dessen Fuß ein Fluß plätscherte. An einer Stelle starrte ein großer schwärzlicher Felsen in die Luft – das war der » *Teufelsfinger*«.

Der Weg führte am hohen Ufer des Flusses vorbei in die Berge. Beim »Teufelsfinger« trat der Fahrweg vom Höhenzuge etwas zurück, da hier eine Schlucht vorgelagert war, und führte in freieres Terrain. Das war der gefährlichste Ort, berüchtigt durch mehrfache Übelthaten der Ritter sibirischer Nächte. Der enge, felsige Weg gestattete keine schnelle Fahrt und das dichte Gestrüpp am Wege ließ einen Überfall nicht vorhersehen. Wir näherten uns nun dieser Schlucht.

Der »Teufelsfinger« wies näher und näher auf uns, in die Höhe stets wachsend, in den dunklen Raum starrend. Wolken flogen über ihn hin und schienen seine Spitze zu berühren.

Die Pferde gingen langsamer. Das Deichselpferd trat vorsichtig auf und blickte aufmerksam auf den Pfad. Die Seitenpferde drängten sich an die Deichsel heran und schnoben furchtsam. Die Glöckchen erklangen unregelmäßig und ihr leises Geklingel, über der Wasserfläche des Flusses widerhallend, ergoß sich traurig dahin und erstarb im weiten Räume.

Plötzlich blieben die Pferde stehen. Die Glocken erklangen in schrillem Mißton und verstummten. Ich erhob mich. Auf dem Wege zwischen dem dunklen Gesträuch bewegte sich etwas Schwarzes. Das Gebüsch schien lebendig geworden zu sein.

Der Fuhrmann hielt die Pferde gerade zur rechten Zeit an; wir waren einem Überfall von der Seite entgangen, doch auch jetzt noch war unsere Lage eine kritische. Umzukehren und zur Seite abzulenken, war bei der Enge der Fahrstraße unmöglich. Ich wollte schon aufs Geratewohl einen Schuß abfeuern, doch plötzlich hielt ich inne.

Die ungeheuere Gestalt des Fuhrmanns, der sich auf seinem Bock erhoben hatte, versperrte die Aussicht aufs Gebüsch und den Weg. Der »Totschläger« hatte sich erhoben, übergab mir die Zügel und stieg vom Bock zur Erde nieder.

»Halt,« sagte er, »schieß nicht!«

Er sprach ruhig und in einem Tone, dem man unbedingt Folge leisten mußte.

Ich dachte nicht daran, ihm nicht zu gehorchen – mein Verdacht gegen ihn war verschwunden. Ich ergriff die Zügel, während der Riese sich dem Gebüsch näherte. Die Pferde folgten klug von selbst ihrem vorangehenden Herrn.

Das Geräusch der Räder hinderte mich, darauf zu lauschen, was im Gebüsch vorging. Als wir jene Stelle erreicht hatten, wo früher die sich bewegenden Gestalten sichtbar waren, blieb der »Totschläger« stehen.

Alles war still, nur fern vom Wege, in der Richtung zum Gipfel, rauschte das Laub und hörte man das Knacken brechender Äste. Offenbar bahnten sich dort Menschen den Weg. Der Vorderste schien zu eilen.

»Kostjuschka, der Schuft, läuft allen voran,« sagte der ›Totschläger‹ auf den Lärm hinhorchend. »He, einer ist doch noch zurückgeblieben.«

In diesem Augenblicke hob sich im Gebüsch, in der nächsten Nähe von uns, eine hohe Gestalt ab und verschwand, gleichsam sich schämend, im Dickicht des Waldes, den Vorausgegangenen folgend. Jetzt hörte man deutlich an vier Orten das Geräusch sich vom Wege entfernender Leute.

Der »Totschläger« trat ruhig zu seinen Pferden, ordnete das Geschirr und trat zum Bock.

Plötzlich flammte unter dem »Teufelsfinger« auf einem Felsvorsprunge ein Flämmchen auf, und ein Schuß fiel, mit seinem Echo die Luft erfüllend. Er hatte nicht getroffen.

Der »Totschläger« eilte erst, wie ein rasend gemachtes wütendes Tier dem Felsen zu, blieb plötzlich aber auf halbem Wege stehen. »Höre, Kostjka,« rief er mit lauter, erregter Stimme, »treibe keinen Unfug, ich rate es dir. Wenn du mir jetzt ein unschuldiges Tier verkrüppelt hast, dann hüte dich! Geh, wohin du willst, ich werde dich finden!« ... »Schieß nicht, Herr!« – sagte er mürrisch, sich an mich wendend.

»Hüte auch du dich, ›Totschläger‹!« hörte ich vom Felsen eine eigentümlich gedämpfte Stimme, gewissermaßen die gefälschte Stimme Kostjuschkas rufen. »Was mengst du dich in fremde Angelegenheiten?«

Der Sprechende schien zu fürchten, von dem erkannt zu werden, an den er sich wandte.

»Drohet doch nicht, Euer Wohlgeboren,« erwiderte verächtlich der Fuhrmann. »Ihr seid wahrlich nicht zu fürchten; feige Raubvögel seid Ihr!« ...

Nach wenigen Minuten lag der Hohlweg unter dem »Teufelsfinger« hinter uns. Wir hatten glücklich das freie Terrain erreicht.

3. Der »Totschläger«.

Wir hatten ungefähr vier Werst in tiefem Schweigen zurückgelegt.

Ich überdachte alles, was vorgefallen war, während der Fuhrmann bald die Zügel anzog, bald sie schlaffer losließ, je nachdem er die Gangart seiner Pferde haben wollte. Endlich begann ich:

»Danke, Freund! Wärst du nicht da gewesen, so stände es jetzt schlimm um mich. Danke, Freund!«

»Nicht Dankes wert!«

»Wie, nicht Dankes wert? Du hast mich aus den Händen solch einer wilden Rotte gerettet.«

»Ja, eine wilde, gottlose Rotte ist es wohl.«

»Kennst du sie?«

»Kostjuschka kenne ich – ihn kennt ja jeder. Auch den Kaufmann habe ich früher schon gesehen. Dem aber, der mir entgegentrat, bin ich noch nie begegnet. Sieh mal an, er schien dem Kostjuschka zu vertrauen und hielt Stand. O nein, Kostjuschka ist nicht von der Sorte! – Immer der erste, wenn's weglaufen gilt, dieser aber war kühn!«..

Er schwieg.

»Nein, dieser war früher nicht bei ihnen,« sagte er leise und schüttelte den Kopf. »Kostjuschka muß ihn irgendwo angeworben haben. Das Raubtier roch Beute – die Verfluchten!«...

»Weshalb fürchten sie dich denn?

Der Fuhrmann lächelte.

»Weshalb sie mich fürchten? Ich habe einmal einen ihrer Genossen ins Gras beißen lassen.«

Er hielt die Pferde an und sich auf dem Bocke umwendend, sagte er: »Schau mal dort den Hohlweg – von hier sieht man ihn noch... Sieh, sieh! Da, auf demselben Platze, in der Ausbuchtung, dort habe ich einen Menschen erschlagen.«

Mir schien es, als zittere seine Stimme, als er das sagte; auch schien es mir, als lese ich in seinen Augen, die nur schwach beim Lichte der anbrechenden Morgendämmerung glänzten, den Ausdruck tiefer Trauer.

Der Wagen stand auf dem Gipfel eines Hügels. Mein Weg führte gen Westen. Hinter uns, auf dem helleren Hintergrunde des Ostens, trat die felsige, mit Wald bedeckte Bergmasse hervor; der gewaltige Felsen starrte nach oben, wie ein erhobener Finger – er schien ganz nah.

Hier auf der Höhe des Hügels umwehte uns ein frischer Morgenwind. Die frierenden Pferde schnoben und stampften mit ihren Hufen die Erde. Das Deichselpferd wollte ausgreifen, doch mit einem Ruck hielt der Fuhrmann das Gespann an; er selbst blickte aufmerksam in die Richtung zum Hohlwege.

Dann wandte er sich plötzlich um, griff fester die Zügel, richtete sich auf dem Bock auf und pfiff – die Pferde streckten sich und trugen uns wie ein Sturmwind vom Berge ins Thal hinab.

Das war eine rasende Fahrt. Die Pferde spitzten die Ohren und flogen wie tödlich erschreckt und der Fuhrmann trieb sie zu immer schnellerem, rasendem Laufe an. Die Erde flog unter den Rädern dahin; Bäume, Sträucher und Felder schienen uns entgegenzueilen und wie niedergemäht hinter uns niederzufallen.

Auf ebener Bahn fuhren wir wieder langsamer. Die Pferde dampften, das Deichselpferd atmete schwer, die Seitenpferde zitterten, schnoben und bewegten ihre Ohren. Allmählich wurden sie indessen ruhiger ... Der Fuhrmann ließ die Zügel schlaff herabhängen und munterte sie durch Zuruf auf ...

»Ruhig, meine Wackern, ruhig, langsam! ... Fürchte dich nicht ... Da, das Pferd,« sagte er, sich an mich wendend –»ein sprachloses Tier nur ist es, und begreift doch auch. Wie nur die Pferde auf diesen Hügel hinaufkommen und sich umblicken, kann man sie nicht mehr zurückhalten – sie ahnen die Sünde!« ...

»Vielleicht ist es wirklich so,« sagte ich, »doch dieses Mal hast du selbst sie ja angetrieben.«

»Ich? Ist's möglich? Nun, kann sein, daß ich es that! Ach, Herr, wüßtest du, was mir auf der Seele lastet!«

»Nun erzähle, dann werde ich es wissen ...«

Der »Totschläger« zögerte.

»Gut,« sagte er nach kurzem Stillschweigen, »ich will's dir erzählen! Hu, ihr Lieben, lauft nur zu, fürchtet euch nicht!« ...

Er zog die Zügel an und schnell trugen uns die Pferde auf der ebenen Fahrstraße dahin ...

»Siehst du,« begann der »Totschläger« seine Erzählung, »das ist schon lange her – zwar nicht sehr lange, aber doch ist seitdem schon manches Tröpfchen Wasser ins Meer geflossen. Mein Leben hat nun einen ganz anderen Weg genommen, und daher scheint mir alles Dahinterliegende als längst Vergangenes. Mich hat man manchmal beleidigt und gekränkt – d. h. meine Obrigkeit that es – und da strafte auch Gott mich recht hart. Mein junges Weib und mein Sohn starben mir an einem Tage. – Eltern hatte ich nicht mehr; so war ich allein, mutterseelenallein auf der Welt zurückgeblieben; ich hatte weder Verwandte, noch Freunde. Der Priester – sogar er! – nahm mir mein letztes Gut zur Bestreitung der Begräbniskosten. Da begann ich zu überlegen; ich dachte, sann und wankte in meinem Glauben. Meinen alten Glauben verlor ich, einen neuen hatte ich nicht gefaßt. Allerdings – viel verstehe ich auch nicht. Ich kann kaum lesen; meinem Verstande traue ich auch nicht viel zu. ... Da überkam mich denn eine Traurigkeit, eine Sehnsucht, so übermächtig stark, daß ich meines Lebens nicht mehr froh ward, und wäre der Tod gekommen, mir wäre er erwünscht gewesen. Ich verließ meine Hütte, das letzte Besitztum, das mir noch geblieben war, nahm meine Pelzjacke, meine Stiefeln, schnitt mir im Walde einen Stab und wanderte in die weite Welt hinaus.«

»Wohin?«

»Wohin mich meine Füße trugen. Hier ließ ich mich nieder, arbeitete eine kurze Zeit und pflügte meinem Brotherrn das Feld, dort kam ich zur Ernte und half sie in die Scheunen einbringen; zuweilen hielt ich mich einen Tag, zuweilen eine Woche, zuweilen auch einen Monat an einem Orte auf und überall sah ich, wie die Menschen lebten, wie sie zu Gott beteten, wie sie einen Glauben hatten. ... Ich suchte Gerechte...«

»Nun, und fandest du sie?«

»Wie soll ich's dir sagen? ... Allerdings sind die Menschen verschieden, und jeder hat sein Kreuz zu tragen. Das ist wohl wahr. Aber doch kennen diese Leute den Herrgott schlecht und beten auch schlecht zu ihm. Jeder denkt an sich, wie nur er selbst satt wird. Nun und dann – selbst der Verbrecher und Räuber in Ketten ist kein echter Räuber. Habe ich recht?«

»Vielleicht – doch was weiter?«

»Nun, noch schwerer, übermächtiger wurde die Traurigkeit in mir. Ich sah, daß ich keine Hilfe finden könnte und irrte umher wie im Walde. Jetzt freilich verstehe ich etwas mehr, und doch... Damals wußte ich nun aber gar nichts. Ich beschloß zum Beispiel Arrestant zu werden.«

»Wie das?«

»So, ganz einfach: ich gab mich für einen Landstreicher aus – da setzte man mich fest. Ich wollte auch ein Kreuz tragen!«

»Nun, und ward's dir leichter darnach?«

»Ach was, leichter! Nur Dummheiten waren das. Du wirst wohl nie im Gefängnis gewesen sein, wirst es also auch nicht wissen; ich aber bin da gewesen und kann dir sagen, was das für ein Kloster ist. Die Hauptsache ist: es leben dort die Menschen nutzlos, müßig. Man schlendert aus einer Ecke gähnend in die andere und faßt schlimme Gedanken. Zur schlimmen That ist dieser Ort für das

Volk wahrlich am geeignetsten, aber daß man dort seiner Seele, daß man dort Gottes gedenkt – das ist eine große Seltenheit; man lacht und spottet darüber.

Da sah ich denn, daß ich in meiner Dummheit an einen falschen Ort geraten war, nannte meinen Namen und bat um meine Freiheit. Doch man ließ mich nicht fort; man zog Erkundigungen ein, that das eine, that das andere – ja, schalt sogar: wie konntest du freiwillig dich selbst fälschlich angeben? Sie ermüdeten mich nur. Ich weiß nicht, was aus mir geworden wäre – wenn nicht ein Zufall eingetreten wäre. Und viel Leid brachte mir dieser Zufall, doch ohne ihn wäre es vielleicht noch schlechter gewesen...

Es verbreitete sich im Kerker das Gerücht, der »Einarmige« würde wieder ins Gefängnis gebracht. Ich hörte auch die Gespräche darüber: die einen sagten, es wäre wahr, die andern widersprachen. Ich beachtete sie nicht, da es mir damals gleichgültig schien, ob man ihn brächte oder nicht. Werden denn wenige alltäglich eingebracht? Es kamen auch Arrestanten aus der Stadt und sagten: »Ja, es ist wahr. Der ›Einarmige‹ wird unter starker Begleitung geführt, zum Abend wird er sicher angelangt sein.« Die ganze Arrestantenschar stürmte nun in den Hof hinaus aus lauter Neugierde. Auch ich trat hinaus, um etwas spazieren zu gehen, nicht weil auch ich neugierig war, sondern nur aus Langeweile; ich ging überhaupt, so viel man es nur zuließ, im Hofe spazieren. So schritt ich in Gedanken und hatte des Einarmigen ganz vergessen, als man das Thor öffnete und ich sah, wie man einen Greis hereinführte. Ein kleiner, schmächtiger, alter Mann mit undichtem, grauem, langem Bart war er. Er wankte; die Füße trugen ihn kaum und der eine Arme hing ihm bewegungslos von der Schulter herab. Trotzdem waren fünf Mann Begleitung mit ihm und hielten die Bajonette auf ihn gerichtet. Als ich das sah, überlief es mich kalt. »Gott im Himmel,« dachte ich, »was thun doch die Leute! Kann man denn einen Menschen so führen wie ein wildes Tier! Und wenn es noch ein Riese, ein kräftiger, starker Mann wäre – nein, aber einen gebrechlichen Greis, dem der Tod auf dem Nacken sitzt!«

Unendliches Mitleid erfaßte mich! Und je länger ich auf ihn blickte, desto stärkere Teilnahme zu ihm regte sich in mir. Man führte den Alten ins Comptoir, rief den Schmied und ließ ihm Hand- und

Fußfesseln anlegen. Er nahm selbst das Eisen, machte ein Kreuz darüber und legte es sich selbst um den Fuß »Schmiede!« sagte er dem Schmied. Dann nahm er ebenso einen offenen Eisenring und legte die Hand hinein, sie ebenso dem Schmied hinhaltend, damit er ihn festschmiede.«

Der Fuhrmann schwieg und senkte sein Haupt, als durchlebte er in der Erinnerung die eben erzählte Scene nochmals. Dann, den Kopf schüttelnd, fuhr er fort:

»Da hat er mich denn so durch seine Worte an sich gefesselt, ans Herz hat er mich gepackt. Wunderbar ist's doch! Später habe ich ihn gut kennen gelernt – der reine Teufel, Gott verzeih es mir, der reine Verführer und böse Feind! Und wie konnte er sich als Heiliger verstellen. Und selbst jetzt, wenn ich an sein Gebet denke, so kann ich es nicht glauben: ein anderer Mensch war er damals! Und so dachte ich ja auch nicht allein. Glaubst du's oder nicht, die ganze Arrestantenschar pflegte zu verstummen, alle schauten zu ihm auf und schwiegen. Die, welche sonst lächelten, wurden dann ernst, andere bekreuzigten sich sogar. So war es, wenn er betete.

Mich hat er nun gleich mit Leib und Seele zu seinem Anhänger gemacht. Denn so, wie ich damals war, faßte ich die Überzeugung, daß das ein wahrer Gerechter wäre, wie deren mancher in früherer Zeit gelebt haben soll.

Zu niemandem hielt ich mich damals, allen näheren Bekanntschaften ging ich aus dem Wege; daher näherte sich auch niemand mir. Zuweilen hörte ich den Unterhaltungen meiner Zellengenossen zu, achtete aber nicht mehr darauf, als wäre es Fliegengesumm... Was ich dachte, behielt ich bei mir: ob es gut war oder schlecht – niemand fragte ich darnach. So beschloß ich auch, zum Alten in seine Einzelzelle mich durchzuschleichen. Der Zufall war mir günstig; dem Wachtposten steckte ich ein Fünfkopekenstück zu, da ließ er mich hinein, und später that er es auch so, ohne Geld. Ich blickte durch das Fensterchen: der Alte ging in der Zelle hin und her, die Ketten klirrend nach sich schleppend und stets mit sich selbst sprechend. Als er mich erblickte, wandte er sich um und trat zur Thür.

»Was brauchst du?« »Nichts,« antwortete ich; »nichts brauche ich; dich besuchen wollte ich nur. Es wird dir in deiner Einsamkeit wohl langweilig sein.« »Ich bin hier nicht allein,« sagte er, »Gott ist bei mir; mit Gott ist es mir nicht langweilig, indes freut mich eines guten Menschen Besuch.«

Ich stand nur vor ihm wie ein Tölpel; er selbst sogar wunderte sich, blickte auf mich und schüttelte den Kopf. Einmal sagte er zu mir: »Tritt doch vom Fenster ein wenig weiter zurück, daß ich dich ordentlich betrachten kann.« Ich trat zurück, er schaute mich an, lange, lange und sagte:

»Was bist du für ein Mensch? erzähle!«

»Was soll ich erzählen?« – erwiderte ich – »ein verlorener Mensch bin ich, sonst nichts.«

»Kann man sich auf dich verlassen? Wirst du mich nicht verraten, nicht betrügen?«

»Ich habe noch niemand betrogen, dich werde ich am wenigsten betrügen. Was du befehlen wirst, das werde ich thun.«

Er überlegte ein wenig und dann fuhr er fort: »Ich muß einen Menschen heute Nacht ins Freie hinausschicken. Willst du nicht gehen?«

»Wie soll ich denn von hier hinauskommen?« fragte ich.

»Das werde ich dich lehren,« erwiderte er. Und wirklich lehrte er es mich, so daß ich des Nachts aus dem Gefängnis hinausging, als wäre es aus meiner Hütte. Ich fand den Menschen, wie er es mir gesagt hatte und nannte das Wort, wie er es mich gelehrt hatte. Am Morgen war ich wieder zurück.

Offen gesagt, als ich mich bei Morgendämmerung dem Gefängnis näherte, pochte mir das Herz gewaltig. »Was,« dachte ich mir, »zwingt mich, den Kopf in die Schlinge zu stecken? Fortgehen!...«

Das Gefängnis, mußt du wissen, steht außerhalb der Stadt. Eine breite Straße führte da vorbei. Am Wege blitzte in den Gräsern der Thau, das Korn stand hoch und, vom leisen Winde berührt, bewegte es sich wie ein wogendes Meer; weit hinter dem Flusse rauschte und flüsterte der Wald und zwitscherten und sangen und jubelten die Vögel – in Freiheit! Und schaut man zurück, so steht der finstere Bau des Gefängnisses da, mürrisch und düster... Nacht war es, dunkel, die Morgendämmerung brach eben erst an. ... Sobald ich mir aber ausmalte, wie mit anbrechendem Morgen der Tag sein fröhliches Spiel beginnen und Leben einem jeden Geschöpf unter dem Himmelsraum einflößen würde – da ergriff es mich übermächtig. Das pochende Herz kam nicht zur Ruhe – hinaus, hinaus in die Freiheit lockte und rief es mich. ...

Doch da gedachte ich des Alten. »Soll ich ihn wirklich betrügen?« Ich legte mich ins Gras, drückte mich an die Erde und lag kurze Zeit so da; dann erhob ich mich und wandte mich zum Gefängnis. Zurück schaute ich nicht. Ich trat näher, erhob die Augen und sah in jenem Turm, wo die Einzelzellen sind, auf dem Fenster den Alten sitzen und mich durch das Gitter mit seinen Blicken verfolgen.

Am Tage schlich ich mich wieder zu ihm und erzählte ihm, daß ich alles nach seinem Wunsche vollbracht hätte. »Nun, ich danke dir, mein lieber Freund,« sagte er, sichtlich aufgeheitert. »Du hast mir einen Dienst geleistet und das werde ich dir, so lange ich lebe, nicht vergessen. Hast du aber gar nicht Lust gehabt, dir die Freiheit zu schenken?« Und dabei lachte er auf. »O, groß war die Lust!« sagte ich. »Glaub's dir wohl,« meinte er.

»Wofür bist du denn eigentlich hierher gekommen?«

»Für nichts,« antwortete ich, »nur durch meine Dummheit.«

Da schüttelte er seinen Kopf »Ach,« sagte er, »es lohnt sich nicht einmal, dich anzublicken. Da hat dir Gott Kraft gegeben und ein frisches Mannesalter; bist ja nicht mehr ein Kind und hast doch, außer Dummheiten, in deinem Leben nichts gethan und nichts von der Welt gesehen. Jetzt sitzt du hier – was hast du davon? In der Welt ist die Sünde, in der Welt ist aber auch das Heil!«

»Zu viel Sünde!« antwortete ich.

»Hast du hier etwa wenig Sünde? Nur sinnlos sind sie hier und dumm.«

»Hast du hier wenig gesündigt und viel gebüßt, bereuest du die hier begangenen Sünden?«

»Mir ist es sehr bitter ums Herz!«

»Bitter? Und weshalb – das weißt du selber nicht. Das ist keine Reue. Die echte Reue ist süß. Höre, was ich dir sagen werde, und vergiß es nicht: sündlos ist nur Gott; der Mensch ist von Natur aus sündig und wird nur durch die Reue gerettet. Reue ist die Folge der

Sünde und die Sünde ist in der Welt. Wenn du nicht sündigst, kannst du nicht bereuen, und bereust du nicht, so kannst du nicht gerettet werden. Hast du verstanden?«

Ich habe nun, aufrichtig gestanden, damals diese Worte nicht ganz begriffen; nur verstand ich, daß diese Worte gut wären. Außerdem habe ich früher auch gedacht: Was ist mein Leben? Alle Menschen leben wie Menschen; nur ich lebe so, als wäre ich gar nicht auf der Welt, wie ein Grashalm auf dem Felde, wie ein Baum im Walde – nicht sich, nicht den andern zum Nutzen.

»Das,« sagte ich, »ist richtig. Wenn auch nicht sündlos leben können auf der Welt, so doch wenigstens leben muß der Mensch und nicht so, wie ich durch das Leben wanken. Doch wie ich leben soll, das weiß ich nicht. Und wann wird man mich außerdem aus dem Gefängnis hinauslassen?«

»Das ist meine Sache,« sagte der Alte, »ich habe für dich gebetet, deine Seele aus dem Dunkel ans Licht der Klarheit führen zu können... Versprichst du, mir zu gehorchen, so will ich dir den Weg zur Reue und Buße weisen.«

»Ich verspreche es,« sagte ich.

»Und schwörst du es mir?« »Ich schwöre...«

Und ich schwur, weil er von mir, meinem Leib und meiner Seele Besitz genommen hatte. Hätte er mir befohlen, ins Feuer zu gehen – ich wäre gegangen.

Ich glaubte diesem Menschen. Mir sagte einmal ein Arrestant: »Wozu läßt du dich mit diesem Einarmigen ein? Sieh nicht darauf, daß er lebendig in den Himmel zu kommen strebt; seine Hand wurde ihm bei einem Raube von einem Herrn durchschossen!« ... Ich hörte ihm nicht einmal zu, um so weniger, als er in trunkenem Mute sprach, und ich Betrunkene nicht ausstehen kann. Ich wandte mich von ihm weg; da wurde auch er böse: »So geh denn unter, Dummkopf!« rief er mir nach. Und jetzt muß ich sagen: »Recht hat er gehabt; ein kluger Mensch ist er gewesen, wenn auch ein Trunkenbold.«

Bald wurde dem »Einarmigen« eine Erleichterung gewährt: man führte ihn aus der Einzelzelle in die allgemeinen Räume über, wo er zusammen mit uns andern saß. Dennoch hielt er sich allein. Wenn die Arrestanten mit ihm zu scherzen, über ihn zu witzeln begannen, so setzte er ihnen immer unverbrüchliches Stillschweigen entgegen. Nur einen Blick ließ er dann auf sie fallen, bei dem selbst der Keckste verstummte. Einen bösen Blick hatte er.

Es dauerte nicht lange, so wurde er ganz befreit. Ich spazierte einmal – es war im Sommer – auf dem Hofe, da sah ich, wie der Direktor ins Comptoir ging und darauf hörte ich, wie man den Einarmigen dorthin rief. Kaum eine halbe Stunde war vergangen, als der Einarmige zusammen mit dem Direktor heraustrat – in seiner eigenen Kleidung, ein vollkommen freier Mann, froh, leuchtenden Auges. Und auch der Direktor lächelte.

»So hat man denn,« dachte ich, »einen Menschen mit solcher Vorsicht, in Ketten und bei schärfster Bewachung in das Gefängnis geführt – und doch ist er ohne Schuld!« Traurig wurde mir da zu Mute und sehnsüchtig zugleich. »Wieder bleibe ich allein zurück!« Da wandte er sich um, erblickte mich und winkte mich zu sich heran. Ich näherte mich ihm und zog die Mütze vor dem Direktor, während der Einarmige sprach:

»Hier, Ew. Wohlgeboren, kann man nicht auch diesen jungen Menschen bald befreien? Das von ihm begangene Verbrechen ist nicht gar zu groß.«

»Wie heißt du?« fragte mich der Direktor.

»Feodor Silin!«

»Ah, Silin! Ich weiß schon. Nun ja, das wird schon gehen. Sein Verbrechen ist auch nur Dummheit. Hinausführen sollte man ihn, ihn durchprügeln und dann laufen lassen, daß er nächstens seine Nase nicht wieder in Dinge steckt, die ihn nichts angehen. Das wäre alles. Erkundigungen sind ja auch, glaube ich, schon längst eingezogen. In einer Woche werde ich ihn wahrscheinlich entlassen können.«

»Nun, das ist ja herrlich,« sagte der Einarmige. »Du, junger Mann aber,« sagte er, mich beiseite führend, »wenn du von hier wirst entlassen sein, so komm einmal zum Kildejewschen Fuhrhalter und frage dort nach dem Wirte Iwan Sacharow. Ich werde mit ihm deinetwegen Rücksprache nehmen; vergiß auch nicht, was du geschworen hast.«

Damit trennten wir uns. Nach einer Woche gab man auch mir die Freiheit. Ich verließ das Gefängnis und ging dorthin, wohin mich der Einarmige gewiesen hatte und fand den Iwan Sacharow. »So und so,« erklärte ich ihm, »mich schickt der Einarmige.«

»Ich weiß,« erwiderte er. »Er erzählte mir von dir. Gut, bleibe hier, fürs erste als Arbeiter; das weitere wollen wir später sehen!«

»Wo ist jetzt der Einarmige?«

»Nicht zu Hause. Er ist häufig in Geschäften abwesend, kommt aber wohl bald zurück.«

So lebte ich denn als Arbeiter zwar dem Namen nach, ordentliche, rechtschaffene Arbeit hatte ich aber nicht zu verrichten. Es war ein kleiner Familienkreis: er selbst, der Wirt, ein erwachsener Sohn, ein Arbeiter und ich als vierter. Noch einige Frauen waren da und dann kam zuweilen auch der Einarmige hinzu. Die Wirte selbst waren strenge, fromme Leute – Altgläubige, befolgten streng die Gesetze Gottes: Tabak und Schnaps waren verpönt. Der Arbeiter Kusma, der bei ihnen lebte, war ein schwacher Kopf – struppig und braun wie ein Mohr. Sowie er nur die Glocken eines Dreigespanns hörte, versteckte er sich alsbald im Gebüsch. Den Einarmigen fürchtete er mehr als den Tod. Wenn er ihn nur von fern erblickte, verkroch er sich im dichtesten Walde und antwortete auf keinen Ruf der Wirte. Wenn nun aber der Einarmige selbst zu ihm ging und nur ein Wort ihm zuraunte, so folgte er ihm willig wie ein Hund und that alles, was ihm befohlen ward.

Der Einarmige kam nun allerdings recht selten zu uns und sprach mit mir noch seltener. Er saß mit den Wirten, sprach mit ihnen und schaute von fern meiner Arbeit zu; kam ich aber bisweilen auf ihn zu und wollte ihn anreden, so sagte er immer, er habe keine Zeit. »Warte, Freund,« sagte er, »wenn ich mich hier für längere Zeit werde niederlassen, dann wollen wir miteinander schon reden, jetzt habe ich keine Zeit.« Und mir bedrückte eine unsagbare Traurigkeit das Herz. Die Wirte gaben mir nicht zu viel Arbeit, gutes Essen teilten sie mir zu, kein schlimmes Wort sagten sie mir, und vorbeifahrenden Reisenden wurde ich auch selten zugeteilt. Häufig fuhr der Wirt selbst, nachts gewöhnlich sein Sohn mit dem Arbeiter. Mir war's aber ohne Arbeit nur noch trauriger ums Herz...

So waren etwa fünf Wochen vergangen, seit ich das Gefängnis verlassen hatte. Einmal kam ich abends von der Mühle nach Hause und sah die Stube voll Menschen. Ich spannte das Pferd aus und wollte eben in die Stube eintreten, als der Herr mir entgegentrat. »Geh nicht hinein!« – sagte er, »warte, bis ich dich rufe. Hörst du, du sollst noch nicht hineingehen, ich sage es dir doch!«

Was soll das? dachte ich bei mir, kehrte um und ging in die Scheune, um zu schlafen. Doch der Schlaf kam nicht; da erinnerte ich mich, daß ich mein Beil am Brunnen vergessen hätte, und beschloß, es zu holen, damit es nicht jemand mitnähme.

Ich stand auf und warf im Vorübergehen einen Blick durch das Fenster in die Stube: sie war voll von Menschen; vor dem Tisch saß der Gerichtsassessor und vor ihm stand ein Imbiß – Schnaps, Tinte, Feder und Papier; – eine Untersuchung war offenbar im vollen Gange. Zur Seite, auf der Bank, saß der Einarmige. Wie ein Schlag vor den Kopf traf es mich. Die Haare auf meinem Kopfe sträubten sich: er saß da mit wirrem Bart- und Kopfhaar, die Hände waren ihm auf den Rücken gebunden, die Augen glühten wie Kohlen. ... So schrecklich erschien er mir da.

Ich trat unwillkürlich vom Fenster zur Seite. Es war im Herbst. Die Nacht war sternenklar, doch dunkel; niemals werde ich, glaube ich, diese Nacht vergessen. Der Fluß plätscherte, der Wald rauschte – ich selbst war wie betäubt. Ich setzte mich am Ufer nieder ins Gras und zitterte an allen Gliedern... Gott im Himmel! ...

Ob ich lange oder kurze Zeit gesessen hatte, weiß ich nicht. Da hörte ich jemand an mir vorübergehen; es war ein Mann in weißem Rock mit weißer Mütze und dem Stock in der Hand. Der Schreiber war es, der ungefähr vier Werst entfernt wohnte. Er ging über die Brücke und trat hinein ins Haus. Unwillkürlich folgte ich ihm und trat zum Fenster.

Der Schreiber trat ein, nahm die Mütze vom Kopfe und blickte um sich; er wußte selbst nicht, weshalb er geholt war. Dann trat er zum Tisch des Einarmigen und begrüßte ihn. »Guten Tag, Iwan Alexejewitsch!« Die Augen des Alten blitzten auf, der Wirt zog ihn am Ärmel und flüsterte ihm etwas zu. Der Schreiber wunderte sich offenbar. Er trat zum Assessor, der schon etwas berauscht mit trüben Augen auf ihn blickte. Man begrüßte einander. »Kennen Sie diesen Menschen?« fragte der Assessor, auf den Einarmigen weisend.

Der Schreiber wechselte mit dem Wirt einen Blick.

»Nein.«

»Was soll das?« dachte ich, »der Assessor kennt ihn ja auch!«

Darauf fragte der Assessor weiter:

»Ist das Iwan Alexejewitsch, hiesiger Einwohner, genannt der Einarmige?«

»Nein,« erwiderte der Schreiber, »er ist es nicht.«

Da nahm der Assessor die Feder und schrieb etwas, das er darauf vorlas.

Ich hörte und staunte.

In dem Geschriebenen hieß es, daß dieser selbe Alte, Iwan Alexejewitsch, nicht Iwan Alexejewitsch sei – daß seine Nachbarn, und ebenso der Schreiber ihn nicht als solchen anerkannt hätten, und daß er sich selbst Iwan Iwanowitsch nenne, auf welchen Namen auch sein Paß laute.

Sonderbar schien es mir! So viele Menschen schwuren, ihn nicht zu erkennen. Allerdings waren diese Menschen auch alle abhängig von Iwan Sacharow, alle ihm tief verschuldet.

Man schloß die Untersuchung und entließ die Zeugen. Dem Einarmigen hatte der Assessor die Fesseln schon früher lösen lassen. Iwan Sacharow rückte mit Geld heraus, daß er dem Assessor einhändigte. Der zählte es und schob es in die Tasche. »Jetzt, Alter, mußt du mindestens auf drei Monate aus dieser Gegend verschwinden; thust du es nicht, dann paß auf – ich wasche meine Hände in Unschuld!... Laßt vorfahren!«

Auch ich trat vom Fenster zurück, ging in die Scheune und glaubte, gleich werde jemand die Pferde für den Assessor holen kommen. Ich wollte nicht am Fenster gesehen werden. – So lag ich denn da und konnte nicht schlafen; alles Gesehene schien mir wie ein

Traum, ich konnte meine Gedanken nicht zusammenfassen. Ich hörte nur, wie man den Assessor hinausgeleitete. Die Glocken klangen und verstummten – er war weggefahren.

Bald schliefen alle im Hause, die Lichter waren verlöscht; auch ich verfiel schließlich in Halbschlummer. Plötzlich aber hörte ich Geklingel: die Glocken eines Dreigespanns klangen näher und näher durch die stille, kühle Herbstnacht. Bald hatte man auch im Hause den nahenden Glockenklang gehört und steckte Licht an... Die Pferde hielten auf dem Hofe. Ein bekannter Fuhrmann brachte uns Gäste – aus Gefälligkeit natürlich, denn wir führten ihm welche zu und er uns.

Nun, dachte ich, die werden wohl zur Nacht bleiben. Übrigens schickte man mich, wie gesagt, nur selten in der Nacht mit einem Reisenden; gewöhnlich fuhr der Wirt selbst oder der Sohn mit dem Arbeiter. Wieder schlummerte ich ein, doch plötzlich erwachte ich, da ich die Stimmen des Einarmigen und des Wirtes unterschied.

»Nun, was nun?« fragte der Alte. »Wo ist denn Kusjma?«

»Das ist's eben,« erwiderte der Alte. »Iwan ist mit dem Assessor weggefahren, und Kusjma ist durchgebrannt, wie er nur das viele Volk gesehen hat. Ein Tölpel ist er, ein Dummkopf!«

»Nun, und Feodor?« fragte der Alte nach mir.

»Der ist abends von der Mühle zurückgekommen, wollte in die Stube eintreten, ich ließ ihn aber nicht hinein.«

»Gut. So schläft er wohl? Hat wohl auch nichts gesehen?«

»Ich glaube nicht. Er ging sofort in die Scheune.«

»Gut. Wollen wir ihn heute an die Arbeit schicken!« »Wird es auch gut sein?« fragte Sacharow.

»Ja, ja. Der Kerl ist einfältig – hat aber eine Riesenkraft; mir gehorcht er – das ist die Hauptsache; ich kann ihn um den Finger wickeln. Und dann muß ich ja wirklich auf ein halbes Jahr von hier wegziehen, und muß man diesen Menschen daher mit dem Handwerk bekannt machen.«

»Dennoch ist er etwas verdächtig,« erwiderte Sacharow; »er scheint nicht so einfältig zu sein, wie es den Anschein hat.«

»Nein, nein,« erwiderte der Alte, »ich kenne ihn. Ein einfältiger Kerl ist er und solche eben brauchen wir. Kusjma muß man loszuwerden suchen, sonst könnte er uns noch Schwierigkeiten bereiten.«

Man begann nach mir zu rufen: »Feodor, Feodor!« Ich hatte nicht den Mut zu antworten und schwieg. Da kam der Alte in die Scheune und im Dunkeln tastend fand er mich. »Steh auf, Feodor!« sagte er freundlich. »Hast du fest geschlafen?« fügte er lauernd hinzu.

»Ja,« erwiderte ich. »Nun, Freundchen, steh mal auf, du mußt Fremde fahren. Gedenkst du deines Schwures?«

»Ja,« sagte ich, vor Aufregung mit den Zähnen klappernd, während vor Kälte mein Blut zu erstarren schien und ich erschauderte.

»Die Zeit dazu ist gekommen,« fügte er hinzu. Merke dir wohl, was ich einst dir sagte. »Vor allem aber spanne die Pferde vor den Wagen, nur geschwind! Die Reisenden haben Eile.«

Ich that es, während mein Herz laut klopfte und ich glaubte, alles wäre ein schrecklicher Traum.

Auch der Alte schirrte, wie ich bald sah, sein Pferd, einen kleinen, grauen Gaul an, der ihm gehorchte, wie ein Hündchen. Mit einer Hand that er es. Darauf setzte er sich auf und flüsterte dem Pferde ein Wort ins Ohr, das ihn aus der Pforte hinaustrug. Mittlerweile war auch ich fertig geworden und führte mein Gespann heraus. Wie ich nun in die Ferne blickte, sah ich den Alten in den Wald hineinreiten. Zwar war der Mond noch nicht aufgegangen, doch konnte ich ihn noch unterscheiden. Im Walde verschwand er zwischen den Baumstämmen und ich atmete erleichtert auf.

Ich fuhr vor und wurde von den Reisenden, einer jungen Frau mit drei Kindern, von denen eins kleiner war als das andere, in die Hütte gerufen. Das älteste mochte vier, das jüngste etwa zwei Jahre zählen. »Wohin, Unglückliche,« dachte ich, »führt dich dein Unstern, hier in diese Einöde, allein, ohne männlichen Schutz?« Die Frau war freundlich, still. Sie zog mich an den Tisch, goß mir Thee ein und fragte mich aus – wie es hier in diesen Gegenden sei, ob keine Überfälle vorkämen und dergleichen mehr.

»Ich habe nichts davon gehört,« erwiderte ich, Mitleid mit ihr fühlend, da sie offenbar Furcht hatte. Und wie hätte sie sich auch nicht fürchten sollen? Gepäck hatte sie viel mit sich und fuhr mit Eilpost, allein mit drei Kindern. Das mütterliche Herz ahnte das ihr drohende Unglück.

Nun, wir setzten uns in den Wagen und fuhren von dannen. Es mag zwei Stunden vor Sonnenaufgang gewesen sein. Wir waren auf die große Straße hinausgefahren, etwa eine Werst weit, als ich sah, wie das Deichselpferd etwas scheute und zur Seite wich. Was ist das? dachte ich. Ich hielt die Pferde an und schaute mich um. Kusjma schlich aus dem Gebüsch hervor. Er stellte sich seitwärts am Wege auf, blickte mich an und schüttelte seine Arme, halblaut vor sich hinkichernd. »Gott behüte uns!« dachte ich und eine Gänsehaut überlief mich, während meine Insassin bleich im Wagen dasaß. Die Kinder schliefen; sie allein wachte mit Thränen in den Augen: Sie weinte...

»Ich fürchte mich vor euch allen!« – rief sie plötzlich aus.

»Gott mit dir, meine Liebe. Was bin ich denn, bin ich ein Mörder? Weshalb seid Ihr denn zur Nacht nicht da geblieben?« »Dort war es noch schlimmer. Der frühere Fuhrmann versprach mir, mich in ein Dorf zur Nacht zu fahren; statt dessen brachte er mich in den Wald in diese Fuhrmannshütte. Und der Alte hatte so furchtbare Augen!« – sagte die Frau.

»Was soll ich jetzt anfangen?« dachte ich bei mir. »Soll ich umkehren oder weiter fahren?« fragte ich, indem ich vergeblich sie zu beruhigen suchte. Und da war noch nah vor uns diese Schlucht – der »Teufelsfinger«. Als sie sah, daß sie auch mich mit ihrem Bangen angesteckt hatte, lächelte sie unter Thränen. »Nun, setze dich nur auf deinen Bock; zurück will ich um keinen Preis – dort ist es so schrecklich und lieber fahre ich mit dir; du hast ehrliche Augen.« Jetzt fürchten sich die Leute vor mir und nennen mich den Totschläger, damals aber hatte ich noch nicht dies Kainszeichen auf meiner Stirn.

Ihr Lächeln hatte auch mir meinen Mut wiedergegeben. Ich setzte mich auf den Bock.

»Komm,« sagte sie, »wir wollen uns unterhalten.« Sie fragte mich aus nach meinen Verhältnissen, meinem Leben und erzählte mir von sich, daß sie zum Manne fahre. Er wäre verschickt, wäre reich.

»Und du lebst wohl schon lange bei deinen Wirten, dienst wohl bei ihnen?«

»Ja, ich diene, aber erst seit kurzer Zeit,« erwiderte ich.

»Was sind sie für Leute?«»Wer weiß,« sagte ich, »übrigens sind sie streng, rauchen keinen Tabak, trinken keinen Branntwein ...«

»Das,« sagte sie, »ist alles Nebensache.«

»Wie soll man denn sonst leben?« fragte ich, da ich einsah, daß sie eine Frau mit Verstand sei, und hoffte, sie würde mir vielleicht einen Wink geben können.

»Verstehst du zu lesen?« fragte sie.

»Etwas!«

»Welches ist das oberste Gebot in der Bibel?«

»Die Liebe.«»Ja,« sagte sie. »Und dann heißt es noch: Höher ist keine Liebe, als wenn man Leib und Leben für seinen Nächsten läßt. Das ist auch das ganze Gesetz. Außerdem braucht man noch den Verstand, um unterscheiden zu können, wo das Gute liegt und wo das Schlechte. Das Schnapstrinken aber und das Tabakrauchen sind Unsinn und Nebensache, nur Äußerlichkeiten.«

»Ja, du hast recht,« sagte ich, »obgleich auch etwas Strenge nicht schadet, damit der Mensch nicht übermütig werde.«

So fuhren wir denn unter solchen Gesprächen, ohne zu eilen, kamen zum Walde und zum Fluß, über den eine Fähre führt. Der Fluß ist in wasserarmer Zeit schmal, so daß man dort einen Fährmann gar nicht braucht. Die Kinder waren erwacht und blickten um sich; Nacht, tiefe Nacht herrschte jetzt ringsumher. Der Wald und seine Bäume flüsterten und rauschten über uns – die Sterne standen glänzend am Himmel. Die Kinder schauten verwundert um sich.

Kaum waren wir aber wieder in den Wald gekommen, als es mich wieder wie ein Schlag traf: vor uns auf dem Wege trabte etwas. Ich konnte zwar nicht recht unterscheiden, doch schien es der graue Gaul des Einarmigen zu sein. Ich glaubte, mein Herz stehe still. Was wollte der Alte hier und wozu hatte er mich jetzt an meinen Schwur gemahnt? Weshalb nicht früher? Nichts Gutes hatte das zu bedeuten. Ich überlegte: Furcht vor dem Alten überkam mich da.

Früher liebte ich ihn, jetzt aber fürchtete ich ihn, sobald ich mich nur seiner Augen erinnerte.

Ich verstummte. Nichts dachte ich, nichts hörte ich. Die Frau fragte noch einmal, zweimal; da ich schwieg, verstummte auch sie und saß da, die Arme – schweigend, totenbleich.

Der Weg verengerte sich; es war die düsterste Stelle im Walde. Und auch auf meiner Seele lastete es düster – finsterer als die Nacht. Ich saß auf meinem Platz unbeweglich still. Die Pferde kannten den Weg und liefen, ohne daß ich sie zu lenken brauchte,, immer näher jener Stelle, auf die ich vorhin dich gewiesen habe.

Wir waren da – richtig, da hielt mitten auf dem Wege das graue Roß des Alten, er auf ihm mit Augen, die wie feurige Kohlen glühten. Meinen Händen entfielen die Zügel. Die Pferde fuhren bis dicht vor den Grauen und hielten von selbst an.

»Feodor,« rief der Alte, »steig ab!«

Unwillkürlich gehorchte ich seinem Geheiß, und auch er stieg aus dem Sattel; das Pferd blieb quer über den Weg stehen. Meine Pferde standen auch unbeweglich, ebenso ich, wie behext. Er trat zu mir, flüsterte mir etwas zu, ergriff meine Hand und führte mich zum Wagen. Ich blickte auf meine Hände und sah in ihnen ein Beil.

Ich folgte ihm. Kein Wort vermochte ich ihm zur Antwort hervorzubringen und keine Kraft hatte ich, ihm zu widerstehen.

»Sündige!« sagte er, »und dann bereue!« Das ist das einzige, was mir von jenen Augenblicken noch im Gedächtnis geblieben ist.

Wir traten dicht an den Wagen – er stellte sich zur Seite.

»Fang an!« – raunte er mir zu, erst dem Weibe vor die Stirn!«

Da blickte ich in den Wagen. O Gott! Wie ein todmattes Täubchen saß die liebe Frau da, die Kinder mit ausgebreiteten Händen schützend und auf mich mit ihren weitgeöffneten, vor Furcht gefolterten Augen schauend. Mein Herz in der Brust krampfte sich vor Schmerz zusammen. Die Kinder waren auch erwacht und schauten mit kindlich verständnislosem Blick auf mich ...

Und dieser Blick weckte mich aus meinem Schlafe. Ich öffnete die Augen, erhob das Beil. – Das Blut erstarrte mir... In meinem Herzen lebte nur der Zorn. Ich wußte, daß ich gleich ein blutiges Verbrechen begehen würde – und doch – kein Mitleid regte sich in meinem Herzen.

Ein zweites Mal noch blickte ich auf den Alten. Seine Augen schimmerten in grünem, unstetem Licht. Er begriff erschreckt die Sachlage und krümmte sich vor mir wie ein Wurm. Ich erhob den Arm und schlug zu – der Alte stöhnte kaum noch und fiel vor mir zu Boden. Mit dem Fuße stieß ich ihn fort – verzeih mir's Gott!«...

Der Erzähler holte tief Atem.

»Nun, was war weiter?« fragte ich, als er verstummte und nachdenklich wurde.

»Ach so, weiter?« fragte er. »Ich mißhandelte noch den Leichnam, als von der Höhe herab Iwan Sacharow hinzugeritten kam, mit der Flinte in der Hand. Ich eilte auf ihn zu – damit auch er an die Seite des Einarmigen zu liegen käme, doch er hatte es gemerkt, warf einen Blick des Schreckens auf mich, spornte sein Pferd und entfloh.

Ich kam zu mir, ohne es zu wagen, nach jemand zu blicken; ich setzte mich auf den Bock und gab den Pferden einen Peitschenschlag, doch diese rührten sich nicht vom Fleck. Der Graue stand noch quer über den Weg – ich hatte seiner vergessen. So hatte man es ihn gelehrt. Ich schlug ein Kreuz. So mußte ich denn auch das Tier niederschlagen. Ich that es, nachdem ich vergeblich versucht hatte, den Grauen wegzuführen: er stemmte sich gegen all mein Ziehen und Stoßen.

»Liebe Frau,« sagte ich, »steigt ein wenig aus, da die Pferde vielleicht scheuen und davonrasen werden, wenn der Graue vor ihnen niederstürzt.«

Wie ein willenloses Kind gehorchte sie und stieg aus. Die Kinder folgten und schmiegten sich an die Mutter. Auch sie fürchteten sich – unheimlich genug war es schon und da mußte ich mich noch mit diesem Vieh abgeben.

Ich wandte mein Dreigespann, nahm nochmals das Beil zur Hand und trat an den Grauen heran. »Geh,« sagte ich, »aus dem Wege!« Er bewegte nur die Ohren, als wollte er sagen, er würde es nicht thun. Da wurde es vor meinen Augen dunkel; ich holte mit dem

Beil mit aller Kraft aus – nur leise stöhnte das Rößlein und stürzte tot nieder. Ich faßte es an den Beinen, zog es vom Wege fort und legte es seinem toten Herrn zur Seite. – Da mögt ihr beide nun liegen!«

»Setzt Euch,« sagte ich. Sie setzte die beiden jüngeren Kinder in den Wagen hinein, den ältesten konnte sie nicht aufheben.

»Hilf mir!« sagte sie. Ich trat näher. Der Kleine streckte mir seine Händchen entgegen; und schon wollte ich ihn an mich nehmen, da schoß es mir durch den Sinn ...»Nimm ihn weg, den Kleinen,« bat ich,»ich habe Blut vergossen!«

Man setzte sich. Ich ergriff die Zügel. Die Pferde schnoben, doch standen sie unbeweglich da ...

Was ist zu machen?»Setzet doch,« sagte ich,»den Kleinen auf den Bock.« Sie that es und hielt ihn von hinten fest. Ich hob die Peitsche – da rasten die Tiere hin, so wie sie es noch vor wenigen Augenblicken thaten. Sie flohen vor der Blutschuld.

Am Morgen erreichten wir das Dorf. Ich setzte die Frau ab und stellte mich selbst dem Gericht:»Ich habe einen Menschen erschlagen, nehmt mich!«

Die Frau erzählte alles, wie es sich ereignet hatte.»Er hat mich errettet,« sagte sie. Man schlug mich in Banden. Sie weinte, flehte, bat.

»Für welche Schuld binden Sie ihn? Er hat eine gute That gethan und mich und meine Kinder vor dem Tode durch Mörderhand geschützt!«

Ganz unsinnig war sie. Als sie sah, daß ihre Bitten nichts halfen, stürzte sie sich selbst auf mich, um meine Fesseln zu lösen. Da suchte ich sie davon abzubringen.»Laß ab,« sagte ich,»Gott wird richten, ob ich schuldig bin, und gute Menschen werden es thun!«

»Worin kannst du dich denn verschuldet haben?«

»In meinem Übermut. Durch ihn kam ich zu jenen Räubern freiwillig. Der Welt wollte ich entsagen, auf Menschenrat hörte ich nicht und wollte alles besser wissen. Dahin hat mein Übermut mich geführt! ...«

Endlich hörte sie auf mich. Als sie fortfuhr, kam sie zu mir und umarmte mich! »Du armer Freund!« Auch die Kinder ließ sie mich umarmen. »Was willst du?« bat ich. »Was schändest du die Kinder – ich bin ein Mörder!«

Ich fürchtete, die Kinder würden selbst vor meinem Verbrechen zurückschrecken. Doch nein, die jüngsten trug sie zu mir, der älteste kam selbst. Wie mich aber der Älteste mit seinen kleinen Ärmchen umfing, da hielt ich mich nicht länger – ich weinte! Die Thränen flössen mir nur so über die Wangen. Wie gut war aber auch die Frau. Vielleicht wird Gott ihre Gebete erhören und um ihretwillen mir meine Sünde vergeben...«

»Wenn es auf der Welt nur noch einen Funken Gerechtigkeit giebt,« sagte sie mir, »so wird sie dir werden. Ich werde nimmer deiner vergessen.«

Und sie hatte mich auch nicht vergessen. Du kennst ja selbst unsere sibirischen Gerichte. Nichts als Bestechlichkeit und Müßiggang herrscht da. Bis zum heutigen Tage würde man mich im Gefängnis gehalten haben, wenn sie mit ihrem Mann mir nicht die Freiheit verschafft hätte.

»So hielt man dich doch im Gefängnis?«

»Ja, und sogar recht lange. Alles macht man hier mit Geld. Die Frau schickte mir fünfhundert Rubel und einen Brief von ihrem Mann. Sowie dieses Geld kam, wurde es gleich anders. Der Gerichtsassessor kam zu mir und ließ mich in sein Comptoir holen. »Nun,« sagte er, »deine Angelegenheit ist in meinen Händen. Wie viel bietest du für deine Freiheit?« »Ach, du Lump!« dachte ich, »dafür verlangst du Geld? Urteile über mich, so streng du willst; ich will das Gesetz sehen, dann will ich mich vor dir zur Erde beugen – du aber willst Geld!«

»Nichts gebe ich,« sagte ich. »Nach dem Gesetz sollt Ihr über mich urteilen und meine Strafe bemessen!«

Er lachte. »Du bist ein Schwachkopf!« sagte er. »Dem Gesetze nach läßt sich deine Angelegenheit von zwei Seiten betrachten. Das Gesetz ist im Pult eingeschlossen, ich aber habe die Macht. Wohin ich will, dahin kommst du.«

»Wie denn das?«

»Du bist ein Dummkopf! Höre denn! Du hast die Frau mit den Kindern beschützt?«

»Ja, nun und?«

»Kann man dir das als Tugend auslegen? Ja, weil es eine gute That war. Das ist die eine Seite.«

»Und die andere?«

»Die andere? Sieh dich mal an, wie siehst du aus? Dir gegenüber war der Alte ja ein Kind. Wenn er dich hätte verführen wollen, so hättest du ihm auf anständige Weise die Hände auf den Rücken binden und zu deiner Obrigkeit führen sollen: Du aber schlägst ihn, ohne ein Wort zu sagen, nieder. Das ist Eigenmächtigkeit – so darf man nicht thun. Verstehst du nun?«

»Ja, ich verstehe. Ihr habt keine Gerechtigkeit, keine Wahrheit! Nichts wirst du von mir bekommen! Du bist ein recht gerechter Richter, hast recht weise gerichtet!«

Er war ärgerlich geworden.

»Gut denn. Ich will dich, bevor du noch vors Gericht kommst, hier verfaulen lassen.«

»Drohe nur zu!«

So begann er denn seine Drohung wahr zu machen; doch auch die gnädige Frau handelte und vergaß meiner nicht. Es kam von irgendwoher eine Anzeige, so daß mein Gerichtsherr sich in die Enge getrieben sah. Er ließ mich zu sich holen, schrie mich an, ließ mich aber doch noch an demselben Tage frei. So kam ich denn ohne jedes Gericht frei. Ich weiß selbst nicht, wie ... Man erzählt sich jetzt, daß auch zu uns einmal gerechte Richter kommen würden – da warte ich denn. Schickt Gott uns vielleicht auch einmal das Geschworenengericht, ich möchte das wohl noch erleben ...«

»Nun, und was ward aus Iwan Sacharow?«

Iwan Sacharow ist verschollen. Zwischen ihm und dem Einarmigen war eine Abmachung getroffen worden: Iwan Sacharow sollte uns in einer kleinen Entfernung folgen. Wenn ich auf den Mordplan nicht einginge, so sollte Iwan mich niederschießen. Gott aber hat es nun anders beschlossen. Als Iwan Sacharow herangekommen war, hatte ich die Sache bereits beendigt. Da erschrak er. Später erzählten die Leute, er wäre damals nach Hause gekommen und hätte sein Geld aus der Erde gescharrt; ohne jemandem etwas davon zu sagen, sei er dann in den Wald hinein geflohen. Am anderen Morgen stand sein Haus in hellen Flammen. Ob er es selbst angezündet oder ob, wie manche erzählen, Kusjma den roten Hahn aufgesteckt hat – weiß ich nicht. Abends lag auf dem Platze, wo früher das Haus stand, ein Haufen glühender Kohlen und Balken. Das ganze Räubernest ist ausgerottet. Die Weiber sind betteln gegangen, der Sohn ist im Zuchthaus – sich loszukaufen war jetzt wohl kein Geld da ...«

»Halt, ihr lieben Pferdchen!« Da wären wir endlich angekommen, Gott sei Dank! Sieh, da steigt auch die Sonne im Osten auf.«

4. Der sibirische Voltairianer.

Ein Monat war ungefähr seit meiner Begegnung mit dem »Totschläger« vergangen. Ich hatte alle Angelegenheiten geordnet, begab mich zurück in die Gouvernementsstadt N. auf Postpferden und war gegen Mittag auf der N.'schen Poststation angelangt. Mein alter, dicker Freund stand an der Thür und rauchte seine Cigarre.

»Sie wollen wohl Pferde?« fragte er, bevor wir uns noch begrüßt hatten.

»Ja.«

»Ich habe keine!«

»Ach was, Wassili Iwanowitsch! Ich sehe doch ...«

Wirklich stand beim Stalle ein angeschirrtes Dreigespann.

Wassili Iwanowitsch lachte.

»Nein, im Ernst, ich habe keine,« sagte er gleich darauf im ernsthaftesten Tone. »Sie haben's jetzt wohl nicht eilig. Ich bitte Sie, warten Sie!«

»Aber weshalb denn? Erwarten Sie etwa den Gouverneur?«

»Den Gouverneur?« lachte Wassili Iwanowitsch. »Nein, sondern nur einen Hofrat; dem will ich mich aber auch gefällig erzeigen. – Seien Sie nicht böse, auch Ihnen gegenüber möchte ich es sein, doch ich sehe, Sie haben es nicht eilig, während jener im Interesse der Humanität, der Gerechtigkeit, ja, des Menschenheiles, möchte ich sagen, die Pferde braucht.«

»Was hat denn dabei die Gerechtigkeit zu thun – was giebt's denn?«

»Warten Sie nur, ich will's Ihnen schon erzählen. Aber was stehen wir denn draußen? Treten Sie doch näher in meine armselige Hütte.«

Ich folgte ihm in seine »armselige Hütte,« wo uns am Theetisch seine Frau, eine korpulente und ungemein gutmütige Dame erwartete.

»Sie fragten mich eben nach der Gerechtigkeit, nicht wahr?« begann Wassili Iwanowitsch. »Haben Sie je von Proskurow gehört?«

»Woher auch sollten Sie ihn kennen – 's ist ein ebensolcher Taugenichts wie mein Mann; er schreibt sogar für Zeitungen,« – mischte sich Matrëna Iwanowna ins Gespräch.

»Nein, da hast du unrecht, höchst unrecht!« ergriff eifrig Wassili Iwanowitsch das Wort. »Proskurow, meine Liebe, ist ein höchst aufgeweckter, bei seinen Vorgesetzten ungemein beliebter Mann. Du mußt dem lieben Herrgott noch danken, daß dein Mann eine solche Bekanntschaft unterhält. Was glaubst du denn von Proskurow? Wird man denn irgend einen Tagedieb zum Untersuchungsrichter für besonders wichtige Fälle ernennen?«

»Wovon sprechen Sie eigentlich?« fragte ich. »Was sind das für Untersuchungsrichter, und nun noch gar für besonders wichtige Fälle?«

»Dasselbe sage auch ich,« fiel Matrëna Iwanowna sofort ein. »Du flunkerst nur, das ist klar. Bin ich denn so dumm, daß ich nicht wüßte, wie hochstehende Beamte ausschauen?«

»Sehen Sie, da haben Sie meine Frau auch auf falsche Gedanken gebracht!« mit diesen Worten schüttelte Wassili Iwanowitsch vorwurfsvoll sein Haupt. »Allerdings giebt es nicht solch eine Beamtenstelle, wenn aber ein Mensch sein Amt auf besondere Art verwaltet, so ist das, meiner Ansicht nach, noch besser ...«

»Ich kann Sie nicht verstehen,« sagte ich.

»Sehen Sie, Sie selbst können nicht verstehen und machen noch eine Frau konfus!« Nun, Sie wissen aber, daß hierselbst eine Gesellschaft, gewissermaßen eine Aktiengesellschaft, sich gebildet hat, für deren Operationen die offenen Straßen und dunklen Wälder der Schauplatz sind. Haben Sie davon wirklich nichts gehört?«

»Jawohl, natürlich!«

»Nun, also! Die Mitglieder dieser Gesellschaft gehören zu allen Ständen. Die Sache wird im Großen betrieben unter der Devise: eine Hand wäscht die andere, und erfreut sich sogar einer gewissen Öffentlichkeit – wenigstens ist die Gesellschaft, ja, einige Mitglieder sogar sind persönlich allgemein bekannt. Ich sage: allgemein bekannt – natürlich mit Ausnahme der Excellenz. Da kam unserer Excellenz nun einmal, nach einer besonders hervorragenden That dieser Gesellschaft, der plötzliche Gedanke: sie auszurotten. Solcher plötzlicher Gedanken hatte es zwar auch schon früher des öfteren gegeben! es rotteten sich da untereinander einige Mitglieder der Gesellschaft aus, und damit hatte es gewöhnlich ein Ende. Dieses Mal aber war es etwas anderes. Man hatte sich schon zu sehr geärgert und ernannte daher einen Beamten für besonders wichtige Angelegenheiten, Herrn Proskurow, zum Untersuchungsrichter mit ausgedehnten Vollmachten sowohl in Sachen, die sich schon ereignet hätten, als auch in solchen, die sich in Zukunft ereignen würden, falls man in ihnen einen Zusammenhang mit früheren voraussetzen könnte.«

»Was ist denn dabei so Wunderbares?«

»Nun ja, eigentlich nichts. Dieses Mal fiel aber die Wahl auf einen rechtlichen, energischen Mann, das ist das Wunderbare dabei. Schon seit drei Monaten rottet er jetzt aus. Nun hat auch eine grenzenlose Aufregung Platz gegriffen – etwa zehn Pferde hat man schon zu Tode gejagt.«

»Das ist ja nichts weniger als gut, am wenigsten für Sie.«

»Ja, Proskurow ist es aber nicht, der Solches thut: er verfährt ganz regelrecht. Die Landpolizei aber ist stets auf Eilpferden hinter ihm her – natürlich aus Eifer. Sie will immer vor ihm auf den Schauplatz des Verbrechens gelangen – aus Diensteifer natürlich. Das gelingt ihr aber nicht. Proskurow ist der echte Lecocq. Einmal gelang es ihnen allerdings, ihm vor der Nase ein Endchen zu verbergen ... Der Arme war so verstimmt, daß er sich sogar in einem offiziellen Rapport so weit vergaß und schrieb: Dank den Bemühungen der Landpolizei hatten alle Maßregeln zum Verwischen der Spuren in dieser Angelegenheit ergriffen werden können!«

»Das ist ja auch, was ich sage: ein Taugenichts ist er! Ihr beide seid einander wert!«

»Ein Taugenichts ist er nun nicht,« erwiderte Wassili Iwanowitsch. »Daß er sich aber einmal verhauen hat – das – na, das kann einem jeden, auch dem besten, passieren. Er sah es auch selbst ein. Man nahm ihn streng vor, und er mußte sich herauslügen – einen Schreibfehler hatte er vorschützen müssen. »Für die Zukunft wären solche Schreibfehler zu unterlassen,« wurde ihm gesagt, »sonst würde er wegen angegriffener Gesundheit seines Dienstes entlassen werden. Ein komischer Kauz!«

»Was haben Sie denn mit all diesem zu thun?«

Wassili Iwanowitsch machte ein halb komisches, halb ernstes Gesicht.

»Sehen Sie – ich unterstütze ihn. Wir haben hier ein ganzes Komplott eingefädelt, fragen Sie nur Matrëna Iwanowna. Er rottet aus, er vertilgt, und ich halte ihm stets Pferde in Bereitschaft. So zum Beispiel heute: dort auf der Landstraße ist irgendwo ein Mord geschehen und sein Berichterstatter ist mit der Mitteilung davon zu ihm geeilt. Da wird also auch bald der Vertilger erscheinen; so halte ich denn Pferde in Bereitschaft und habe auch meine Freunde auf den anderen Stationen um ein Gleiches gebeten. So kann man denn auch im bescheidenen Amte eines Stationshalters der Menschheit nicht unwichtige Dienste leisten, ja, ja ...«

Zu Ende der Rede konnte mein Freund den ernsten Ton nicht mehr durchführen, sondern lachte laut.

»Warten Sie,« sagte ich ihm, »Sie lachen immer, sagen Sie mir im Ernst: glauben Sie selbst an diese Mission der Ausrottung oder beobachten Sie nur aus der Ferne?«

Wassili Iwanowitsch rauchte angestrengt seine Cigarre und schwieg.

»Stellen Sie sich vor,« sagte er ziemlich ernst, »ich selbst habe mir doch diese Frage bis jetzt noch nicht vorgelegt. Warten Sie, lassen Sie mich überlegen ... Aber nein! Was ist denn das für eine Mission überhaupt! In Aufregung versetzt er nun allerdings all die Leute! Ein Typus ist er auch – ein Typus von höchstem Interesse. Nun, da hören Sie zum Beispiel Folgendes: Ich glaube selbst nicht an den Erfolg dieser Sache – zuweilen scheint mir dieser Vertilger sogar lächerlich – und dennoch unterstütze ich ihn, ja, wenn du willst, liebe Frau, gesteh ich's zu – ich errege dadurch sogar das Mißfallen meiner Vorgesetzten. Und wozu das? Bin ich denn aber der einzige? Überall hat er seine Freunde, hat er ›Gleichgesinnte‹. Darin liegt auch seine Kraft. Doch sonderbar ist es, daß niemand an einen Erfolg glaubt. Da hören Sie: Matrëna Iwanowna sagte eben, echte, hochstehende Herren schauten anders aus. So lautet auch die allgemeine Meinung der Gesellschaft. Während er indessen auf seiner Bahn dahinstürmt und ›seine Fahne hochhält‹, wie man von ihm in den Zeitungen schreibt, versucht ein jeder Mensch, der einen Funken Gefühl hat oder selbst nicht persönlich beteiligt ist, im Vorbeigehen ihm das eine oder das andere Steinchen vom Wege zu stoßen, ihm den Weg zu ebnen. Das wird zwar nicht helfen, aber ...«

»Weshalb denn nicht? Bei der Sympathie der Bevölkerung, die ja selbst so sehr der beteiligte, passive Teil ist?«

»Das ist's eben. Was hilft eine Sympathie, wenn kein Glaube an den Erfolg da ist? Hier braucht man einen Beamten, der klug ist wie die Schlange, der den krummen Weg zu gehen versteht, sich in seiner Macht zeigt, wo es nötig ist, und auch der Bestechung nicht aus dem Wege geht – was ist das sonst für ein sibirischer Beamter! Dann würde auch vielleicht der Glaube an Erfolg kommen. So aber ... Das Ganze würde dann nicht anders als die Folge der obrigkeitlichen Maßregeln erscheinen ... Ach was, so ist schon einmal unser teures Heimatland... Doch lassen wir es und trinken wir lieber unseren Thee!«

Wassili Iwanowitsch brach das Gespräch ab und rückte mit seinem Stuhle weiter.

»Frauchen, gieß nur den Thee ein,« sagte er in sanftem Tone zu seiner Frau. »Sollen wir aber nicht vorher uns mit einem Schnaps stärken?« wandte er sich an mich.

Wassili Iwanowitsch war einer jener höchst interessanten Typen, die uns nur in Sibirien begegnen; wenigstens nur in Sibirien kann man einen Philosophen seiner Art irgendwo abgeschlossen von der Außenwelt, im Amte eines Poststationshalters, antreffen. Wäre Wassili Iwanowitsch noch ein »Verschickter«, so wäre es weniger wunderbar. Hier giebt es nicht wenig Menschen, die von ihrer früheren hohen Stellung in der Welt gestürzt, hierher in weitentlegene Gegenden verschlagen werden, hier sich wieder von Stufe zu Stufe in die Höhe arbeiten und in diese, ihnen neuen und fremden Kreise andere Sitten, Bildung und Kultur hineintragen. Wassili Iwanowitsch stieg durch seine Freigeisterei und seinen Liberalismus von Stufe zu Stufe hinab – langsam, aber sicher, worauf er mit der stoischen Ruhe eines Philosophen blickte. Durch unbekannte pädagogische Einflüsse, die auch nicht gerade selten sich in diesem Lande der Verschickten geltend machen, eignete er sich die Neigungen und den Geschmack eines intelligenten Menschen an, die ihm sein ganzes Leben hindurch teuer waren, so daß er um ihretwillen auf manche äußerliche Bequemlichkeit verzichtete.

Außerdem war er von ganzer Seele eine Künstlernatur. Wenn er in guter Stimmung war, so konnte man ihm viele Stunden zuhören und darob die wichtigste Angelegenheit, den eiligsten Weg vergessen. Aus dem Ärmel schüttelte er Erzählungen, Anekdoten, Bilder; vor dem Zuhörer erstand ein ganzes Panorama echt örtlicher Typen eines eigenartigen, von der Reform übergangenen Landes – all dieser Assessoren mit ihrem Heißhunger, ihrer Geldgier und ihrer Unruhe und dieser Gerichtsvollzieher in ihrer Fettleibigkeit und in ihrer Lebenslust, jener verschiedenen Räte und Beamten für alle möglichen Aufträge. Und über all dieser Welt, die Wassili Iwanowitsch bis in die kleinsten Winkel bekannt war, glänzten in majestätischem Glanze jene Jupitere mit dem specifischen demonstrativen Drohen und der kindlich naiven Unkenntnis des Landes, nur dem Blick der St. Petersburger Departements und Kanzleien und der Gewalt allmächtiger Satrapen. Und von all diesem sprach Wassili Iwanowitsch mit jenem inneren Gefühl, mit dem ein jeder echte, wirkliche Künstler den Gegenstand erfaßt, der ihm Interesse einflößt. Für Wassili Iwanowitsch war seine Heimat, die er mit so lebendigen Farben ausschmückte, der interessanteste Gegenstand.

Als ein intelligenter Mensch, der er im vollen Sinne dieses Wortes war, konnte er auf sich jenen Vers des Dichters anwenden: »Ich lieb' mein Vaterland, doch mit ganz eigner Liebe!« Und er liebte es, obgleich ihn dieser schlecht gewürdigte Patriotismus allmählich tiefer und tiefer sinken ließ. Als ihm einmal, nach einem größeren »Reinfall« eine recht einflußreiche Stellung in Rußland angeboten wurde, sagte er nach einigem Nachdenken; »Nein, Freundchen, ich danke, lehne aber ab... Ich kann nicht! Was soll ich dort? dort ist nur alles fremd. Ja, lieber Freund, ich kann mich ja dort nicht einmal so recht tüchtig ausschelten!«

Überhaupt, wenn ich Gelegenheit habe einen Vergleich zwischen Rußland vor der Reform und Sibirien anzuhören einen Vergleich, der früher recht häufig geführt wurde finde ich immer einen schroffen Gegensatz.

Das Rußland vor der Reform besaß eben nicht zum Nachbar ein anderes reformiertes Rußland, Sibirien besitzt es aber, und diese Nachbarschaft ist es, die jene Ironie und jenes Bespötteln des eigenen Landes hervorruft, das man in Sibirien sogar bei weniger intelligenten Menschen beobachten kann. Unser russischer Dmuchanowski meint in seiner Herzenseinfalt, daß Gott selbst alles so eingerichtet habe und daß sich die Voltairianer vergeblich dagegen stemmen. Mein sibirischer Freund aber sperkelt sich und eifert und – glaubt selbst nicht an seine Mission. Wird diese Stimmung Mode, so freut er sich; wird sie von einer entgegengesetzten abgelöst, so verliert er den Mut und ballt die Faust. Allerdings wird seine desperate Stimmung versüßt durch einen Schimmer von Hoffnung: »vielleicht geht auch diese Wolke vorüber!« Dafür wird aber auch eine jede verwirklichte Hoffnung verbittert durch den bangen Zweifel: »Wie lange wird es dauern?« Da steht denn seitwärts der heimatliche Voltairianer in seinem Biberpelz und lächelt: »Nun, Väterchen, trägt Euch Sünder, noch die Erde?« – und schickt Artikel uncensierten Blättern ein.

»Apropos,« fragte Wassili Iwanowitsch mich, als wir nach dem Thee bei einer Cigarre gemütlich am Tisch saßen und unsere Unterhaltung fortsetzten. »Sie haben ja noch nichts davon erzählt, was Ihnen damals im Hohlwege passiert ist?«

Ich teilte ihm mit, was dem Leser schon bekannt ist. Wassili I-wanowitsch saß nachdenklich da, seine fast zu Ende gerauchte Cigarre betrachtend.

»Ja,« sagte er, »sonderbare Leute sind's!«

»Kennen Sie dieselben?«

»Wie soll ich Ihnen sagen? Ja, ich traf mit ihnen zusammen, sprach mit ihnen, ja trank wohl mitunter sogar Thee mit ihnen – sie gekannt habe ich aber nicht. Die Gerichtsassessoren und die Gerichtsvollzieher durchschaue ich vielleicht aus einer gewissen Seelenverwandtschaft – diese Leute aber begreife ich nicht.

»Nur eins weiß ich: diesem Silin steht ein schlimmes Ende bevor; früher oder später werden jene ›Raubvögel‹ Rache an ihm üben!«

»Weshalb glauben Sie das?«

»Ja, wie denn sonst? Das Ereignis mit Ihnen ist ja nicht das erste. In allen solchen Fällen, wenn kein Fuhrmann zu fahren sich entschließt, wendet man sich an ihn und nie weigert er sich. Und bemerken Sie wohl: er führt nie eine Waffe bei sich. Allerdings imponiert er allen. Seit der Zeit, wo er den ›Einarmigen‹ niederschlug, umgiebt ihn ein gewisser Nimbus, den auch er selbst anerkennt. Doch ist das nur eine Illusion. Man spricht schon unter jenen Leuten: der ›Totschläger‹ mag zwar gefeit sein gegen Kugeln, beikommen könne man ihm aber doch. Daß dieser Kostjuschka ihm schon mit Kugeln aufwartet, scheint für den Umstand zu sprechen, daß er sich mit solchen Leuten versorgt hat, die diesen Zauber brechen können.«

5. Der »Vertilger«.

Wassili Iwanowitsch horchte auf.

»Warten Sie einmal,« sagte 'er, »ich höre Glockengeklingel – wahrscheinlich kommt schon Proskurow.«

Bei diesem Namen gewann Wassili Iwanowitsch seine frühere lustige Laune wieder. Er trat schnell zum Fenster.

»Nun ja, er ist's auch. Da fährt unser ›Vertilger‹. Sehen Sie nur, ist das nicht komisch, ha, ha, ha!... Stets fährt er so – wie präcise!«

Ich trat auch zum Fenster. Das Glockengeläute näherte sich schnell, doch anfangs war nur eine Staubwolke sichtbar, die aus dem Walde hervorzukommen und sich der Station zu nähern schien. Doch da, wo der Weg am Fuße des Berges sich zur Station wandte, erblickten wir bald das Gespann.

Schnell trugen drei Postpferde einen leichten Wagen heran; unter ihren Hufen erhob sich voll der Straße Staub in dichten Wolken, doch noch zu immer schnellerem Laufe trieb der Fuhrmann sie an. Hinter dem Fuhrmann sah ich eine Person in der Uniformmütze mit der Kokarde und im Civilpaletot. Obgleich auf dem schlechten Wege der Wagen geschüttelt und gerüttelt wurde, nahm der Insasse doch keine Notiz davon. Aufrecht stehend und sich auf den Sitz des Kutschers stützend, blickte er auf den Weg hinaus und machte dem Fuhrmann Bemerkungen, nur zuweilen auf die Uhr blickend.

Wassili Iwanowitsch lachte die ganze Zeit, während sich das Dreigespann näherte; als dieses aber vor dem Hause anhielt, saß er schon auf der Couchette und rauchte in größter Gemütsruhe seine Cigarre, wie wenn nichts geschehen wäre.

Einige Sekunden lang hörte man im Hause nur das Schnaufen der ermüdeten Pferde. Plötzlich öffnete sich die Thür und ins Zimmer herein stürzte der Neuangekommene. Es war ein Mann von etwa fünfunddreißig Jahren, von nicht hohem Wüchse, mit einem ungewöhnlich großen Kopf. Sein breites Gesicht mit den vorstehenden Backenknochen, den geraden Augenbrauen, der etwas nach oben gebogenen Nase und den dünnen Lippen war fast rechtwinklig und ließ auf Energie schließen. Die großen grauen Augen blickten forschend und eindringlich. Überhaupt zeugte die Physiognomie Proskurows auf den ersten Blick von ungewöhnlichem Ernst. Die regulären, accuraten »Beamtenkoteletts«, die die glattrasierten Backen einrahmten und eine gewisse Eilfertigkeit in den Bewegungen, verwischten indes bald den ersten Eindruck und wirkten fast komisch, ein Eindruck, der sich durch die Kontraste, die sich in der ganzen Figur ausdrückten, noch verstärkte.

An der Schwelle blieb Proskurow einen Augenblick stehen, warf darauf einen Blick um sich, und als er Wassili Iwanowitsch erblickte, wandte er sich sofort an ihn:

»Bester Herr, Wassili Iwanowitsch! Lieber Freund, um Gottes willen, so schnell wie möglich geben Sie mir Pferde!« Wassili Iwanowitsch blieb ruhig auf seinem Platze und erwiderte mit diplomatischer Ruhe:

»Ich kann nicht ... Postpferde kommen Ihnen ja gar nicht zu, und die Landschaftspferde muß ich für den Assessor zurückbehalten, der gleich kommen muß.«

Proskurow blieb einen Augenblick vor Erstaunen starr; gleich darauf erwiderte er heftig:

»Was sagen Sie denn da? Ich bin ja früher angekommen! Nein, erlauben Sie, das ist... vor allen muß ich Ihnen sagen, daß Sie sich täuschen, was die Postpferde betrifft: ich habe auf jeden Fall die Vollmacht, mich solcher zu bedienen, außerdem aber noch habe ich auf gesetzlicher Grundlage das Recht dazu.«

Wassili Iwanowitsch lachte laut auf.

»Daß Sie der Kuckuck! ... Immer kommen Sie mir mit Ihren Scherzen, wenn ich keine Zeit habe!« rief ärgerlich Proskurow, der offenbar nicht das erste Mal in diese Falle geraten war. »Schnell, um Gottes willen, ich habe hier wichtige Angelegenheiten vor.«

»Ich weiß, ein Mord ist passiert.«

»Woher wissen Sie denn das?« regte sich wieder Proskurow auf.

»Woher ich's weiß? Vom Assessor, der schon längst an Ort und Stelle ist,« neckte Wassili Iwanowitsch.

»Ach was, Sie flunkern schon wieder. Jene haben noch keine Ahnung davon, während der Mörder, das heißt der des Mordes Verdächtige schon, so zu sagen, in meinen Händen ist. Das, lieber Freund, wird eine großartige Geschichte werden! Sehen werden Sie, wie ich sie alle auf den Kopf stellen werde!«

»Nu, nu! Daß jene nur nicht *Sie* auf den Kopf stellen!«

Proskurow horchte plötzlich auf. Auf dem Hofe erklangen Glöckchen.

»Wassili Iwanowitsch,« fragte er schmeichelnd, »dort jenes Gespann ist doch wohl für mich?« Er hatte den Stationschef an der Hand ergriffen und winkte dabei nach mir hinüber.

»Ja, ja, für Sie, für Sie, beruhigen Sie sich! Was haben Sie denn da wieder vor?«

»Einen Mord. Wassili Iwanowitsch wieder einen Mord. Und was für einen Mord – mit allen Anzeichen, daß jene uns zu gut bekannte Bande an demselben beteiligt ist. Ich habe für diesen Fall einen leitenden Faden... Wenn ich nicht irre, wird man hier manchem etwas am Zeuge flicken können. Schnell, um Gottes willen, schnell, besorgen Sie mir die Pferde!«

»Gleich. Wo ist der Mord denn passiert?«

»In jenem verrufenen Hohlwege. Sprengen sollte man diesen Unglücksort. Ein Fuhrmann ist ermordet.«

»Handelt es sich nicht um eine Beraubung der Post?«

»Nein, um einen freiwilligen Fuhrmann...«

»Den ›Totschläger‹!« rief ich, von einer plötzlichen Ahnung befallen.

Proskurow wandte sich an mich und verschlang mich mit seinen großen Augen.

»Jawohl, derselbe; denn so nannte man den Ermordeten. Gestatten Sie indes die Frage: woher interessiert Sie das?«

»Hm!« brummte Wassili Iwanowitsch, aus dessen Augen der lose Teufel des Humors sprühte – »verhören Sie ihn nur recht ordentlich!«

»Ich bin mit ihm früher zusammengetroffen.«

»So?« fragte gedehnt Wassili Iwanowitsch. »Sie sind mit ihm zusammengetroffen? ... Hatten Sie nichts gegen ihn? Hatten Sie ihn nicht vielleicht zu beerben?«

»Ach, lassen Sie doch Ihre Scherze! Ein unerträglicher Mensch!« wies ihn Proskurow ab und wandte sich dann an mich:

»Entschuldigen Sie, mein Herr, ich wollte Sie gar nicht in diese Geschichte hineinziehen, doch Sie werden begreifen – die Interessen der Gerechtigkeit, das Rechtsgefühl...«

– »Die Humanität und das Heil der Menschheit ...« unterließ Wassili Iwanowitsch nicht beizufügen.

»Mit einem Wort,« setzte Proskurow fort, Wassili Iwanowitsch einen vernichtenden Blick zuschleudernd, »ich wollte nur sagen, daß die Beachtung der Interessen der Gerechtigkeit von jedem Bürger gefordert werden kann. Und wenn Sie mir irgendwelche Mitteilungen machen wollten, die auf diese Angelegenheit Bezug haben könnten, so Sie werden begreifen – so... kurz, so sind Sie eigentlich verpflichtet, das zu thun.«

»Ich weiß nicht, inwieweit meine Mitteilungen zur Aufklärung dieser Angelegenheit beitragen können, doch wäre ich erfreut, wenn sie einen Nutzen bringen sollten.«

»Herrlich, Ihre Bereitwilligkeit macht Ihnen Ehre, mein Herr! Darf ich erfahren, mit wem ich das Vergnügen habe?«

Ich nannte meinen Namen.

»Affonassi Iwanowitsch Proskurow,« stellte er sich mir vor. »Sie waren so freundlich, mit Ihrer Bereitwilligkeit der Gerechtigkeit dienen zu wollen, Ausdruck zugeben; nun so nehmen Sie es mir nicht übel, wenn ich Ihre Liebenswürdigkeit weiter mißbrauche und Sie bitte, mit mir zu fahren.«

»Wassili Iwanowitsch lachte hell aus.

»Na, das ist aber doch – weiß der Teufel! ... Wollen Sie ihn nicht gleich arretieren?«

Proskurow ergriff hastig und gleichsam verschüchtert meine Hand.

»Aber glauben Sie doch, bitte, einem solchen Geschwätz nicht,« sagte er. »Um Gottes willen, ein solcher Gedanke.«

Ich beeilte mich, ihn zu beruhigen, daß ich auch nicht im entferntesten daran gedacht hätte.

»Wassili Iwanowitsch scherzt ja,« fügte ich hinzu.

»Ich freue mich, daß Sie mich verstehen. Meine Zeit ist kostbar. Auf dem Wege werden Sie mir mitteilen, was Ihnen bekannt ist. Zufällig bin ich auch ohne Sekretär.«

Ich hatte keinen Grund, den Vorschlag nicht anzunehmen.

»Im Gegenteil,« sagte ich, »ich hatte Sie darum bitten wollen, mich mitzunehmen, da mich selbst diese ganze Angelegenheit höchlichst interessiert.«

Vor meinen geistigen Augen erstand wie lebend die Gestalt des »Totschlägers« mit seiner finsteren Miene, der wehmütigen Falte zwischen den Augenbrauen, dem heimlichen Sinnen in den Augen. »Er ruft das Unglück herab auf mein Haupt« – das war ja seine Vorahnung gewesen, die mir jetzt wieder in den Sinn kam. Mich schauderte. Das Unglück hatte ihn dort in eben jener Schlucht getroffen, die in seinem Leben schon früher eine so verhängnisvolle Rolle gespielt hatte. – – –

»Ah!« – rief plötzlich Wassili Iwanowitsch, aufmerksam durch das Fenster schauend. – »Affonassi Iwanowitsch, können Sie mir vielleicht sagen, wer dort dahergejagt kommt vom Waldesrande her?«

Proskurow warf nur einen Blick in die angedeutete Richtung und stürmte hinaus.

»Um Gottes willen, schnell!« rief er mir zu, vom Tische seine Mütze ergreifend.

Ich folgte ihm und trat reisefertig hinaus. In diesem Augenblick kam das Gespann vor die Thür angefahren.

Als ich in die Richtung zum Walde hinblickte, gewahrte ich einen sich rasch nähernden Wagen. Der Insasse stand häufig auf und machte dem Fuhrmann Bemerkungen; man sah heftig gestikulierende Hände sich heben und senken. Die schräg fallenden Strahlen der Sonne spielten auf den Knöpfen und Tressen von Uniformen und ließen, dieselben hell aufglitzern.

Proskurow bezahlte seinen Fuhrmann, der mit dem Trinkgelde sehr zufrieden zu sein schien.

»Danke sehr, Ew. Wohlgeboren.« »Hast du dem da gesagt?« fragte Proskurow, auf den neuen Fuhrmann zeigend, der ihn weiter fahren sollte.

»Jawohl,« erwiderte dieser.

»Nun also, paß auf!« sagte der Untersuchungsrichter, sich in das Fuhrwerk setzend; kommen wir in anderthalb Stunden an, so bekommst du einen Rubel, eine Minute, hörst du, eine Minute nur später, so...«

Doch die Pferde griffen schon aus und trugen uns wie rasend davon.

6. Jewsseitsch.

Bis B. waren etwa zwanzig Werst Entfernung. Anfangs sah Proskurow jeden Augenblick auf die Uhr und blickte unruhig zurück. Als er sich aber überzeugt hatte, daß die Pferde rasch liefen und von Verfolgern nichts wahrzunehmen war, wandte er sich an mich.

»Nun, mein Herr, was ist Ihnen denn von der Sache bekannt?«

Ich erzählte ihm von meinem Erlebnis in der Schlucht, von der Ahnung des Fuhrmanns und der Drohung, die einer der Räuber – wie es mir geschienen hatte der »Kaufmann« – dem armen »Totschläger« nachgesandt hatte. Proskurow verlor kein Wort von meiner Erzählung.

»Ja, ja,« sagte er, »das alles ist von Bedeutung. Erinnern Sie sich der Gesichter dieser Menschen?«

»Ja, mit Ausnahme vielleicht des Kaufmanns.«

Proskurow warf mir einen Blick schweren Vorwurfs zu.

»Ach Gott!« rief er aus, und aus dem Tone seiner Worte war bittere Enttäuschung herauszuhören, »allerdings trifft Sie kein Vorwurf, aber gerade ihn hätten Sie sich merken sollen... Schade, sehr schade, doch wird er dem Arm der Gerechtigkeit nicht entgehen.«

Es waren noch nicht anderthalb Stunden verflossen, als wir die nächste Station erreichten. Nachdem Proskurow den Befehl erteilt hatte, schnell anspannen zu lassen, befahl er, den Ssotski zu rufen.

Gleich darauf erschien ein Bauer, nicht hoch von Wuchs, mit undichtem Bart und schlaublickenden Augen. Das Gesicht hatte einen gutmütigen und zugleich schlauen Ausdruck; im allgemeinen aber machte er einen angenehmen und vorteilhaften Eindruck. Sein Anzug verriet nicht Wohlhabenheit. Als er ins Zimmer trat, verbeugte er sich tief, blickte darauf auf die Thür, als wollte er sich überzeugen, daß niemand horche, und trat dann näher. Mit Proskurow schien er sich nicht gerade gemütlich zu fühlen.

»Guten Tag, Jewsseitsch!« sagte leutselig Proskurow. »Nun, ist der Vogel etwa schon fort?«

»Weshalb sollte er?« erwiderte dieser schüchtern, »wir bewachen ihn ja.«

»Versuchtest du mit ihm zu reden? ... Was sagte er?«

»Versucht habe ich es wohl, doch ist er nicht redselig. Anfangs versuchte ich ihn mit Güte zum Reden zu bringen, darauf aber – das muß ich gestehen – habe ich ihm gedroht: ›Was liegst du hier wie ein Stück Holz? Weißt du nicht, wer ich hier bin?‹ – ›Nun, wer?‹

›Dein Vorgesetzter bin ich!‹ ›Solchen Vorgesetzten habe ich gewöhnlich aufs Maul geklopft!‹ – »Was soll man mit ihm?«

»Nun, gut, gut!« – unterbrach ihn Proskurow ungeduldig. »Bewacht ihn ordentlich. Ich kehre bald zurück!«

»Er wird nicht weglaufen. Dann ist er ja auch – man muß ihm das lassen – ruhig und sanft. Lange, lange liegt er ganz still und starrt auf die Zimmerdecke; einmal nur stand er auf und verlangte zu essen. Ich gab ihm dann auch ein wenig Tabak, als er darum bat; er rauchte und legte sich darauf wieder hin.«

»Gut, mein Lieber!« Ich verlasse mich auf dich. Wenn der Feldscher kommen sollte, so schicke ihn an den Thatort.

»Verlassen Sie sich auf mich. Dann wollte ich noch fragen...«

Jewsseitsch trat zur Thür und blickte vorsichtig in den Flur hinaus.

»Nun, was noch?« fragte Proskurow, der sich schon zum Weggehen gewandt hatte.

»Ja, wir reden untereinander im Dorfe...« begann Jewsseitsch, sich zweifelnd umblickend und auf mich schauend –»wenn wir Bauern nun jene aufs Korn nehmen sollten, so wäre es doch am Platze...«
»Nun?« fragte Proskurow, den unzusammenhängenden Worten des Bauern aufmerksam lauschend. »Ja, versetzen Sie sich in unsere Lage, Ew. Wohlgeboren! Wir können sie nicht mehr ertragen, die Unruhe! Und solch eine Macht hat diese Bande! Es läßt sich nichts

gegen sie anfangen. Selbst dieser Mensch da – was ist er? Gedungen, für Geld gedungen ... Hätte er es nicht gethan, so würde es ein anderer gethan haben!«

»Richtig!« bestätigte Proskurow, »fahr fort, Brüderchen. Wie ich sehe, bist du ein Bauer mit Verstand. Was weiter?«

»Sonst eben nichts, wenn nur wir Bauern eine Unterstützung sähen, dann würden wir uns schon erheben gegen jene... Wir alle, die ganze Dorfgemeinschaft, bilden doch auch eine große Kraft...«

»Nun wohl, helft Ihr der Gerechtigkeit, sie wird Euch unterstützen!« sagte Proskurow nicht ohne Wichtigkeit.

»Natürlich,« sagte Jewsseitsch nachdenklich; »doch dann sagen wir zu einander im Dorf: wenn Sie, das heißt die Obrigkeit, nichts gegen jene sollten ausführen, dann werden wir es sein, die darunter zu leiden haben – wir alle, ausnahmslos! ... Denn jene, sie werden die Macht wieder erlangen...«

Proskurow fuhr auf, als hätte ihn der Schlag getroffen und lief, ohne ein Wort zu sagen, hinaus. Ich folgte ihm und ließ Jewsseitsch, der sich wegen des günstigen Resultats seiner Ausführungen gewichtigen Zweifeln hinzugeben schien, zurück.

Proskurow setzte sich höchst ärgerlich in den Wagen.

»So ist's immer! Immer Kompromisse! Den Erfolg soll man ihnen garantieren, dann wollen sie mit der Gerechtigkeit Hand in Hand gehen... Was sagen Sie dazu? Das ist ja einfach – Abwesenheit eines jeden Rechtsbewußtseins!«

»Wenn Sie sich schon mit dieser Frage an mich gewandt haben, so muß ich gestehen,« erwiderte ich, »daß ich Ihnen nicht Recht geben kann. Ich glaube, jene können von der Obrigkeit, jener ›Macht‹, die Garantie für den Erfolg der gerechten Sache auf legalem Wege verlangen. Worin besteht denn sonst die Idee der ›Macht‹? Wenn man einer Gemeinde das Recht, selbst zu richten, nimmt, übernimmt man damit ja auch zugleich gewisse Verpflichtungen, und wenn diese nicht erfüllt werden, so...«

Proskurow wandte sich hastig an mich und wollte augenscheinlich etwas darauf erwidern, doch er schwieg still und wurde nachdenklich.

Wir waren etwa sechs Werst weit gefahren und hatten bis zur Schlucht noch etwa drei Werst zurückzulegen, als wir hinter uns Glockengeläute hörten.

»Aha, die fahren ohne umzuspannen!« sagte Proskurow. »Nun, desto besser, so werden sie den Arrestanten nicht haben sprechen können! So dachte ich es mir gleich.«

7. Der Gerichtsassessor.

Die Sonne hatte sich schon unter den Horizont gesenkt, als wir die Schlucht erreichten; doch war es noch leidlich hell, obgleich in der Schlucht schon dunkle, tiefe Schatten lagerten. Es war kühl und still. Der Felsen stand hoch über dem auf der Erde lagernden Nebel, und über ihm glänzte der bleiche Mond. Der schwarze Wald stand wie verzaubert, unbeweglich. Die Stille wurde nur unterbrochen durch den Klang der Glöckchen, deren Schallwellen sich durch die Luft fortbewegten und im Hohlwege widerhallten. Hinter uns im Rücken hörten wir denselben Laut, nur schwächer.

Im Dickicht erhob sich leichter Rauch. Die wachthabenden Bauern lagerten um einen Scheiterhaufen in mürrischem Schweigen. Als sie uns erblickten, standen sie auf und nahmen ihre Mützen vom Kopf. Zur Seite, unter einer Leinwand, lag der Leichnam.

»Guten Abend, Freunde« sagte leise der Untersuchungsrichter.

»Grüß Gott, Ew. Wohlgeboren!« erwiderten die Bauern.

»Ist alles unberührt?«

»Ja– ihn haben wir nur ein wenig besser gelegt; das Tier ist unberührt!«

»Welches Tier?«

»Sein Pferd haben doch die Räuberhunde erschossen. Er ritt ja hierher.«

Wirklich, dreißig Schritt entfernt lag das getötete Pferd.

Proskurow nahm die Wächter mit sich und untersuchte die Gegend. Ich trat zum Toten und hob die Leinwand vom Gesicht.

Die todesbleichen Züge waren ruhig. Die gebrochenen Augen blickten nach oben zum abendlichen Himmel, und auf seinem Antlitz stand jener Ausdruck des Zweifels und der Frage, den der Tod auf jedes Gesicht legt, wie einen Stempel des entflohenen Lebens... Das Gesicht war rein, von Blut nicht besudelt.

Nach einer Viertelstunde ging Proskurow an mir vorüber zum Kreuzwege. Ihm entgegen kam das Gefährt, welches uns seit der letzten Station gefolgt war.

Ein nicht mehr junger Mann in Polizeiuniform und ein junger Herr in Civil, der Feldscher, traten heraus.

Der Assessor war sichtlich ermüdet. Seine breite Brust arbeitete wie ein Blasebalg, und er schritt nur langsam vorwärts. Seine Backen blähten sich gleichfalls auf, wobei die Enden des gefärbten Schnurrbartes bald senkrecht aufschnellten, bald wieder schlaff herabfielen. Die langen, graumelierten Haare waren mit Staub bedeckt.

»Uff!« sagte er. »Ihnen zu folgen, Affonassi Iwanowitsch, ist nicht leicht. Guten Abend!«

»Guten Abend!« rief Proskurow. »Wozu eilten Sie denn so – ich hätte ja warten können!«

»Nein, wozu denn? ... Uff!... Der Dienst geht allem vor! Ich liebe es nicht, wie Sie wissen, auf mich warten zu lassen. Das ist nicht meine Gewohnheit.«

Der Assessor sprach in jenem Baß, der uns sofort unwillkürlich den Geruch von Rum und Tabak fühlen läßt. Seine kleinen, matten Augen durchliefen unruhig die Gegend, alles überblickend. Endlich blieben sie an mir haften.

»Mein Bekannter,« stellte mich Proskurow vor. »Herr N. N., der zeitweilig die Pflichten meines Sekretärs zu übernehmen so freundlich war.«

»Ich habe das Vergnügen, Sie dem Namen nach zu kennen. Sehr angenehm. Stabskapitän Besrylow a. D.«

Er grüßte militärisch.

»Herrlich, so können wir uns gleich daran machen. Schnell, auf militärische Art wollen wir ihn beerdigen, so lange es noch etwas hell ist! – Ihr Leute, herbei!«

Die Wachthabenden kamen näher und wir alle traten zum Toten. Zuerst trat Besrylow heran und riß die Hülle ab.

Wir traten alle, unwillkürlich schaudernd, vor dem uns enthüllten gräßlichen Bilde zurück: die ganze Brust des Toten bildete eine einzige klaffende Wunde. Ein Schauder hatte einen jeden von uns bis ins Innerste erfaßt beim Anblick dieses tierische« Verbrechens. Jede einzelne Wunde war tödlich, doch waren die meisten Hiebe offenbar erst nach dem Tode des Opfers dem Leichnam desselben zugefügt worden.

Selbst Herr Besrylow verlor seine Fassung. Er stand unbeweglich, in der Hand die Hülle haltend. Seine Wangen färbten sich dunkel. »Kanaillen!« sagte er und seufzte tief auf.

Vielleicht galt dieser Seufzer dem Bedauern darüber, daß Herr Besrylow nichts mehr vertuschen und sich für sein Vertuschen nichts mehr bezahlen lassen konnte.

Langsam ließ er die Hülle sinken und wandte sich an Proskurow, der ihn festen Blickes fixierte.

»Wir wollen den Leichnam morgen doch wohl secieren und heute die Umgebung aufnehmen und den Leichnam nach B. überführen.«

»Und dort auch das Verhör des Arretierten vornehmen,« fügte Proskurow gelassen hinzu.

Die Augen Besrylows liefen wie zwei gehetzte Tierchen im Kreise umher.

»Des Arretierten?« – fragte er. »Sie haben schon einen Arretierten? ... Wie hat man denn nur ... wie weiß ich denn nichts davon?«

Er war wirklich bedauernswert, doch faßte er sich gleich. Einen raschen, feindseligen Blick auf die Bauern und auf seinen Fuhrmann werfend, wandte er sich zu Proskurow.

»Ei, das ist ja herrlich. Es gelingt Ihnen ja alles! Herrlich! ...«

8. Iwan.

Gegen Mitternacht, nachdem die Beamten Thee getrunken und sich gestärkt hatten, nahm die Untersuchung ihren Anfang.

In dem ziemlich geräumigen Zimmer stand in der Mitte ein Tisch, der mit allen Schreibutensilien versehen war; an das eine Ende desselben setzte sich Proskurow. Seine ein wenig komische Beweglichkeit war verschwunden: er war ernst und würdevoll. Sodann nahm Besrylow Platz, der vollkommen gefaßt und ruhig war und seine militärische Straffheit völlig wiedergewonnen hatte. Während der kurzen Ruhepause hatte er sich gewaschen, seinen Schnurrbart gefärbt und sein lockiges Haar gekämmt. Auch er war würdevoll; von Zeit zu Zeit nur trank er aus dem vor ihm stehenden Glase Thee und blickte mit nachsichtigem Lächeln auf den Untersuchungsrichter.

»Wollen Sie den Arretierten hereinführen lassen,« sagte Proskurow, von dem Blatte Papier aufsehend, auf dem er mit schnellen Federzügen das Programm des Verhörs niedergeschrieben hatte.

Besrylow nickte nur und Jewsseitsch lief schnell aus der Hütte.

Nach kurzer Zeit öffnete sich die Außenthür und in ihr erschien jene hohe, mächtige Figur des Mannes, den ich mit Kostjuschka auf der Fähre gesehen hatte, wie er mit nachdenklichem Blicke die eilenden Wolken verfolgte.

Als er die Schwelle überschritt, stieß er leicht an, blickte sich um, trat dann vor und blieb mitten im Zimmer stehen. Sein Schritt war gleichmäßig und ruhig.

Das breite Gesicht mit den zwar rohen, doch recht regelmäßigen Zügen war ruhig und hatte einen gleichgültigen Ausdruck. Die blauen Augen blickten etwas matt und unbestimmt, als sähen sie gar nicht die umgebenden Gegenstände. Die Haare waren kurz geschnitten. Auf dem neuen Kattunhemde waren frische Blutspuren.

Proskurow schob nur das Formular nebst Tinte und Feder zu und begann das Verhör.

»Wie heißt du?«

»Iwan, bin achtunddreißig Jahre alt!«

»Wo wohnst du?«

»Nirgends – ich bin ein Landstreicher...«

»Sage, Iwan, hast du den Mord an dem Fuhrmann Fedor Michailow begangen?«»Ja, Ew. Wohlgeboren, ich ... es ist ja eine klare Sache...«

»Brav, daß du deine Schuld eingestehst!« lobte ihn Besrylow. »Nun, Ew. Wohlgeboren, was hülfe denn das Leugnen?«

»Auf wessen Rat oder Wunsch hast du es gethan?« fragte der Untersuchungsrichter weiter, als die vorhergehenden Antworten niedergeschrieben waren. »Und woher hast du jene fünfzig Rubel und zweiunddreißig Kopeken, die bei der Durchsuchung bei dir gefunden wurden?«

Der Landstreicher blickte ihn nachdenklich an.

»Danach, Ew. Wohlgeboren, frag mich lieber nicht! Du kennst deine Pflicht, ich die meine! ... Ich habe es allein gethan, und weiter nichts ... Ich habe es allein gethan und meine Zeugen sind der finstre Wald und die dunkle Nacht – sonst niemand!«

Besrylow hüstelte und nahm mit sichtlichem Wohlgefallen einen Schluck Thee, Proskurow einen spöttischen Blick zuwerfend.

Dann blickte er wieder auf den Landstreicher mit unverkennbarem Wohlgefallen an dessen Disziplin, wie sich ein alter verdienstvoller Offizier freut, wenn er einen tapfern Soldaten sieht.

Proskurow blieb ernst. Er schien auch gar nicht sonderlich auf die Offenherzigkeit des Verbrechers gerechnet zu haben.

»Wirst du nicht den Grund angeben« – setzte er sein Verhör fort – »weshalb du Feodor Michailow auf so fürchterliche Art zugerichtet hast. Leitete dich der Wunsch persönlicher Rache, Haß oder Feindschaft?«

Der Gefragte blickte den Untersuchungsrichter erstaunt an.

»Ich stieß einmal, zweimal mit dem Messer nach ihm – mehr, glaube ich, nicht. Dann fiel er um...«

»Leuchte ihm!« sagte Proskurow zu einem Bauer. »Blick dorthin ins Zimmer!« sagte er zu dem Arrestanten. Dieser trat mit den früheren gleichmäßigen Schritten zur Thür und blieb stehen. Der Bauer nahm vom Tisch ein Licht und ging in das anstoßende Zimmer.

Plötzlich zuckte der Verbrecher zusammen und prallte zurück. Dann, nachdem er sich offenbar bezwungen hatte, noch einmal hinzusehen, wankte er zur gegenüberliegenden Wand. Wir alle folgten ihm mit unseren Blicken in großer Aufregung, die auch auf uns übergegangen zu sein schien von jener mächtigen, kraftvollen Gestalt, die jetzt wie gebrochen dastand.

Er war bleich. Kurze Zeit stand er gebeugten Hauptes da, sich mit der Schulter an die Wand stützend. Dann erhob er sein Haupt und blickte uns mit einem Blick an, in dem sich Entsetzen, Zweifel und stumme Frage wiederspiegelten.

»Ew. Wohlgeboren und ihr, rechtgläubige Christen, Brüder!« begann er flehenden Tones »das habe ich nicht gethan! Glaubt es mir – ich hab' das da nicht gethan! Vielleicht aus Entsetzen – ich kann mich nicht erinnern, doch nein, nein ... das kann ich nicht gethan haben!« ...

Plötzlich kam Leben in die Gestalt. Seine Augen funkelten zum erstenmal.

»Ew. Wohlgeboren,« sagte er entschlossen zum Tisch tretend, »schreiben Sie: Kostjuschka hat's gethan – Kostjuschka mit der aufgerissenen Nase! Er, nur er, der Schuft! Nur er kann einen Menschen so schänden! Seine That ist es! ... Mag er mir Genosse gewesen sein oder nicht – schreiben Sie, Ew. Wohlgeboren!«

Bei dieser plötzlichen Aufwallung griff Proskurow nach dem Formular und machte sich daran, selbst das Protokoll zu führen. Der Landstreicher entwickelte vor unseren Augen ein schweres, dunkles Gemälde, ein gräßliches Drama.

Er war aus dem N.'schen Gefängnis entflohen, wo er wegen Landstreichens festgehalten wurde, und trieb sich darauf eine Zeitlang beschäftigungslos umher, bis das Schicksal selbst ihn in einem »Lokal« mit Kostjuschka und dessen Spießgesellen zusammengebracht hatte. Hier hörte er zuerst einem Gespräche zu über den verstorbenen Michailowitsch.

»Er sei solch ein Mensch nämlich, der gefeit sei; nichts könne ihm anhaben: nicht Dolch, nicht Feuerwaffe – er sei gefeit durch einen Zauber.« »Unsinn, Leute,« sagte ich, »das kann nicht sein. Jedem Menschen kann man mit dem Dolche beikommen.« »Woher bist du? und wer?« fragte man mich. »Das ist meine Sache,« erwiderte ich, »der Kerker ist mein Vater, der Wald meine Mutter. Daher stamme ich und liebe nur nicht zuzuhören, wenn man Unsinn schwatzt!«

Ein Wort gab das andere, man öffnete einander sein Herz, man nahm ihn in die Genossenschaft auf und ließ Branntwein holen; dann habe Kostjuschka gesagt: »Bist du ein Mensch, auf den man sich verlassen kann, willst du mit uns gehen?« »Ja!« sagte ich. »Wir brauchen einen Menschen, tags oder nachts – geschehen aber muß etwas in der Schlucht, denn da wird ein Herr vorbeifahren, der aus der Stadt viel Geld mit sich führt. Nun, prahlst du aber nicht etwa? Fährt ihn ein anderer Fuhrmann, so können wir allein es schon machen; wenn ihn aber der ›Totschläger‹ fährt, dann wirst du gewiß weglaufen.« »Das wird nicht geschehen,« sagte ich. »Gut, sagte er, »wirst du den Mut haben und ihn niederschlagen, so sollst du mit uns zufrieden sein. Für den ›Totschläger‹ kannst du einen guten Preis bekommen.«

»Einen Preis? – Von wem?« – unterbrach ihn Proskurow.

»Ew. Wohlgeboren, höre zu, wenn ich spreche, fragen kannst du später!« setzte der Landstreicher fort. – »Das erste Mal lief ich auch wirklich weg; ich erschrak, vor allem aber deshalb, weil die Genossen mich im Stich ließen. Da entfiel auch mir der Mut. Er, der Lump, verlachte mich auch nachher!« »Gut,« sagte ich, »kommt noch einmal. Höre aber, Kostjuschka, läufst du selbst weg – so bleibst auch du nicht am Leben.«

So verlebten wir drei Tage in dieser Stellung – und erwarteten ihn. Am dritten Tage kam er abends vorbeigefahren – des Nachts mußte er also zurück. Wir bereiteten uns vor. Richtig, wir hörten ihn auch herankommen; langsam ritt er seines Weges. Kostjuschka schoß und das Pferd fiel. Michailitsch stürzte wütend ins Gebüsch – gerade mir in die Hände. Mein Herz pochte freilich heftig, doch da sah ich: er oder ich.

Ich wollte ihm das Messer in den Leib stoßen – doch da, mit einem Ruck packte er mich am Arm, riß mir das Messer aus der Hand und schleuderte es weit weg. Dann nahm er seinen Gurt, um mich zu binden; ich aber hatte im Stiefel ein zweites Messer, zog es heimlich heraus, kehrte mich um und – stieß es ihm zwischen die Rippen. Er stöhnte auf, riß mir den Kopf in die Höhe, so daß er mein Gesicht sehen konnte und blickte mich an...

»Ach,« sagte er, »ich ahnte es! Jetzt geh, quäle mich nicht mehr. Du hast mich schon tödlich verwundet!«

»Ich stand auf und blickte ihn an ... Er litt unsäglich, er wollte sich erheben, konnte aber nicht.

»Vergieb!« bat ich.

»Geh, Gott mag dir vergeben, ich habe dir vergeben. Geh!« sprach er noch.

»Ich ging weg und bin nicht mehr hinzugetreten, glauben Sie's mir... Das hat Kostjuschka nach mir gethan.«

Der Landstreicher verstummte und setzte sich ermüdet auf die Bank. Proskurow führte sein Protokoll schnell zu Ende. Es war ganz still im Zimmer.

»Jetzt,« sagte der Untersuchungsrichter, »beschließe dein offenherziges Geständnis. Was war das für ein Kaufmann, der euch bei dem ersten Überfall begleitete, und in wessen Namen sprach Kostjuschka, als er eine Belohnung für die Ermordung Feodor Michailitschs aussetzte?« Besrylow blickte auf den ermüdeten Landstreicher. Doch dieser erhob sich plötzlich von der Bank und sprach im früheren gleichgültigen Tone:

»Genug, mehr sage ich nicht. Genug! Haben Sie über Kostjuschka alles aufgeschrieben? Nun, er soll nicht mehr Leichen schänden! Lassen Sie mich wegführen, Ew. Wohlgeboren, mehr werde ich nicht sagen.«

»Höre mal, Iwan,« sagte der Untersuchungsrichter, »ich muß dir bemerken, daß je vollkommener dein Geständnis ist, desto milder dir das Urteil gesprochen wird. Deine Genossen wirst du jedenfalls nicht retten.«

Der Landstreicher zuckte die Achseln.

»Mich kümmert's nicht – mir ist's gleich.«

Es war keine Hoffnung, von ihm noch irgend etwas erfahren zu können. Man führte ihn hinaus.

Noch stand das Verhör der Zeugen bevor.

Man erwartete den Priester, der sie beeidigen sollte und so lange standen sie in einem Haufen schweigend an der Wand – allen voran Jewsseitsch. Sein Gesicht war rot, die Lippen zusammengekniffen, die Stirn kraus gezogen. Er warf zuweilen unter den Augenbrauen hervor bald auf Besrylow, bald auf den Untersuchungsrichter feindliche Blicke. Allem Anscheine nach war dieser Haufe Menschen zu einem Entschluß gekommen.

Besrylow saß auf der Bank, seine Füße weit von sich streckend und mit seinen Fingern trommelnd. So lange die Bauern umhergingen, sah er auf sie mit aufmerksamem, nachdenklichen Blick. Darauf wandte er sich mit einen verächtlichen Lächeln und leichtem Kopfschütteln an Proskurow.

»Apropos, Affonassi Iwanowitsch,« sagte er, »entschuldigen Sie, ich vergaß ganz, Ihnen zu gratulieren... all diese Unannehmlichkeiten – Verzeihung...«

»Mir? Wozu?« fragte Proskurow, ohne von seinem Protokoll aufzusehen. »Wie?« fragte Besrylow erfreut. »Ihnen ist also noch nichts bekannt und ich werde also als erster das Vergnügen haben, Ihnen diese angenehme Nachricht zu überbringen? – Ah, ich bin sehr, sehr erfreut!«

Proskurow blickte den Assessor an, der sich ihn: sporenklirrend und huldvoll lächelnd näherte.

»Sie haben eine neue Ernennung erhalten: als stellvertretender Rentmeister nach N. Das ist natürlich vorläufig nur eine bloße Formalität – Sie werden selbstverständlich sofort definitiv als Rentmeister bestätigt werden. Ich gratuliere, gratuliere von ganzem Herzen!« fuhr Besrylow fort in gutmütigstem Tone, die Hand des erstaunten Proskurow ergreifend.

Doch Proskurow schien den freundschaftlichen Glückwunsch nicht zu würdigen zu wissen; er entriß ihm seine Hand und sprang auf.

»Erlauben Sie, mein Herr,« begann er hastig und abgerissen, »hier ist nicht der Ort zu scherzen. Glauben Sie, daß ich Ihre Taktik nicht durchschaue? Sie irren sich, mein Herr; ich bin nicht auf den Kopf gefallen, nein, mein bester Herr, nicht auf den Kopf gefallen.«

»Aber was ist Ihnen, Affonassi Iwanowitsch?« spielte Besrylow den Erstaunten und schlug die Hände zusammen, während er um sich blickte, als rufe er alle Umstehenden zu Zeugen an für diesen schwärzesten Undank Proskurows. »Darf ich denn scherzen? Eine offizielle Ernennung ... ich selbst las das Dokument. Ich versichere Sie – eine Stelle ist das, muß ich Ihnen sagen – Gold, Goldes wert!«

Bei diesen Worten hatte er den Ton verändert und den Ausdruck freundschaftlicher Familiarität angenommen.

»Von nun ab werden Sie sich nicht mehr mit diesen unangenehmen Sachen abzugeben brauchen. Selbst diese Angelegenheit werden wir leider schon allein ohne Ihre unersetzliche Beihilfe beendigen müssen ... Wir bedauern es natürlich unendlich; dafür jedoch freuen wir uns wieder um Ihretwillen. Eine ruhige, sichere Stelle – ha, ha, ha – ganz, ganz – ha, ha, ha, ganz Ihrem Charakter angemessen – und dann ha, ha, ha – die Dankbarkeit der Kaufmannschaft!« ...

Besrylow hatte, wie es schien, aufgehört sich zu genieren und zurückzuhalten; sein Gelächter, das seinen ganzen Körper erzittern machte, war einfach unanständig.

Proskurow stand vor ihm wie erstarrt, mit beiden Händen sich auf den Tisch stützend. Sein Gesicht schien plötzlich gealtert und war gelb; auf ihm lag der Ausdruck traurigen, schmerzhaften Staunens. – In diesem Augenblicke schien er wirklich dumm!

Ich blickte auf die Bauern. Alle drängten nach vorn, nur Jewsseitsch stand seiner Gewohnheit nach mit gesenktem Kopf und lauschte aufmerksam dem Gespräch, ohne ein Wort davon zu verlieren. – –

Das weitere Verhör hatte für mich jedes Interesse verloren. Ich trat hinaus in das Vorzimmer.

Dort in der Ecke saß der Arretierte. Einige wachthabende Bauern standen ihm zur Seite. Ich trat zum Landstreicher und setzte mich neben ihn. Er sah mich an und rückte zur Seite.

»Sagen Sie mir,« fragte ich ihn, »haben Sie wirklich keine Feindschaft, keinen Haß gegen den verstorbenen Feodor Michailitsch gehegt?«

Der Landstreicher sah mich ruhig an.

»Was? Welch eine Feindschaft? Ich hab ihn niemals früher gesehen.«

»Weshalb haben Sie ihn denn getötet? Doch nicht um jener fünfzig Rubel willen, die man bei Ihnen gefunden hat?«

»Natürlich nicht,« sagte er nachdenklich. »Zehnmal so große Summen langten uns häufig nicht für eine Woche – wie wird man denn deshalb einen Menschen töten?«

»Doch nicht aus Abenteuerlust tötet man einen Menschen und verdirbt damit sein eigenes Leben?«

Der Landstreicher blickte auf mich mit sichtlichem Befremden. »Sein eigenes Leben sagst du? Was ist denn mein Leben? Diesmal habe ich Michailitsch getötet, und hätte das Schicksal es anders gewandt, so hätte er ja mich getötet!«

»Nein, das hätte er nicht gethan.«

»Du magst recht haben: mich hätte er nicht zu töten gebraucht und hätte doch selbst leben bleiben können.«

»Bedauerst du ihn?«

Der Landstreicher blickte mich an und aus seinen Angen blitzte ein Blick der Feindschaft und des Mißtrauens.

»Geh fort, was willst du?!« sagte er; dann fügte er hinzu, seinen Kopf senkend: »So ist schon mein Schicksal!«

»Dein Schicksal?«

»Ja, von Kind auf bin ich ja schon im Gefängnis aufgewachsen.«

»Und Gott fürchtest du nicht?«

»Gott?« lächelte der Landstreicher und schüttelte den Kopf. »Schon seit lange haben wir beide, er und ich, miteinander nicht Abrechnung gehalten ... Und doch müßten wir es! Vielleicht habe ich noch bei ihm ein Guthaben. Hör' mal, Herr,« sagte er, den Ton ändernd, »was willst du? Ich sage dir – so ist mein Schicksal! Hier sitze ich mit dir und spreche, ruhig und still; träfe ich dich aber im Walde oder dort in jener Schlucht – nun, dann würden wir vielleicht anders miteinander reden. So hätte es unser Schicksal bestimmt!«

Er schüttelte wieder den Kopf.

»Hast du nicht vielleicht etwas Tabak, Herr, etwas zum Rauchen?« begann er wieder in leichtem Ton, doch schien mir dieser Ton schon gekünstelt, gefälscht.

Ich gab ihm eine Papyros und trat aus dem Flur ins Freie hinaus. Über den Bäumen des Waldes funkelten schon die ersten Strahlen der aufgehenden Sonne. Vom Felsen über der Schlucht hoben sich die Nebel der Nacht und schwebten gen Westen, die Gipfel der Tannen berührend. Auf den Gräsern glänzte der Thau, und in jenem Fenster spiegelten sich die gelben Flämmchen der Wachslichte, die am Kopfende der Leiche brannten.

Ein Traum

Eine Weihnachts-Legende.

1.

Diesen Traum träumte der arme Makar, der seine Lämmer in fernen, düsteren Gegenden weiden läßt – jener alte Makar, den, wie bekannt, alle Vorwürfe treffen.

Seine Heimat – das öde Dorf Tschalgan – verlor sich ganz in dem großen Jakutsker Walde. Die Väter und Vorfahren Makars rangen diesem Walde ein Stück durchfrorenen Landes ab und obgleich sie auch von fast undurchdringlichem Walde eingeschlossen waren, ließen sie doch nicht den Mut sinken. Ans dem bearbeiteten Felde erstanden Zäune, Scheunen und Schober, niedrige rauchige Hütten, und endlich erhob sich, wie eine Siegesfahne, in die Lüfte mitten im Dorfe ein Kirchtürmlein, und Tschalgan ward zum großen Dorfe.

Während aber Väter und Vorfahren Makars mit dem Walde rangen und kämpften, ihn mit Feuer und Schwert vernichteten, um den Boden urbar zu machen, verwilderten sie selbst mehr und mehr. Jakutische Mädchen zu Frauen nehmend, übernahmen sie auch ihre Sprache und Sitten. Die charakteristischen Züge des gewaltigen russischen Volkes wurden immer undeutlicher und schwanden immer mehr.

Indessen vergaß unser Makar doch nicht, daß er ein Tschalganischer Bauer war. Als solcher war er geboren, hier hatte er gelebt und hier wollte er sterben. Er war auf seinen Geburtsort stolz und schimpfte andere häufig »verfluchte Jakuten«, obgleich er selbst von den Jakuten sich weder durch Sitte noch Lebensart unterschied. Russisch sprach er wenig und schlecht, kleidete sich in Tierfelle, trug kamtschadalische Beinkleider, nährte sich von einem Gebäck mit einem Theeaufguß und bereitete sich an Feiertagen oder in anderen außergewöhnlichen Fällen so viel geschmolzene Butter, als gerade im Hause vorhanden war. Er ritt recht gut auf Ochsen und rief, wenn er sich unwohl fühlte, den Schamanen, der mit Beschwörungen und Sprüngen auf ihn eindrang, um den bösen Geist der Krankheit zu bannen.

Er arbeitete viel und schwer, lebte in größter Armut, litt Hunger und Kälte. Hatte er andere Gedanken und Sorgen, als die um sein Gebäck und seinen Thee? Ja, er hatte welche.

Wenn er betrunken war, pflegte er zu weinen. »Was für ein Leben führen wir!« – sagte er dann. Außerdem pflegte er dann zu sagen, er wünsche alles liegen zu lassen und auf den Berg zu gehen. Dort würde er nicht zu pflügen und nicht zu säen, das Holz nicht zu hacken und zu führen, ja sogar auf der Handmühle das Korn nicht zu mahlen brauchen, sondern nur für sein Heil zu sorgen haben. – Was das für ein Berg wäre, wo er läge – das wußte er nicht genau; er wußte nur, daß es einen solchen Berg gebe und daß er weit, weit entfernt sei – so weit, daß selbst der Herr Bezirksvogt dort ihn nicht würde erreichen können ... Steuern würde er natürlich auch nicht nötig haben zu zahlen.

Nüchtern überließ er sich nicht diesen Gedanken – wahrscheinlich die Unmöglichkeit einsehend, solch einen prächtigen Berg je zu finden. Im Rausche aber wurde er kühner. Er gab die Möglichkeit zu, den echten Berg verfehlen und zu einem falschen geraten zu können. »Dann werde ich untergehen –« sagte er. Wenn er seinen Wunsch indessen nicht zur Ausführung brachte, so lag die Schuld wohl daran, daß die tartarischen Ansiedler ihm stets schlechten Branntwein verabfolgten, welcher zur Erhöhung der Stärke auf schlechtem Tabak abgezogen wurde – ein Branntwein, von dem er schwach und krank wurde.

Es war am heiligen Abend und Makar wußte, daß morgen ein großer Feiertag sei. Ihn quälte daher der sehnliche Wunsch, einen kleinen Trunk zu thun, doch besaß er nichts, womit er ein Fläschchen Branntwein sich hätte kaufen können. Es war kein Brot mehr im Hause und Makar stand bei allen örtlichen Krämern und Tataren bereits tief in der Kreide. Indes war morgen ein großer Festtag, arbeiten durfte er da nicht... Was soll er denn anfangen, wenn nicht trinken? Dieser Gedanke machte ihn unglücklich. Was ist das für ein Leben? Selbst an solch einem großen Feste konnte er nicht einmal eine Flasche Branntwein leeren!

Da verfiel er auf einen guten Gedanken. Er erhob sich und zog seinen zerrissenen Pelz an. Seine Frau, ein kräftiges, sehniges, ausnehmend starkes und ebenso ausnehmend häßliches Weib, die allen seinen keineswegs hochfliegenden Gedanken auf den Grund zu blicken verstand, erriet auch dieses Mal sein Vorhaben.

»Wohin, du Teufel! Wieder willst du allein Branntwein zechen?«

»Schweige nur still! Ich will eine Flasche davon kaufen. Morgen wollen wir sie zusammen austrinken.«

Er gab ihr einen liebkosenden Schlag auf die Schulter, der aber so stark war, daß sie wankte, und sah ihr schlau in die Augen. Wie ist doch das Herz des Weibes so seltsam! Sie wußte ganz genau, daß Makar nicht Wort halten würde, ergab sich aber doch der Zärtlichkeit ihres Gatten.

Er trat hinaus und fing seinen alten Schimmel ein, den er an der Mähne zum Schlitten führte und einspannte. Bald darauf verließ er auf seinem Schlittchen, von dem Gaul gezogen, den Hof. Als sie das Gehöft hinter sich hatten, blieb der Gaul stehen und sah sich umblickend seinen Herrn an, der nun den linken Zügel anzog und nach dem Ende des Dorfes hinfuhr.

Am äußersten Ende des Dorfes stand eine kleine Hütte, aus der, wie aus allen anderen, sich kerzengerade in die Lüfte Rauch erhob, mit weißer wogender Masse die kalten Sterne und den hellen Mond überziehend. Im Hofe war's still.

Hier lebten Fremde. Wie sie hierher gekommen waren und welche Unglücksfälle sie hierher getrieben hatten, wußte Makar nicht, das interessierte ihn auch nicht; er liebte es nur, mit ihnen zu thun zu haben, da sie ihn nicht bedrückten und mit dem Lohne nicht hinhielten.

Als Makar in die Hütte trat, rückte er sofort zum Ofen, an dem er seine erfrorenen Hände wärmte.

»Hu!« sagte er, damit ausdrückend, daß ihn friere. Die Fremden waren zu Hause. Auf dem Tisch brannte ein Licht, obgleich sie nicht arbeiteten. Der eine lag auf dem Bette und folgte mit seinen Augen den Ringen, die er aus einer Pfeife blies, und dachte. Der andere saß am Ofen und sah auch nachdenklich die Flämmchen im brennenden Holze hin- und herzüngeln und huschen. »Guten Abend!« sagte Makar, um das ihn drückende Stillschweigen zu brechen.

Allerdings wußte er nicht, welch ein Leid auf den Herzen der Fremden lastete, welche Gedanken und Erinnerungen in ihrem Geiste am heutigen Abend wachgerufen waren, welche Gebilde ihnen die Ringe aus der Pfeife und die Flämmchen am Holze vorzauberten. Dann hatte er ja auch seine eigene Sorge.

Der junge Mann, der am Ofen saß, erhob sein Haupt und blickte trübe auf Makar, als erkenne er ihn nicht. Dann schüttelte er sein Haupt und erhob sich hastig vom Stuhle.

»Ah, guten Abend, guten Abend, Makar! Das ist doch hübsch, daß du gekommen bist. Kannst mit uns Thee trinken.« Makar gefiel dieser Vorschlag. »Thee?« fragte er, »ja, weshalb denn nicht? Das ist sehr schön!«

Schnell legte er ab. Nachdem er Pelz und Mütze abgeworfen hatte, fühlte er sich freier, und als er die Kohlen in der Theemaschine erglühen sah, wandte er sich an den Jüngling mit der Äußerung:

»Ich liebe euch, ja, liebe euch so sehr – so sehr! Sogar die Nächte schlaf ich nicht...«

Der Fremde wandte sich um und über sein Gesicht huschte ein bitteres Lächeln.

»So, du liebst mich?« – sagte er. »Was brauchst du denn?«

Makar wurde verlegen.

»Ich habe einen Vorschlag,« sagte er zögernd, »woher wußtest du's denn aber schon? Schon gut. Erst will ich den Thee trinken – dann wollen wir darüber sprechen.«

Da der Thee ihm von den Fremden, den Wirten, war angeboten worden, so hielt er es für am Platze, selbst weiter zu fragen.

»Habt ihr nichts Gebratenes?« fragte er. »Ich liebe es sehr.«

»Nein.«

»Schadet nichts,« sagte Makar in beruhigendem Tone, »nächstens einmal. Ja,« fragte er nochmals, »nächstens?«

»Gut!« Jetzt hielt Makar die Fremden für seine Schuldner: ein Stück Braten hatte er von ihnen zu bekommen – und solche Schulden gingen ihm nie verloren.

Nach einer Stunde setzte er sich wieder in seinen Schlitten. Er hatte einen ganzen Rubel erhalten, indem er im voraus fünf Fuder Heil zu verhältnismäßig guten Bedingungen verkauft hatte. Freilich hatte er versprochen und hoch und teuer sich verschworen, das Geld heute nicht zu vertrinken, und doch war er fest entschlossen, es alsobald zu thun. Aber was kümmerte es ihn! Die Aussicht auf das bevorstehende Vergnügen betäubte die Gewissensbisse. Er dachte sogar nicht daran, daß ihm, wenn er berauscht nach Hause käme, von seiner betrogenen Ehehälfte bittere Strafe bevorstände.

»Wohin, Makar?« fragte lachend der Fremde, als er sah, daß Makarts Pferd, statt geradeaus zu fahren, nach links abkehrte, in der Richtung zu den Wohnungen der Tataren.

»Halt, halt! Siehst du, was das für ein verdammter Gaul ist ... Wohin er nur fährt!« verteidigte sich Makar, fest den linken Zügel anziehend und heimlich den Schimmel mit dem rechten schlagend.

Der kluge Gaul, vorwurfsvoll mit dem Schweife wedelnd, fuhr langsam in der gewünschten Richtung weiter, und bald verstummte das knirschende Geräusch der Schlittensohlen hinter der Pforte der Tatarenhütte.

An der Pforte draußen standen angebunden einige Rosse mit hohen Jakutischen Sätteln.

Drinnen in der kleinen Hütte war es dumpf. Ätzender Tabakrauch hing wie eine dunkle, schwere Wolke von der Decke herab; durch den Ofen fand der Qualm nur einen schwachen Abzug. An den Tischen und auf Stühlen und Bänken saßen die angekommenen Jakuten; auf den Tischen standen Tassen und Gläser mit Branntwein. Hier und da hatten sich Gruppen Karten spielender Menschen niedergelassen. Die roten Gesichter troffen von Schweiß, und die Augen der Spielenden blickten wild auf ihre Partner. Geld wurde den Taschen entnommen und verschwand sofort wieder. In einer Ecke auf dem Heu saß die schwankende Gestalt eines betrunkenen Jakuten; er sang mit heiserer Stimme ein endloses Lied. Wilde, sinnlose Töne waren es, die stets wiederholten, daß morgen ein großer Feiertag sei, und er, der Sänger, sich heute einen Rausch angetrunken habe.

Makar bezahlte und bekam eine Flasche. Er barg sie auf der Brust unter dem Rock und trat, ohne von den anderen wahrgenommen zu werden, in die dunkle Ecke. Da goß er Glas auf Glas hinunter, obgleich der Schnaps bitter war und zu Ehren des anbrechenden Feiertages zu mehr als Dreiviertel Wasser enthielt. Dafür hatte man aber beim Aufguß den Tabak nicht gespart. Bei jedem Schluck zog Makars Kehle sich zusammen, und dunkle Kreise traten ihm vor die Augen.

2.

Bald war Makar berauscht. Er ließ sich auf das Heu nieder und schwer sank ihm sein Haupt auf die Kniee, die er mit beiden Händen umfaßt hielt. Aus seiner Kehle entrangen sich dieselben heiseren Töne wie denn betrunkenen Jakuten: auch er sang, daß morgen ein Feiertag sei und daß er heute fünf Fuder Heu vertrunken habe.

Inzwischen ward es in der Hütte immer volkreicher und enger. Neue jakutische Gäste traten ein, die hergekommen waren, um zu beten und das tatarische Getränk zu trinken. Der Wirt merkte, daß bald nicht mehr Platz für alle sein würde. Er erhob sich und warf einen Blick auf seine Besucher. Dieser Blick fiel in die dunkle Ecke und blieb auf dem betrunkenen Jakuten und Makar haften.

Er trat zu ersterem hinzu, ergriff ihn beim Kragen und warf ihn aus der Hütte hinaus. Dann trat er an Makar heran. Ihm, als einem ortsansässigen Einwohner, erwies der Wirt mehr Rücksicht. Breit öffnete er die Thür und gab dem Armen solch einen Stoß, daß er aus der Stube geradenwegs in einen Schneehaufen flog.

Es wäre schwer zu sagen, ob Makar sich durch solch eine Behandlung beleidigt gefühlt hat oder nicht; nur spürte er Schnee in seinen Ärmeln, Schnee auf seinem Gesicht. Er grub sich aus dem Schneehaufen hervor und wankte nach seinem Fuhrwerk hin.

Der Mond stand schon hoch und der große Bär hatte seinen Schweif bereits nach unten gerichtet. Der Frost war auch stärker geworden. Von Zeit zu Zeit erschienen im Norden hinter den dunkeln halbkreisförmigen Wolken schwach spielend die Feuersäulen des beginnenden Nordlichts.

Der Schimmel, der offenbar den Zustand seines Herrn begriff, bewegte sich langsam nach Hause. Makar saß schwankend auf seinem Schlitten und setzte das begonnene Lied fort. Er sang jetzt, daß er fünf Fuder Heu vertrunken habe und nun von seinem Weibe Schläge bekommen würde. Die Töne, die seiner Kehle entstiegen, waren so mitleiderregend und traurig, daß dem Fremden, der eben auf seine Hütte gestiegen war, um das Ofenrohr zu schließen, noch wehmütiger ums Herz wurde.

Indessen hatte der Schimmel den Schlitten zum Hügel gebracht, von wo man die Umgegend überblicken konnte. Die Schneemassen flimmerten und glänzten hell, übergossen vom Scheine des Mondlichts. – Da schien auch bisweilen das Licht des Mondes gleichsam zu schmelzen; der Schnee wurde dunkler und es spiegelte sich in ihm der Glanz des Nordlichtes. Dann schien es, als näherten und entfernten sich die schwarzen Hügel und der dunkle Wald. Makar erkannte deutlich am Fuße des Waldes den Schneegipfel der Jamalachschen Bergkette, hinter dem er Fallen für die Tiere und Vögel des Waldes gestellt hatte.

Das veränderte seinen Gedankengang. Er sang, daß sich in seiner Falle ein Füchslein gefangen habe. Morgen würde er dessen Fell verkaufen, und sein Weib würde ihn nicht schlagen.

Durch die frostige Luft schallte der erste Glockenschlag, als Makar seine Hütte betrat. Vor allem teilte er seiner Alten mit, daß in seiner Falle sich ein Fuchs gefangen habe; er hatte ganz vergessen, daß sie nicht mit ihm zusammen getrunken habe, und war ganz erstaunt, als sie, ohne auf diese freudige Botschaft zu achten, ihm einen heftigen Stoß mit dem Fuß verabreichte. Als er auf das Bett niederfiel, fand sie noch Zeit, ihm mit der Faust einen Schlag auf den Rücken zu versetzen.

Über Tschalgan ergossen sich indessen die ersten Töne des Festgeläutes ...

Er lag auf seinem Bett. Sein Kopf brannte und auch innerlich brannte es ihm wie Feuer; durch seine Adern flutete es wie Branntwein und Tabakaufguß. Über das Gesicht tropfte schmelzender Schnee und Schneewasser rieselte ihm den Rücken hinab.

Die Alte glaubte, daß er schliefe, doch er schlief nicht. Er konnte den Gedanken an den Fuchs nicht los werden und war vollkommen überzeugt, daß ein Füchslein in der Falle sich gefangen habe; er wußte sogar in welcher. Er sah ihn, sah, wie er, vom Balken niedergedrückt, mit seinen Pfoten und Nägeln sich herauszuwinden strebte. Die Strahlen des Mondes, die zwischen dem Dickicht der Bäume sich hindurchstahlen, spielten auf seinem goldigen Fell. Die Augen des Tieres blitzten ihm entgegen.

Er hielt es nicht aus, erhob sich vom Bett und wandte sich zu seinem Schimmel, um in den Wald zu fahren.

Doch, was war das? Waren das wirklich die schweren Hände seiner Frau, die ihn am Pelze ergriffen, um ihn wieder in das Bett zu schleudern!

Nein, da ist er ja schon hinter dem Dorfe. Die Schlittensohlen fahren knirschend über den harten Schnee. Tschalgan bleibt hinter ihm zurück. Hinter ihm ertönt nun auch das feierliche Glockengeläute und am fernen Horizonte sieht man die schwarzen Silhouetten jakutischer Reiter in ihren hohen spitzen Mützen, wie sie zum Gottesdienst in die Kirche eilen.

Inzwischen war der Mond untergegangen und oben im Zenith erschien ein weißes Wölkchen, in phosphorartigem Schimmer erglänzend. Dann schien es zu zerreißen, sich auszubreiten und in strahlenfarbigen Flammen zu zerstieben, die nach allen Seiten hinschwebten, während das dunkle Wölkchen im Norden noch düsterer wurde. Es ward schwarz, noch schwärzer als der düstere Wald, dem Makar sich näherte.

Der Weg führte durch dichtes, selten unterbrochenes Gebüsch. Rechts und links erhoben sich kleine Hügel. Je weiter, desto toter starrten die Baume entgegen. Der Wald wurde dichter. Es war still und geheimnisvoll. Die nackten Zweige der Lärche waren mit silbernem Reif überzogen; sie wurden leicht vom Winde bewegt, der sich nur hin und wieder von oben durch die Baumkronen durchgestohlen hatte und Eisflocken auf seinem Wege davonführte. Ein Augenblick, und dann versank alles wieder in die Ruhe dieses geheimnisvollen Schweigens.

Makar blieb stehen. Hier war ein ganzes System von Fallen, das sich fast bis zum Wege hinzog. Bei dem Dämmerlichte, das hier herrschte, unterschied er deutlich den abgesteckten Zaun aus Reisig; er sah sogar den ersten Block: drei schwere lange Balken, angelehnt an einen senkrechten Pfahl und gehalten durch ein recht kunstvoll schlaues System von Hebeln mit aus Haar gedrehter Schnur.

Allerdings war das eine fremde Falle, doch der Fuchs hätte sich ja auch in einer fremden fangen können. Eilig stieg Makar von seinem Schlitten herab, ließ seinen klugen Schimmel am Wege stehen und horchte.

Im Walde wurde ein Ton laut. Nur aus dem fernen, unsichtbaren Dorfe tönte wie früher noch das festliche Geläute.

Er brauchte sich nicht zu fürchten. Der Eigentümer dieser Falle, Alescha Tschalganow, der Nachbar und Todfeind Makars, war jetzt in der Kirche. Man sah keine einzige Spur aus der glatten Fläche des frisch gefallenen Schnees.

Er drang ins Dickicht ein. Auch da nichts. Unter seinen Füßen knirschte der Schnee. Die Blöcke standen in Reihen, gleichend Kanonen mit offenen Schlünden in stummer Erwartung.

Er ging hin und her. Umsonst. Darauf schritt er auf den Weg zurück.

Doch, horch! Ein leichtes Geräusch ... Im Dickicht erschien ein rötliches Fell, dieses Mal an einem besser beleuchtetem Platze, nah, ganz nah, Makar sah deutlich die spitzen Ohren des Fuchses, sein flaumiger Schweif wedelte hin und her, als locke er Makar ins Dickicht hinein. Er verschwand zwischen den Baumstämmen – in der Richtung zu der Falle Makars und bald tönte durch den Wald ein dumpfer, doch heftiger Schlag. Er ertönte anfangs abgerissen, hohl, doch dann hallte er wieder unter den Kronen des Waldes und erstarb weitab in der fernen Schlucht.

Das Herz Makars pochte. Der Block an der Falle war gefallen.

Er lief, sich durch das Dickicht Bahn brechend. Die kalten Zweige schlugen ihn ins Gesicht und überschütteten ihn mit Schnee und Reif. Er stolperte, sein Atem stockte.

Da erreichte er eine Lichtung, die er einst selbst ausgehauen hatte. Die bereiften Bäume standen zu beiden Seiten und unten an ihrem Fuße vorüber führte ein schmaler Weg, an dessen Ende das Balkenwerk der Falle stand. Es war nicht weit mehr.

Dort aber, am Block, erschien eine Gestalt – erschien und verschwand. Makar erkannte den Alëscha Tschalganow: deutlich unterschied er die kleine, kräftige, nach vorn gebeugte Gestalt mit der Gangart eines Bären. Makar erschien das dunkle Gesicht seines gegnerischen Rivalen noch dunkler, seine Zähne noch größer als gewöhnlich.

Makar war wütend. »Dieser Spitzbube! Da schleicht er um meine Falle!« Freilich war Makar soeben erst auch an Alëschas Fallen geschlichen, doch darin bestand ein großer Unterschied, denn als er jene umschlich, erfüllte ihn das Angstgefühl, ertappt zu werden; jetzt aber, da er seine Fallen von Fremden umschlichen sah, ergriff ihn die Wut und der Wunsch, den Verletzer seiner Rechte zu ertappen. Er eilte schnurstracks zum niedergefallenen Block. Dort war der Fuchs. Alëscha aber begab sich mit seinen plumpen, bärenartigen Schritten auch dorthin. Man mußte sich also beeilen. Da war der Block, unter ihm glänzte das rote Fell des gefangenen Tieres. Der Fuchs grub mit seinen Pfoten gerade so, wie Makar es sich früher gedacht hatte, im Schnee und blickte ihm mit demselben Blicke entgegen, wie ihn Makar schon lange sich vorgestellt.

»Rühr' ihn nicht an! Er gehört mir!« rief Makar dem Alëscha zu.

»Rühr' du ihn nicht an! Mir gehört er!« antwortete wie ein Echo Alëschas Stimme.

Beide liefen sie hastig auf ihr Ziel los und hoben gleichzeitig den Block, um das Tier zu befreien. Als der Block aufgehoben war, erhob sich auch der Fuchs. Er machte einen Sprung, blieb darauf stehen und blickte auf beide Tschalganzen mit einem ironischen Blick, beleckte dann die vom Block eingeklemmt gewesene Stelle und lief, fröhlich mit dem Schweife wedelnd, von dannen.

Alëscha wollte ihn verfolgen, doch Makar ergriff ihn am Pelze.

»Halt! Mir gehört er, rühr' ihn nicht an!« rief er und lief dem Fuchse nach.

»Rühr' du ihn nicht an!« erfolgte wie ein Echo ein Ausruf Alëschas und Makar fühlte, wie jener seinerseits ihn nun am Pelze ergriff und ihn wieder überholte.

3.

Makar war böse. Er vergaß seinen Fuchs und verfolgte jetzt nur den Alëscha, der vor ihm herfloh.

Sie liefen immer schneller. Ein Zweig entriß dem Alëscha die Mütze, doch er nahm sich keine Zeit, sich nach ihr zu bücken. Makar erreichte ihn mit einem Trimuphgeschrei. Doch Alëscha war immer schlauer gewesen als der arme Makar: der Verfolgte blieb plötzlich stehen, wandte sich um und beugte seinen Kopf vor. Makar kam in tollem Laufe angesaust, stieß mit seinem Leibe auf den Kopf und flog kopfüber in den Schnee. Als er niedergefallen war, riß der verdammte Alëscha ihm die Mütze vom Kopfe und verschwand im Dickicht.

Makar erhob sich langsam. Er fühlte sich ganz zerschlagen und unglücklich. Sein moralischer Zustand war schrecklich. Der Fuchs war schon in seinen Händen gewesen, und nun – ihm schien er im Dickicht ironisch mit dem Schweife zu wedeln und dann zu verschwinden.

Es wurde indes dunkler. Das weiße Wölkchen im Zenith war kaum noch sichtbar. Es schien zu schmelzen und von ihm ergossen sich müde und träge die letzten leuchtenden Strahlen.

Über den erhitzten Körper Makars flossen ganze Ströme schmelzenden Schnees. Schnee war in seine Ärmel und hinter den Pelzkragen geraten und strömte jetzt an seinem Rücken und an seinen Beinen nieder. Der infame Alëscha hatte seine Mütze ihm fortgerissen, seine Fausthandschuhe hatte er bei dem Laufen verloren. Es stand schlecht mit ihm. Makar wußte, daß mit dem Froste nicht zu spaßen ist, wenn man im Walde ohne Mütze und Handschuhe umherirrt.

Er irrte schon lange. Nach seiner Berechnung hätte er schon längst aus Jamalach herauskommen und den Kirchturm sehen müssen und doch war er noch immer im dichtesten Walde, der, als wäre er bezaubert, ihn von allen Seiten umschlossen hielt. – Aus der Ferne hörte er immer noch das festliche Kirchengeläute. Makar glaubte, dem Tone entgegenzugehen, und doch schien er ihm immer undeutlicher zu werden; und je schwächer und undeutlicher die Töne wurden, desto mehr ergriff Makar die Verzweiflung.

Er war ermüdet, niedergedrückt. Seine Füße wollten ihm nicht mehr gehorchen, sein ganzer Körper schmerzte, der Atem in der Brust stockte, Hände und Füße waren erstarrt, den freien, unbedeckten Kopf schienen glühende Nadeln zu stechen.

»Sterben muß ich, gleichviel!« – dieser Gedanke fuhr ihm immer häufiger durch den Sinn. Doch er schritt noch weiter.

Im Walde war's still; er schien sich nur im feindlichen Trotze hinter Makar zu verschließen, und gewährte keinen Ausblick, keine Hoffnung.

»Sterben muß ich, gleichviel!« dachte noch immer Makar.

Er war ganz schwach. Jetzt schlugen ihn die jungen Bäume rücksichtslos ins Gesicht, seine hilflose Lage verspottend. Alt einem Platze, in einer Lichtung, war ein weißer Hase herausgesprungen; er setzte sich auf seine Hinterfüße, spitzte seine langen Ohren mit schwarzen Pünktchen am Ende und putzte sich mit Schnee ab, Makar freche Gesichter schneidend. Er gab ihm zu verstehen, daß er ihn, den Makar, gut kenne, daß er auch derselbe Makar sei, der für ihn, den Hasen, so kunstvolle Fallen im Walde gestellt habe; jetzt lache und spotte er aber seiner.

Makar war es bitter zu Mute. Indes wurde es im Walde immer lebhafter, doch auch feindlicher. Jetzt ergriffen selbst die ferner stehenden Bäume den Makar am Haar und schlugen ihn mit ihren Ästen schwunghaft ins Gesicht und in die Augen. Das Birkhuhn kam aus seinem Lager heraus und sah ihn mit seinen runden Augen neugierig an, während die Seeschwalben mit ausgebreitetem Schweife dazwischen liefen, ärgerlich mit den Flügeln schlugen und ihren Weibchen laut von Makar und seinen Ränken erzählten. Endlich erschienen im Dickicht tausende von Fuchsschnauzen. Sie sahen alle, ihre spitzen Ohren bewegend, spöttisch auf Makar. Die Hasen setzten sich vor ihnen nieder und erzählten lachend von Makars Unglück.

Das war ihm zu viel.»Sterben muß ich!« dachte Makar, und beschloß, es gleich so weit zu bringen.

Er legte sich in den Schnee.

Der Frost wurde immer stärker. Die letzten Strahlen leuchteten noch schwach und blickten zu Makar durch die Gipfel der Bäume nur kaum, kaum noch hinein. Der letzte Widerhall des Geläutes ertönte kaum hörbar, ersterbend vom fernen Tschalgan herüber.

Die Strahlen erloschen; das Geläute verstummte. Und Makar war tot ...

Wie das geschah, wußte er nicht. Er wußte, daß aus ihm etwas herausgehen müßte und wartete, wartete ... Doch nichts ging heraus.

Indessen war er sich dessen bewußt, daß er schon tot sei, und lag daher still, unbeweglich. Er lag lange – so lange, daß es ihn zu langweilen begann.

Ganz dunkel war es schon, als Makar fühlte, daß ihn jemand mit dem Fuße berührte. Er wandte sein Haupt und öffnete die geschlossenen Augen.

Jetzt standen die Bäume vor ihm ruhig, bewegungslos, als schämten sie sich ihrer früheren mutwilligen Streiche. Die bereiften Tannen streckten ihre breiten schneebedeckten Äste weit aus und wiegten sich leise. In der Luft bewegten sich sternförmige Flocken.

Die hellen guten Sterne blickten herab vom blauen Himmelsgewölbe, hindurch durch die Kronen der Bäume und ihre dichten Äste und schienen zu sprechen:»Seht, da starb ein armer Mensch!«

Über seinen Körper gebeugt sah Makar den alten Priester Iwan stehen, der ihn mit dem Fuße anstieß. Sein langer Priesterrock war mit Schnee bedeckt, Schnee war auch auf seiner hohen Mütze, auf seinen Schultern, seinem langen Bart. Am wunderbarsten war der Umstand, daß das derselbe Priester Iwan war, der vor vier Jahren gestorben war. Er war ein guter Priester gewesen. Niemals hatte er Makar wegen seines jährlichen Priestergehalts bedrückt; niemals sogar verlangte er Geld für die kirchlichen Amtshandlungen. Makar selbst bestimmte immer die Zahlung für Taufgebühren und Messen und gedachte jetzt mit Schamgefühl, daß er ihm zuweilen recht wenig, häufig auch gar nichts gezahlt habe. Der Priester Iwan wurde niemals böse, er verlangte wenig: jedes Mal nur mußte man ihm ein Fläschchen Schnaps auf den Tisch stellen. Wenn Makar kein Geld hatte, so ließ Priester Iwan selbst auf seine eigene Kosten ein Fläschchen holen, und sie leerten es zusammen. Priester Iwan kam leicht zu einem Räuschchen, doch fing er fast nie in diesem Zustande an sich herumzuschlagen und war immer leicht zu besänftigen. Makar brachte ihn dann nach Hause und überließ ihn dort seinem Mütterchen, der Priestersfrau.

Ja, er war ein guter Pope, doch starb er eines schlechten Todes. Einmal, als alle ausgegangen waren, und der Priester allein in seinem Bette lag, wollte er rauchen. Er stand auf und ging wankend zum großen stark geheizten Ofen, um am Feuer seine Pfeife anzuzünden. Bei diesem Versuche taumelte er und fiel ins Feuer. Als seine Hausgenossen zurückkehrten, war der unglückliche Priester nur noch eine bis auf die Beine gänzlich verkohlte Leiche.

Alle bedauerten den guten Popen Iwan; doch da von ihm fast nur die Beine übrig geblieben waren, konnte ihn kein Arzt der Welt mehr lebendig machen. Die sterblichen Überreste wurden beerdigt, und an Stelle des alten Priesters Iwan kam ein neuer.

Jetzt stand jener Priester in ganzer Gestalt vor Makar und berührte ihn mit dem Fuße.

»Steh auf, Makar,« sagte er, »komm!«

»Wohin soll ich gehen?« fragte Makar ihn unwillig.

Er glaubte, daß, wenn er einmal gestorben, es seine Pflicht sei, ruhig zu liegen und niemand ihn dazu nötigen dürfe, wieder durch den Wald zu irren. Wozu hatte er denn sterben sollen?

»Komm zum Herrn!«

»Wozu soll ich zu ihm kommen?« fragte Makar.

»Er wird dich richten,« sagte mit traurigem gedrückten Tone der Priester Iwan.

Makar erinnerte sich, daß man wirklich nach dem Tode sich seinem Gerichte stellen müsse. Er hatte einmal davon in der Kirche gehört. Also hatte der Pope recht. Er mußte sich erheben.

Er that es, vor sich herbrummend, daß man nicht einmal nach dem Tode Ruhe haben könne.

Der Priester schritt voraus, Makar hinter ihm. So gingen sie immer geradeaus nach Osten. Die Bäume gaben ihnen den Weg frei. Makar bemerkte mit Staunen, daß der Priester im frischen Schnee keine Spuren hinter sich lasse. Er blickte auch hinter sich und bemerkte dasselbe: der Schnee hinter ihnen war rein und glatt wie ein Tischtuch.

Da kam ihm der Gedanke, daß es ihm jetzt ja sehr bequem wäre, fremde Fallen aufzusuchen, da ihn niemand erkennen könne; doch der Priester, der seine heimlichen Gedanken offenbar erraten hatte, wandte sich an ihn und sagte:»Laß ab! Du weißt nicht, was dir für einen jeden solchen Gedanken bevorsteht!«

»Nun, nun!« sagte unzufrieden Makar,»darf man denn nicht einmal denken? Was bist du denn jetzt so streng? Sei nur ruhig!«

Der Priester schüttelte sein Haupt und ging weiter.

»Haben wir noch weit?« fragte Makar.

»Ja,« erwiderte verstimmt der Pope.

»Was werden wir denn essen?« fragte wieder unruhig Makar.

»Du vergißt,« sagte zu ihm sich wendend der Priester,»daß du tot bist und jetzt weder zu essen noch zu trinken brauchst.«

Makar gefiel das nicht. Zwar war das recht vorteilhaft, wenn man nicht zu essen hatte, dann müßte man aber auch so liegen, wie er gleich nach seinem Tode gelegen hatte. Aber gehen und weit gehen und dabei nichts essen, das schien ihm ganz unpassend. Er war wieder unzufrieden.

»Murre nicht!« sagte der Pope.

»Schon gut!« erwiderte beleidigten Tones Makar, doch fuhr er fort, heimlich bei sich Klage an Klage zu spinnen und über eine so schlimme Ordnung zu schimpfen.»Man läßt einen Menschen gehen und giebt ihm nichts zu essen. Ist das erhört!«

4.

Er war die ganze Zeit hindurch unzufrieden, während er dem Priester folgte. Sie gingen lange. Zwar konnte Makar in der Dämmerung nicht ganz scharf vorwärtsblicken; wenn er aber den durchschrittenen Raum in Betracht zog, kam es ihm vor, als wäre er eine ganze Woche gewandert, so viel Schluchten und Berge, Flüsse und Seen, Wälder und Felder hatten sie hinter sich gelassen. Wenn Makar sich umblickte, schien der dunkle Wald hinter ihm von selbst zurückzugehen und die hohen schneebedeckten Gipfel der Berge schienen zu schmelzen und hinter dem Horizonte schnell zu verschwinden.

Sie stiegen immer höher und höher. Die Sterne traten ihnen näher und wurden immer deutlicher sichtbar. Hinter dem Gipfel einer Anhöhe, die sie erstiegen, erschien der Rand des untergehenden Mondes. Er schien sich zu beeilen unterzugehen, während der Priester und Makar ihn einzuholen schienen. Endlich erhob er sich wieder über dem Horizonte, sie schritten nun auf glattem, erhabenem Wege dahin.

Jetzt wurde es heller, viel heller als bei Beginn der Nacht. Das kam natürlich daher, daß sie den Sternen sich jetzt viel näher befanden. Die Sterne, jeder so groß fast wie ein Apfel, glänzten und blitzten, während der Mond, von der Größe einer großen, goldenen Tonne, wie die Sonne leuchtete und seine Strahlen über die ganze Ebene versendete.

Auf der Ebene war jede Schneeflocke zu sehen. Eine Unmasse von Wegen führte über sie, und sie alle kamen zusammen im Osten. Auf ihnen schritten und fuhren eine Menge Menschen in verschiedener Kleidung und Gestaltung.

Plötzlich wandte sich Makar, der aufmerksam einen Reiter betrachtet hatte, vom Wege und lief ihm nach.

»Halt, halt!« rief der Priester, doch Makar hörte ihn nicht. Er erkannte einen Tataren, der ihm vor sechs Jahren ein Roß gestohlen hatte und vor fünf Jahren gestorben war. Jetzt ritt er auf demselben Rosse, das sich stets bäumte. Unter seinen Hufen stoben Wolken Schneestaubes, die farbig im Lichte der Sterne erglänzten. Makar wunderte sich über einen wahnsinnigen Reiter, den er zu Fuß überholen konnte; indes, als der Tatar Makar erblickte, hielt er freundlich und zuvorkommend an. Makar fiel ihn gleich an.

»Komm zum Dorfältesten!« schrie er. »Das ist mein Pferd! Das rechte Ohr ist bei ihm durchgeschnitten! ... Sieh mal den Schlaukopf an! Er reitet ein fremdes Pferd, während der Besitzer desselben zu Fuß gehen muß wie ein Bettler!«

»Halt!« antwortete darauf der Tatare, »wozu zum Dorfältesten. Dein Pferd ist's, sagst du? Schön, nimm es, das verdammte Tier! Fünf Jahre reite ich es schon und doch kommt es mit mir nicht vom Fleck! Fußgänger überholen mich immerfort; ein guter Tatare muß sich rein schämen!«

Er zog schon den Fuß aus dem Steigbügel, um vom Pferde zu steigen, als der Priester atemlos herangelaufen kam und Makar an der Hand ergriff.

»Unglücklicher!« rief er aus, »was thust du? Siehst du denn nicht, daß der Tatar dich betrügen will?«

»Natürlich betrügt er mich!« schrie, noch immer aufgeregt, Makar. »Das Pferd ist gut gewesen. Es war wahrhaftig ein ganz herrschaftliches Tier; man bot mir dafür vierzig Rubel. Nein, Freund! Wenn du das Pferd zu Schanden geritten hast, so werde ich es töten und das Fleisch verkaufen und du wirst es mir mit barem Gelde bezahlen. Du glaubst wohl, weil du ein Tatar bist, so werde es mir nicht gelingen, dir gegenüber Gerechtigkeit bei den Behörden zu erlangen?!«

Makar war hitzig und schrie mit Willen, auf daß recht viele Menschen sich um ihn ansammelten, da er für gewöhnlich sich vor den Tataren fürchtete.

»Ruhig, Makar, ruhig! Du vergißt immer, daß du schon tot bist ... Wozu brauchst du ein Pferd? Siehst du außerdem denn gar nicht, daß du zu Fuß schneller fortkommst, als der Tatar auf dem Pferde? Willst du tausende von Jahren wandern?«

Makar begriff nun, weshalb ihm der Tatar so zuvorkam und das Pferd abzutreten willens war.

»Ein schlaues Volk!« dachte er und wandte sich an den Tataren.

»Schon gut für jetzt! Reite nur zu – nun, ich werde dich schon verklagen!«

Der Tatar stülpte zornig seine Mütze aufs Haupt und spornte das Pferd an. Es bäumte sich; Klumpen Schnees stoben unter seinen Hufen hervor, doch so lange Makar neben dem Tataren stand, war dieser keine Handbreit vorwärts gekommen.

Zornig spie er vor sich hin und wandte sich an Makar.

»Höre mal, Freund, hast du nicht ein Blättchen Tabak bei dir? Ich möchte unsagbar gern rauchen und habe meinen Tabak schon vor vier Jahren ausgeraucht!«

»Ein Hund mag dir Freund sein, nicht ich!« erwiderte erzürnt Makar. »Seht doch mal den Kerl an: erst stiehlt er mir das Pferd und jetzt will er noch Tabak haben. Hol dich...! Ich werde nach dir wahrhaftig nicht weinen!«

Nach diesen Worten schritt Makar weiter.

»Es ist unrecht von dir gewesen, daß du ihm kein Tabaksblättchen gegeben hast,« sagte ihm der Priester Iwan. »Der 'Herr' würde dir dafür auf dem Gericht nicht weniger denn hundert Sünden vergeben haben.«

»Weshalb hast du's mir denn nicht früher gesagt?« antwortete ihm grob Makar.

»Jetzt ist's schon zu spät, dir Lehren zu geben. Das hättest du im Leben von deinen Priestern im Gottesdienst hören sollen.«

Makar wurde ernstlich böse. Warum hatten die Priester ihn so Vernünftiges nicht gelehrt? Ihre Gebühren bekamen sie und lehrten nicht einmal, wann man einem Tataren ein Tabaksblättchen schenken muß, um Vergebung der Sünden zu bekommen. Eine Kleinigkeit: hundert Sünden!« ... Und alles für ein Blättchen ... Das wäre doch recht vorteilhaft gewesen!« ...

»Wart mal,« sagte er, »uns wird ein Tabaksblättchen wohl genügen; die anderen vier will ich dem Tataren abgeben. Das würde vierhundert Sünden machen.«

»Sieh dich um,« erwiderte der Priester.

Makar blickte sich um. Hinten sah man nur ein ödes, weites Feld. Der Tatar erschien auf einen Augenblick nur in der Ferne als ein schwarzer Punkt. Makar schien es, als sähe er noch den weißen Schneestaub unter den Hufen seines Pferdes, doch nach einem Augenblick verschwand auch dieser Punkt.

»Na,« meinte Makar, »der Tatar wird auch wohl ohne Tabak auskommen können. Das Pferd hat er doch verhunzt, der verwünschte Kerl!«

»Nein,« erwiderte der Priester, »er hat dein Pferd nicht verhunzt, doch dies Pferd ist ein gestohlenes. Hast du denn nicht von alten Leuten gehört, daß man auf einem gestohlenen Gaul nicht weit kommt?«

Makar hatte das von alten Leuten wohl gehört; doch da er während seines Lebens recht häufig hatte beobachten können, daß die Tataren auf gestohlenen Pferden recht gut zur Stadt hinaus hatten reiten können, so hatte er den Alten nicht sonderlich viel Glauben geschenkt. Jetzt kam er doch zur Überzeugung, daß die alten Leute zuweilen auch die Wahrheit sprächen.

Sie überholten nun recht viele Reiter auf ihrem Wege. Alle ritten sie so schnell wie jener. Die Pferde flogen wie Vögel, die Reiter waren ganz in Schweiß, indessen konnte Makar sie ohne Mühe erreichen und hinter sich zurücklassen.

Meist waren es Tataren, doch auch geborene Tschalganzen sah man darunter. Einige saßen auch auf gestohlenen Ochsen und trieben sie durch Peitschenhiebe zu schnellerer Gangart an.

Makar blickte feindlich auf die Tataren und brummte jedes Mal, daß es für sie eine noch viel zu geringe Strafe sei. Wenn er aber Tschalganzen auf seinem Wege begegnete, so unterhielt er sich mit ihnen: das waren dennoch seine Freunde, mochten sie auch Diebe sein. Bisweilen drückte er auch sein Beileid für ihr Schicksal dadurch aus, daß er eine Rute vom Boden aufhob und ihre Ochsen oder Pferde durch Schläge seinerseits antrieb. Doch kaum hatte er einige Schritte gethan, als die Reiter schon weit hinter ihm in Gestalt kleiner Punkte zurückgeblieben waren.

Die Ebene schien endlos. Sie überholten fortwährend Reiter und Fußgänger und dennoch schien rund um sie alles leer und öde zu sein. Zwischen je zwei Wanderern lagen hunderte, ja tausende von Werst.

5.

Unter anderen Gestalten fiel Makar die eines Greises auf. Er war augenscheinlich ein Tschalganze, das sah man am Gesicht, an der Kleidung, selbst an der Gangart; doch Makar erinnerte sich nicht, ihn je gesehen zu haben. Er trug einen zerrissenen Pelz, eine Mütze mit Ohrenklappen, auch zerrissen, und alte lederne Beinkleider. Das Schlimmste aber war, daß er, trotz seines hohen Alters, auf seinen Schultern ein noch älteres Weib mit sich tragen mußte, dessen Füße auf der Erde nachschleppten. Der Alte atmete schwer und stützte sich mühsam auf seinen Stock. Makar bedauerte ihn sehr und blieb stehen. Der Alte hielt auch an.

»Nun?« sagte Makar, ihn sanft auffordernd.

»Was?« antwortete der Alte.

»Was giebt's Neues?«

»Nichts!«

»Nichts Neues gesehen?«

»Nein!«

Makar schwieg ein Weilchen und hielt es dann erst für angemessen, den Alten nach seinem Woher und Wohin zu fragen.

Der Alte nannte seinen Namen. Schon längst, er wußte selbst nicht mehr vor wie vielen Jahren, hatte er Tschalgan verlassen und ging auf den »Berg«, um dort für sein Seelenheil zu sorgen. Da that er nichts, als essen und trinken, pflügte nicht und säete nicht und zahlte keine Steuern. Als er gestorben war, kam er zum »Herrn« ins Gericht. Dieser fragte ihn, wer er sei und was er gethan habe. Er sagte, er hätte für sein Seelenheil gesorgt. »Gut,« sagte der Herr, »wo hast du denn dein Weib? Bring mal dein Weib her!« Darauf ging er, sie zu holen, die vor ihrem Tode sich durch Betteln am Leben erhalten mußte, da sie niemanden hatte, der für ihren Lebensunterhalt sorgen konnte; nichts hatte sie – nicht Haus noch Hof, nicht Wasser noch Brot. Sie wurde schwach und konnte ihre Füße nicht bewegen. Und jetzt mußte er sie zum »Herrn« auf seinem eigenen Rücken tragen.

»Der Alte begann zu weinen; die Alte stieß ihn aber mit dem Fuße, wie ein Lasttier, und sagte mit schwacher, doch böser Stimme: »Trage mich!«

Makar fühlte noch mehr Mitleid mit dem Greise und er freute sich aus tiefster Seele, daß es ihm nicht gelungen war, auf den »Berg« zu gehen. Sein Weib war groß und schwer und ihm wäre es noch schwerer gewesen, sie zu tragen. Und wenn sie ihn gar mit dem Fuße gestoßen hätte, so würde sie ihn bald zum zweitenmale in den Tod gejagt haben.

Aus Mitleid nahm er die Alte am Bein, um dem Greise zu helfen, doch kaum hatte er zwei Schritte gethan, als er schnell das Bein loslassen mußte, aus Furcht, es in seinen Händen zu behalten. In einer Minute war der Alte mit seiner Last ihm aus den Augen entschwunden.

Auf seinem weiteren Wege begegnete er niemandem mehr, den er besonderer Aufmerksamkeit gewürdigt hätte. Da waren Diebe, wie Lasttiere mit gestohlenem Gute beladen, die Schritt vor Schritt sich fortbewegten. Wohlbeleibte jakutische Herren, mit ihren hohen Mützen bis in die Wolken hineinreichend, wurden auf ihren hohen Sätteln geschüttelt und gerüttelt. Neben ihnen her eilten arme Arbeiter, mager und leicht wie Hasen. Dort ging ein finsterer Mörder, besudelt mit dem Blute seiner Opfer, wilden, unstäten Blickes. Vergebens wusch er sich mit Schnee, die blutigen Flecke waren nicht abzuwaschen. Der Schnee färbte sich blutrot, die Flecken wurden aber nur noch deutlicher und in seinem Blicke las man wilde Verzweiflung und unsägliches Entsetzen. Er schritt weiter, sich verbergend vor den menschlichen Blicken.

Kleine Kinderseelen erschienen allaugenblicklich und verschwanden in der Luft, als wären sie Vögel. Sie flogen gruppenweise und Makar wunderte sich nicht darüber. Schlechte, grobe Speise, Schmutz und das Feuer der Ofen, der kalte Zugwind in den Häusern tötete allein in Tschalgan Hunderte solcher Kinder.

Wenn diese den Mörder erreichten, flohen sie erschreckt vor ihm zur Seite, und lange nachher noch konnte man in der Luft das laute, erschreckte Geschwirr ihrer kleinen Flügel hören.

Makar konnte es nicht unbemerkt bleiben, daß er sich im Verhältnis zu den anderen recht schnell bewegte, und schrieb dies seinen Tugenden und Verdiensten zu.

»Höre, Väterchen,« sagte er, »was meinst du? Ich liebte zwar in meinem Leben häufig genug einen Schluck zu nehmen, war aber doch sonst ein guter Mensch ... Gott muß mich lieb haben.«

Er blickte fragend auf den Priester. Er hatte dabei einen Hintergedanken – er hoffte vom alten Priester etwas zu erfahren. Doch jener erwiderte nur: »Sei nicht übermütig. Wir sind schon nah. Bald wirst du es selbst erfahren.«

Makar hatte früher gar nicht bemerkt, daß es auf dem Felde immer heller wurde. Vor allem traten, wie die ersten Töne eines mächtigen Orchesters, vom Horizonte einige helle Strahlen hervor. Sie liefen schnell am Himmelsgewölbe entlang und löschten die Sterne aus. Diese erloschen und der Mond ging unter. Die Schneefläche ward dunkel.

Da erhoben sich Nebelwolken und standen an den Grenzen des Gefildes wie eine Wache.

Und an einer Stelle, im Osten, waren die Nebelwolken heller, gleichsam in Gold gepanzerte Krieger.

Und dann wogten die Nebelwolken, die goldgepanzerten Krieger, und beugten sich hernieder zur Erde.

Und hinter ihnen ging die Sonne auf und stellte sich auf ihre Spitzen und blickte hinab aufs Gefilde.

Und dieses erglänzte und leuchtete in nie gesehenem, blendendem Lichte.

Und da erhoben sich feierlich die Nebelwolken in mächtigem Reigen; sie zerrissen im Westen und stiegen wogend in die Höhe.

Und Makar glaubte ein Lied zu hören, so herrlich, so schön, wie noch nie zuvor. Es war jenes Lied, das bekannt ist, so lange die Erde steht, jenes Lied, mit dem die Erde die aufgehende Sonne begrüßt.

Doch niemals hatte Makar darauf früher geachtet, und jetzt begriff er es erst zum erstenmale, welch ein herrlich schönes Lied es wäre.

Er blieb stehen und lauschte und wollte nicht weitergehen, wollte ewig stehen und lauschen ... Doch der Pope Iwan berührte seinen Arm.

»Komm, wollen wir eintreten,« sagte er,»da sind wir!«

Da sah Makar erst, daß sie an einer großen Thür standen, die früher durch Nebel verdeckt gewesen war.

Er wollte nicht hineingehen und dennoch ging er doch.

Sie traten in eine gute, geräumige Stube und erst, als sie hier eingetreten waren, bemerkte Makar, daß draußen starker Frost herrschte. In der Mitte der Hütte stand ein Ofen von herrlicher Arbeit aus gediegenem Silber und in ihm brannten Scheite aus reinem Golde, die eine gleichmäßige Wärme ausströmten, die den ganzen Menschen durchdrang. Das Feuer dieses herrlichen Ofens stach nicht ins Auge und brannte nicht, sondern wärmte nur, und wieder wollte Makar hier ewig stehen und sich wärmen. Der Priester Iwan trat auch hinzu zum Ofen und streckte seine durchfrorenen Hände hin.

In der Stube waren vier Thüren, von denen nur eine ins Freie führte; durch die anderen gingen und kamen seltsame junge Leute in weiten, weißen Hemden. Makar dachte, das wären wohl die Arbeiter des hiesigen »Herrn«.

Er glaubte sie schon irgendwo gesehen zu haben, doch konnte er sich nicht erinnern, wo.

Auch wunderte er sich nicht wenig, daß jeder Arbeiter auf dem Rücken zwei große, weiße Flügel hatte, und da glaubte er, der »Herr« müsse außer diesen Arbeitern auch wohl noch andere haben, da doch diese mit ihren Flügeln durch den Wald wohl nicht durchdringen könnten, um Holz zu fällen und zu fahren.

Einer von den Arbeitern trat auch zum Ofen und, ihm den Rücken zuwendend, sagte er zum Priester Iwan:»Erzähle!«

»Wovon?« fragte der Pope.

»Was hast du auf der Welt Neues gehört?«

»Nichts habe ich gehört!«

»Was gesehen?«

»Nichts!«

Beide schwiegen still und dann sagte der Priester: »Da bringe ich einen Neuen.«

»Einen Tschalganzen?« fragte der Arbeiter.

»Ja.«

»Da muß man also die große Wage bereit halten.« Er trat in eine Thür, um Aufträge zu erteilen, während Makar den Popen fragte, wozu man die Wage, und zwar die große, brauche.

»Siehst du,« erwiderte der Pope etwas verlegen, »die Wage ist nötig, um das Gute und das Böse abzuwägen, das du in deinem Leben gethan hast. Bei allen anderen Leuten hält eines dem anderen die Wage, nur bei den Tschalganzen ist des Bösen so viel, daß der Herr für sie eine besondere Wage, mit einer ungeheuer großen Wagschale für die Sünden, herstellen ließ.«

Diese Worte machten Makar erzittern. Er wurde ängstlich.

Die Arbeiter brachten eine Wage herein und stellten sie hin. Die eine Schale war aus Gold und klein, die andere – aus Holz, von ungeheurer Größe; unter dieser öffnete sich sofort ein ungeheurer Abgrund.

Makar trat hinzu und nahm sie in Augenschein; er prüfte, ob sie auch richtig wäre. Sie war richtig, die Schalen standen gleich, unbeweglich.

Übrigens begriff er die Konstruktion dieser Wage nicht, er hätte eine Schnellwage vorgezogen, mit der er sein ganzes Leben zu thun gehabt, und auf der er bei Kauf und Verkauf seinen Vorteil stets zu wahren verstanden hatte.

»Der Herr kommt,« sprach plötzlich der Priester Iwan und ordnete seinen Talar.

6.

Die Mittelthür öffnete sich und herein trat ein ganz alter Herr mit langem weißen Bart, der ihm bis über den Gurt herabhing. Er war in kostbare, Makar unbekannte Pelze und Stoffe gekleidet und hatte an den Füßen mit Peluche eingefaßte warme Stiefel, wie sie Makar nur beim alten Heiligenbildermaler gesehen hatte. Und beim ersten Blick auf den alten Herrn erkannte Makar in ihm sofort denselben, den er in der Kirche auf den Bildern gemalt gesehen hatte. Hier war nur sein Sohn nicht bei ihm, Makar glaubte daher, daß dieser ausgegangen sei. Dafür kam aber eine Taube hereingeflogen, die sich, nachdem sie sich über dem Haupte des Greises hin- und hergeschwungen hatte, auf sein Knie niederließ. Der alte Herr glättete die Taube mit seiner Hand, indem er sich auf den eigens für ihn bereit gestellten Stuhl setzte.

Das Antlitz des alten Herrn war so gut, daß Makar nur auf ihn zu blicken brauchte, wenn das Herz ihm zu schwer wurde; und gleich fühlte er sich freier.

Ihm wurde es aber trotzdem schwer ums Herz, weil er sich plötzlich seines ganzen Lebens erinnern konnte, ja, selbst der geringsten Kleinigkeiten; er erinnerte sich eines jeden Schrittes und jeden Axthiebes und jedes gefällten Baumes und jeden Betruges und jeden Glases Branntwein, das er getrunken hatte.

Er schämte sich, und ihm wurde bange ums Herz. Doch wieder schaute er in das Gesicht des Alten – und er wurde ruhiger und mutiger. Er hoffte sogar, manches verbergen zu können. Der alte Herr blickte auf ihn und fragte, woher es komme, wer und wie alt er sei, wie er heiße.

Als Makar ihm geantwortet hatte, fragte der alte Herr: »Was hast du in deinem Leben gethan?«

»Du weißt es ja selbst,« antwortete Makar, »bei dir muß es wohl angeschrieben sein.«

Makar versuchte den alten Herrn, da er sich überzeugen wollte, ob wirklich alles bei ihm angeschrieben wäre.

»Sage selbst,« sagte der alte Herr.

Makar raffte sich auf.

Er überzählte alle Arbeiten, und obgleich er sich eines jeden Axtschlages und eines jeden gefällten Stammes, jeder Furche, die er mit seiner scharfen Pflugschar gezogen hatte, erinnerte, fügte er doch Tausende von Holzfuhren, Hunderte von Balken und Hunderte Pud Korn hinzu.

Nachdem er alles vorgezählt hatte, wandte sich der Herr an den Priester Iwan: »Bring mir mal das Buch hierher!«

Da sah Makar, daß dieser beim Herrn als Schreiber diene und wurde sehr böse darüber, daß er als Landsmann und Freund es ihm nicht früher mitgeteilt hatte.

Der Priester Iwan brachte ein großes Buch, öffnete es und las.

»Sieh mal nach,« sagte der alte Herr, »wieviel Balken waren es?«

Der Pope Iwan sah darnach und sagte traurig: »Er fügte dreitausend Stück hinzu.«

»Er lügt,« rief Makar auffahrend, »er hat sich sicher geirrt, denn er ist ein Trunkenbold gewesen und starb eines schlimmen Todes.«

»Schweige!« sagte der alte Herr, »hat er je von dir Überflüssiges genommen für gelesene Messen oder Taufen? Hat er dich an Gebühren übervorteilt?«

»Nein, das nicht!« erwiderte Makar. »Siehst du,« sagte der Herr, »ich weiß es auch selbst, daß er einen guten Schluck liebte...«

Der alte Herr war böse.

»Lies jetzt die Sünden vom Buche ab, denn er ist ein Lügner und ich glaube ihm nicht mehr,« sagte er dem Priester Iwan.

Inzwischen hatten die Arbeiter auf die Wage Makars Balken, seine gefällten Baumstämme, die Saaten – kurz, seine ganze Arbeit gelegt. Soviel waren deren, daß die goldene Schale sich tief senkte, die hölzerne aber hoch in den Lüften schwebte, so daß man sie mit den Händen gar nicht erreichen konnte, daher denn die Arbeiter mit ihren Flügeln hinaufflogen und sie mit Stricken herunterziehen mußten.

Schwer war die Arbeit des Tschalganzen gewesen.

Dann begann der Pope Iwan die Betrügereien zu zählen: ihrer waren einundzwanzigtausend neunhundert dreiunddreißig. er zählte darauf die Flaschen Schnaps, die Makar getrunken hatte – es waren vierhundert, und weiter zählte er, und Makar sah, wie die Holzschale sich immer tiefer senkte und die goldene in die Luft stieg, immer höher und höher, während jene tief in den Abgrund sank.

Da glaubte Makar, daß es mit ihm und seiner Sache schlecht stehe; er trat zur Wage und wollte mit seinem Fuße die Holzschale aufhalten. Doch einer von den Arbeitern bemerkte es und erhob ein Geschrei.

»Was giebt's dort?« fragte der Herr.

»Er wollte die Schale mit dem Fuße aufhalten,« erwiderte der Arbeiter.

Da wandte sich der Herr erzürnt zu Makar und sprach: »Ich sehe, du bist ein Lügner und Betrüger, ein Faulpelz und Trunkenbold. Allen bist du schuldig geblieben, dem Popen auch; der Bezirksvogt sündigt deinetwegen, da er dich mit schlimmen Worten schelten muß!« ...

Und indem er sich an den Popen Iwan wandte, fragte der alte Herr: »Wer belastet in Tschalgan die Pferde am meisten und treibt sie am grausamsten an?«

Der Pope erwiderte: »Der Küster; er unterhält die Post und fährt den Bezirksvogt.«

Da sagte der alte Herr: »Diesen Faulpelz sollt ihr als Wallach dem Küster in den Stall stellen; mag er den Bezirksvogt fahren, bis er stirbt – dann wollen wir weiter sehen.« ...

Kaum hatte der Alte dies gesagt, als sich die Thür öffnete und der Sohn des alten Herrn in den Raum eintrat und sich zur Rechten des Vaters setzte.

Und der Sohn sprach: »Ich habe dein Urteil gehört. Lange habe ich auf der Welt gelebt und weiß, wie es dort hergeht: dem Armen wird es schwer werden, den Bezirksvogt zu fahren! Doch – dein Wille geschehe! Vielleicht hat er aber noch etwas zu sagen. Sprich, Unglücklicher!«

Da geschah mit Makar etwas höchst Seltsames. Makar, derselbe Makar, der in seinem ganzen Leben niemals mehr als zehn Worte gesprochen hatte, fühlte in sich plötzlich die Gabe der Beredsamkeit. Er begann zu reden und staunte selbst. Es waren gleichsam zwei Makare, der eine sprach, und der andere hörte und staunte. Er glaubte seinen eigenen Ohren nicht. Die Worte flossen ihm leicht und leidenschaftlich von den Lippen, sie haschten einander und stellten sich in lange, wohlgebildete Reihen. Er fürchtete sich auch nicht mehr; wenn er auch zuweilen stockte, so raffte er sich doch sofort wieder auf und sprach noch lauter. Hauptsächlich fühlte er es selbst, daß er überzeugend spräche.

Der alte Herr zürnte erst über seine Keckheit, lauschte aber darauf mit großer Aufmerksamkeit, als wolle er sich überzeugen, daß Makar gar nicht so dumm wäre, wie es ihm anfangs geschienen. Der Priester Iwan erschrak ebenfalls und zog Makar an seinem Pelze, doch dieser achtete nicht darauf und fuhr unbeirrt fort. Dann hörte auch der Pope auf zu fürchten und lächelte sogar, als er sah, daß sein einstiges Beichtkind die Wahrheit spräche und diese dem Herrn gefiele. Sogar die jungen Leute in langen Hemden und den weißen Flügeln, die beim alten Herrn als Arbeiter dienten, traten aus der Gesindestube in die Thür des Gemaches und horchten, einander zuwinkend, auf die Rede Makars.

Er begann damit, daß er zum Küster nicht als Wallach gehen wolle; und nicht deshalb wolle er nicht, weil er die schwere Arbeit fürchte, sondern, weil dieses Urteil ungerecht sei; und weil es ungerecht sei, deshalb erkenne er es auch nicht an und werde es auch nicht befolgen, möge man mit ihm machen, was man wolle! Möge man ihn dem Teufel selbst überliefern, aber den Bezirksvogt werde er nicht fahren, weil der Spruch ungerecht sei. Der Küster jage zwar seine Pferde und schlage sie, doch füttere er sie auch; ihn aber habe man gejagt und geschlagen das ganze Leben; doch hätte ihm niemand zu essen gegeben.

»Wer hat dich denn gejagt?« fragte der alte Herr. Ja, man habe ihn wohl das ganze Leben gejagt! Die Ältesten vom Dorfe und vom Kreise, die Richter und Vögte, indem sie Steuern eintrieben, die Priester, die ihre Gebühren verlangten, Hunger und Kälte, Hitze und Frost, Regen und zu große Trockenheit, die durchfrorene Erde und der böse Wald ... Alles, alles dies habe ihn gejagt und geplagt!

Das Vieh rennt vorwärts und sieht nur zu Boden, ohne zu wissen, wohin man es jagt... Und worin war's mit ihm anders? ... Wußte er denn, was der Pope in der Kirche las und wozu er die Gebühren eintrieb? Wußte er denn, wozu und wohin man seinen ältesten Sohn forttrieb, den man zum Soldatendienst einverlangte, wo er gestorben ist und seine Knochen bleichen? ...

Man sagt, er habe viel Branntwein getrunken.

Ja, das habe er gethan: denn sein Herz verlangte danach.

»Wie viel Flaschen, sagst du?«

»Vierhundert,« erwiderte der Pope, nachdem er ins Buch geblickt hatte.

Ja, er that es; doch war das Branntwein? Drei viertel davon war Wasser, und nur ein viertel vielleicht reiner Branntwein, und dann noch der Tabakaufguß! Dreihundert Flaschen müsse man also streichen.

»Spricht er auch die volle Wahrheit?« fragte der alte Herr den Popen Iwan, und man sah, daß er noch zürnte.

»Wahr, ganz wahr,« antwortete hastig der Pope, und Makar fuhr fort: Er habe dreitausend Balken zugelegt! Und wenn auch! Wenn er auch nur sechzehntausend gefällt habe. Wäre denn das wenig? Und von diesen habe er zweitausend gefällt, als sein erstes Weib krank und siech darniederlag...

Ihm war es damals schwer ums Herz, er wollte so sehr an ihrem Lager sitzen – und die Not trieb ihn in den Wald... Dort weinte er, und die Thränen gefroren zu Eis in seinen Wimpern, und der Frost drang ihm bis auf die Knochen durch, vor lauter Elend und Kummer und Herzeleid ... Und er mußte Holz fällen!

Dann starb sein Weib; er mußte es begraben und hatte kein Geld. Da vermietete er sich, Holz zu hacken, um den Sarg seines Weibes zu bezahlen ... Der Kaufmann wußte, daß er Not litt, und gab ihm nur zehn Kopeken, die Hälfte des gewöhnlichen Preises ... Und zu Hause in der ungeheizten, kalten Stube lag die Leiche seines Weibes und er mußte thränenden Auges Holz hacken! Diese gefällten Holzstämme müsse man ihm seiner Meinung nach fünffach und zehnfach anrechnen.

An den Wimpern des alten Herrn hing eine Thräne und Makar sah, daß die Schalen der Wage sich bewegten; wieder hob sich die Holzschale und die goldene sank. – Und Makar fuhr fort: wenn bei ihnen alles gebucht wäre, so möge man doch nachsuchen: wann wurde ihm während seines Lebens je Liebes und Gutes gethan, wann ihm Freude und Liebe erwiesen? Wo wären seine Kinder? Wenn sie ihm starben, schuf's ihm bitteres Herzeleid, wenn sie aber aufwuchsen, so verließen sie ihn, um sich einzeln durch das Elend des Lebens zu schlagen. Er wurde mit seiner Alten alt und grau und sah, wie die Kräfte ihn zu verlassen begannen und das boshafte, obdachlose, hilflose Alter sich ihm nahte. Einsam und allein standen sie, er und sein Weib, wie in der Steppe zwei verwaiste Tannen, die von allen Seiten von Stürmen gebogen werden.

»Spricht er die Wahrheit?« fragte der alte Herr wieder, und eilig antwortete der Pope: »Die volle, reine Wahrheit!«

Wieder bewegte sich die Wage ... Der alte Herr überlegte.

»Was ist's denn?« sagte er. »Ich habe ja auf der Erde auch wirkliche Gerechte ... Ihre Augen sind klar und ihr Antlitz hell, ihre Gewänder fleckenlos ... Ihre Herzen sind weich wie fruchtbarer Boden; sie nehmen Samen auf und nähren ihn; er wächst und seine Wohlgerüche steigen herauf zu mir und erregen mein Wohlgefallen ... Sieh doch hin auf dich ...« Und alle blickten dann hin auf Makar, so daß er sich schämte. Er fühlte, daß seine Augen trübe und sein Gesicht dunkel sei, sein Bart und Kopfhaar verwirrt, die Kleidung zerrissen. Zwar hatte er sich vor seinem Tode schon oft vorgenommen, Stiefel zu kaufen, um vors Gericht zu treten, wie es einem ordentlichen Bauer zieme, doch stets vertrank er sein Geld und stand nun vor dem Herrn, wie der elendeste Jakute, in zerrissenen Beinkleidern ... Er wünschte in die Erde zu sinken.

»Dein Gesicht ist dunkel,« setzte der alte Herr fort, »die Augen trübe und die Kleidung zerrissen. Dein Herz ist mit Dornen und Unkraut überwuchert. Ich liebe meine Gerechten auf Erden und wende mein Antlitz weg von den Gottlosen ...

Das Herz Makars war bedrückt. Er schämte sich seines eigenen Daseins. Erst senkte er sein Haupt, doch hob er es gleich wieder und begann von neuem.

Von welchen Gerechten spricht denn der Herr? Die mit ihm zugleich auf der Welt gelebt haben in reichen Palästen – die kennt er, Makar, auch ... Ihre Augen sind wohl klar, weil sie nicht so viel Thränen vergossen haben, wie er; ihre Gesichter allerdings weich und zart, weil sie sich mit Wohlgerüchen waschen, und ihre Gewänder freilich rein, doch von fremden Händen werden sie ihnen gesponnen.

Makar senkte wieder sein Haupt, um es gleich darauf wieder zu erheben.

Und sähe er denn nicht selbst, daß er ebenso geboren sei, wie alle anderen Menschen, mit klaren, offenen Augen, in denen sich Himmel und Erde gespiegelt habe, mit einem Herzen, das bereit gewesen sei, sich allem Schönen und Edlen auf der Welt zu öffnen?

Und wenn er jetzt wünsche, seine finstere und schmachvolle Gestalt zu verbergen, wessen Schuld wäre es denn? ... Er wisse es nicht! ... Nur das wisse er, daß seine Geduld zu Ende sei!

Freilich, wenn Makar hätte sehen können, welchen Eindruck seine Rede auf den alten Herrn gemacht hatte, hätte sehen können, daß ein jedes seiner Worte auf die goldene Wagschale falle, wie ein bleiernes Gewicht, dann hätte er sich beruhigt. Doch alles das sah er nicht, weil in seinem Herzen blinde Verzweiflung herrschte.

Wie hatte er bis jetzt diese Last noch tragen können? Er trug sie, weil ihm in der Ferne noch ein Sternchen leuchtete – der Stern der Hoffnung; weil er noch lebte, weil er noch ein besseres Los zu erleben hoffen konnte, hoffen mußte. Jetzt stand er am Ende – jede Hoffnung war erloschen ...

Da wurde es in seiner Seele dunkel, der Zorn wütete in ihr, wie der Sturm in dunkler Nacht. Er vergaß, wo er war, vor wem er stand – vergaß alles in seinem Zorn.

Doch der alte Herr sagte ihm: »Warte, Unglücklicher! Du bist nicht mehr auf der Erde. Hier wirst du Wahrheit finden!«

Makar erzitterte. Er begriff in seinem Herzen, daß man ihn bedauerte und wurde weicher; und da vor seinen Augen sich sein
ganzes Leben aufgerollt hatte, vom ersten bis zum letzten Tage, so
fing er selbst an es unsäglich zu beklagen ... Er weinte ...

Auch der alte Herr weinte ... Der alte Priester schluchzte und
Thränen vergossen auch die jungen Arbeiter Gottes, die sie sich mit
ihren Ärmeln trockneten.

Und die Wagschalen schwankten noch immer, die hölzerne aber
hob sich höher und höher! ...

Der Wald rauscht.

1.

Der Wald rauschte ...

Stets ging in jenem Walde ein Rauschen, so gleichmäßig, leise und feierlich, wie der Widerhall eines fernen Tones, so ruhig und trauervoll, wie ein sehnsuchtsvolles Lied ohne Worte, eine dunkle Erinnerung an die Vergangenheit. Er rauschte, der alte Kiefernwald, der noch unberührt war von Axt und Säge des Holzhackers. Hohe hundertjährige Tannen mit ihren mächtigen roten Stämmen standen wie ein Wall, hoch oben ein grünes, undurchdringliches Dach bildend. Unten war es still und stärkender Harzgeruch erfüllte die Luft; auf dem mit Nadeln übersäeten Boden wuchsen saftige Farne, üppig glänzend in ihrem satten Grün, ruhig und bewegungslos mit entfalteten Zweigen. In feuchterem Boden wuchs helles Gras. Der weiße Klee beugte sein schweres Haupt wie ermattet zur Erde – oben aber ging ein ununterbrochenes Rauschen, wie ein trauriges Seufzen des alten Waldes – und immer tiefer und lauter seufzte der Wald.

Ich fuhr auf einem Waldwege, und obgleich ich den Himmel nicht sehen konnte, merkte ich doch an dem Geflüster der Bäume, daß sich ein Gewitter zusammenziehe. Es war nicht mehr früh am Tage. Nur hier und da stahl sich durch die dichtstehenden Bäume, sie rötlich vergoldend, ein Strahl der untergehenden Sonne, grell sich abhebend vom hier herrschenden Dunkel.

Zum Abend bereitete sich ein Gewitter vor.

Für heute war also an Jagd nicht mehr zu denken; ich konnte froh sein, wenn ich ein schützendes Dach noch erreichte. Mein Roß stieß mit seinen Hufen auf vorstehende Wurzeln, die sich über den Weg schlängelten, es schnaubte und spitzte die Ohren, hinhorchend auf das dumpf ertönende Echo des Waldes und beschleunigte von selbst seine Schritte auf diesem bekannten Wege.

Da schlug ein Hund an. Zwischen den schon lichterstehenden Bäumen erscheint eine Mauer. Eine bläuliche Rauchwolke entsteigt dem Schornsteine und erhebt sich über das Grün der Baumkronen;

ich erblicke eine baufällige Waldhütte mit altem Strohdache im Schatten der roten Stämme des Waldes. Sie scheint in die Erde zu wachsen, während die schlanken, hohen Tannen ihre Häupter stolz in den Himmel erheben. Mitten auf der Wiese steht eine dichte Gruppe junger Eichen.

Hier wohnen die steten Begleiter meiner Jagdausflüge, die Förster Sachar und Maxim. Jetzt scheinen sie beide nicht zu Hause zu sein, da niemand auf das Bellen des großen Hofhundes erscheint. Nur der Alte mit dem kahlen Haupte und dem weißen Schnurrbart sitzt auf der Bank und windet seine Bastschuhe. Sein Schnurrbart hängt ihm tief auf die Brust herunter, seine Augen sind trübe, als versuchte der Alte immerfort Bilder der Vergangenheit sich ins Gedächtnis zurückzurufen und vermochte es nicht.

»Grüß Gott, Alter! Ist niemand zu Hause?«

»Niemand!« schüttelte der Alte sein Haupt. »Weder Sachar, noch Maxim ist daheim, und auch Motrja ist in den Wald hinausgegangen, um die Kühe zu suchen, die sich verlaufen haben; vielleicht hat sie auch der Bär überrascht. Ja, ja, niemand ist zu Hause!«

»Thut nichts; ich werde bei dir bleiben und warten.«

»Warte, warte!« nickt der Greis, und während ich den Zügel meines Pferdes über den Ast werfe, schaut er auf mich mit seinen schwachen, alten Augen. Ja, alt ist er, seine Augen wollen ihm nicht mehr gehorchen und auch die Hände zittern.

»Wer bist du, Herr?« fragt er, als ich mich auf die Bank setze. Diese Frage richtet er an mich bei meinem jedesmaligen Besuche.

»Weiß schon, weiß schon,« sagt er, seine Arbeit aufnehmend. »Alt und durchlöchert wie ein Sieb ist mein Gedächtnis und will nichts mehr halten. Derer, die schon lange tot sind, erinnere ich mich noch – o, noch recht gut; euch Neue vergesse ich aber immer. Bin schon zu alt ...«

»Lebst du schon lange hier im Walde?«

»O ja, schon lange, lange! Als die Franzosen ins Land kamen, war ich schon hier.«

»Da hast du viel gesehen und erlebt und kannst wohl manches erzählen.« Der Alte sieht mich erstaunt an.

»Gesehen? Ja, was denn? Den Wald? Und ihn Tag und Nacht, Sommer und Winter, rauschen gehört. Ich habe, wie jener Baum im Walde, ein Leben gelebt und es nicht gemerkt. Fürs Grab ist's nun schon Zeit, und wenn ich es so oft überdenke, Herr, so kann ich selbst nicht sagen, habe ich auf der Welt gelebt oder nicht ... Ja, vielleicht habe ich auch gar nicht gelebt!«

Der Rand der dunklen Wolke erschien über den Gipfeln der Bäume und zog sich über die Waldwiese hin; die Zweige der sie umschließenden Bäume bewegten sich rascher im Windzuge, und das Rauschen des Waldes ertönte einem dumpfen Accord gleich. Der Alte erhob sein Haupt und horchte.

»Ein Gewitter zieht auf,« sagte er nach kurzem Besinnen. »In der Nacht wird der Sturm wüten, Bäume mitten durchbrechen und sie entwurzeln. Der Herr des Waldes will spielen.«

»Woher weißt du denn das, Alter?«

»Ich weiß es, weil der Wald es sagt ... Er fürchtet sich auch. Sieh wie die Espe, dieser furchtsame Baum, ohne Unterlaß zittert, ohne daß ein Windzug ihn bewegt. Die Fichte im Walde rauscht leise; wenn sich aber ein Wind erhebt, so fängt sie an zu ächzen ... Doch das ist noch nichts. Höre mal hin! Zwar sind meine Augen schwach, doch höre ich noch gut. Die Eichen rauschen – dort auf der Wiese stöhnen sie, das prophezeit Sturm.«

Er hatte recht. Die Gruppe junger Eichen, die mitten auf der Waldwiese standen und durch die hohen Stamme des Waldes geschützt waren, bewegten ihre kräftigen Äste und erzeugten jenes hohle Geräusch, das so verschieden ist vom Rauschen der Kiefern.

»Hörst du, Herr?« fragte der Alte mit kindlichschlauem Lächeln. »Ich weiß es, wenn so die Eiche spricht, so will der Herr des Waldes in der Nacht kommen und spielen und Bäume brechen. Doch wird es ihm wohl nicht gelingen. Die Eiche ist ein kräftiger Baum, selbst seine Kraft könnte an ihr erlahmen.«

»Von welchem Herrn sprichst du denn; selbst sagtest du ja, daß ein Sturm aufzieht?«

Der Greis schüttelte sein Haupt, schlau lächelnd: »Wer sollte es denn wissen, wenn nicht ich? Jetzt sollen ja die jungen Leute nichts glauben, was man erzählt. Ich habe ihn aber gesehen, so wie jetzt dich, vielleicht noch besser, weil meine Augen damals noch ganz jung und scharf waren, nicht so, wie jetzt.«

»Wie hast du ihn denn gesehen? Erzähle, Alter!«

»Es war ganz so, wie jetzt: anfangs fingen die Tannen und Fichten an zu rauschen, zu klingen, zu seufzen und still ward es darauf – und dann seufzten sie wieder und wieder und stärker und klagender. Ihr Herr will sie ja in der Nacht zu Boden werfen. Dann fängt auch die Eiche an sich zu rühren, desto heftiger, je tiefer der Abend sich herabsenkt; nachts endlich fängt sie an zu ächzen und zu stöhnen, und da erscheint auch er selbst. Er läuft durch den Wald und lacht und weint und dreht sich im Sturme, tanzt und greift hohnlachend die Eichen an, um sie aus dem Boden zu reißen. Einmal blickte ich nun auch aus dem Fensterchen; das gefiel ihm nicht. Er kam an das Fenster herangelaufen und krach! – fing er an mit Tannenzapfen mich zu bewerfen. Fast hätte er mir das ganze Gesicht zerschlagen – der Kuckuck soll ihn holen! Ich bin auch nicht dumm und springe zurück – so, Herr, ärgert er sich.«

»Wie sieht er denn aus?«

»Ja, wie ein Weidenzweig im Sumpf; Haare wie von der Mistel und ebensolch ein Bart; seine Nase wie ein Ast; sein Gesicht schief und wie mit Flechten bewachsen. Pfui, wie häßlich er ist! Gott bewahre jeden Christen vor solchem Aussehen. Ein anderes Mal sah ich ihn im Sumpf, nah, ganz nah. Willst du ihn sehen, so komm im Winter her. Steige auf dem Berge auf den höchsten Baum, ganz auf den Gipfel, von da kann man ihn zuweilen sehen. Er geht wie ein weißer Stamm über den Wald hin und dreht sich und steigt vom Berge ins Thal. Da läuft er, läuft und verschwindet. Und wo er geht, bleibt hinter ihm eine Schneespur zurück. Wenn du mir nicht glaubst, kannst du's ja selber sehen!«

Der Alte war ins Plaudern gekommen. Das lebhafte Geflüster der Waldbäume und das drohende Gewitter schienen sein altes Blut in Wallung gebracht zu haben; er nickte mit dem Kopfe, lachte und blinzelte mit seinen alten Augen. Plötzlich zog ein Schatten über sein Gesicht. Er stieß mich an und sprach geheimnisvoll: »Weißt du, Herr, was ich dir sagen will? Freilich, der Alte ist zwar ein widerliches Geschöpf, das ist wahr, aber man muß nicht ungerecht sein –

Böses thut er niemandem. Er liebt mit den Menschen zu scherzen, doch Böses thut er ihnen nicht.«

»Ja, du hast ja eben gesagt, er wollte dir das ganze Gesicht mit seinen Tannenzapfen zerschlagen.«

»Ja, freilich wollte er das. Ich habe durch das Fenster geblickt und das hatte ihn geärgert. Wenn man aber in seine Streiche und Spiele die Nase nicht hineinsteckt, so thut er nichts. So ist er, der Waldesherr! Weißt du, die Menschen im Walde thun manchmal viel Schlimmeres. Wahrhaftig, so ist es!«

Er senkte sein graues Haupt auf die Brust und brütete schweigend vor sich hin. Dann, wie er auf mich blickte, erglänzte in seinen Augen ein Strahl des wieder erwachten Gedächtnisses.

»Ich will dir erzählen, Herr, was im Walde sich ereignet hat ... Hier auf diesem selben Platze – noch erinnere ich mich alles dessen wie im Traum. Wenn aber der Wald zu rauschen beginnt – wird mir alles deutlich, als wäre es eben erst geschehen. Willst du, ich werde es dir erzählen?«

»Ja, ja, ich will; erzähle.«

»Nun, so höre.«

»Vater und Mutter starben mir als ich noch ein kleiner Junge war – sie ließen mich auf der Welt einsam und verlassen zurück. Alle, und auch der Gutsherr, überlegten nun, was sie mit mir armem Waisenknaben thun sollten. Da kam aus dem Walde der Förster Roman und sprach zum Dorfältesten: »Gieb ihn mir mit, ich will ihn aufziehen. Mir wird es nicht mehr so einsam im Walde sein, und er wird zu essen haben.« So sprach er und der Dorfälteste sagte: »Nimm ihn!« Seit der Zeit bin ich im Walde. Hier hat mich auch Roman großgezogen. Ein schrecklicher Mensch war er, behüte Gott einen jeden! ... Hoch von Wuchs, mit schwarzen Haaren und Augen, aus denen finster eine dunkle, menschenfeindliche Seele blickte, weil er sein ganzes Leben allein im Walde gehaust hatte. Das wilde Tier des Waldes soll ihm Bruder und Freund gewesen sein. Ein jedes Tier kannte er und fürchtete sich vor nichts; den Menschen aber ging er aus dem Wege und blickte sie nicht an. So war es, ich schwöre es. Wenn er mich einmal anblickte, überlief es mich kalt. Dennoch war er aber ein guter Mensch und gab mir gutes Essen –

Grütze mit Speck, dann und wann auch eine Ente, wenn er eine geschossen hatte – mir war er ein guter Herr, das muß ich ihm lassen ...

2

So lebten wir denn beide, Roman und ich. Wenn er in den Wald ging, so schloß er mich ein, damit mich nicht ein Raubtier überfiele. Später gab man ihm die Oxana zum Weibe ...

Der Herr gab sie ihm. Ins Herrenhaus rief er ihn hin und sagte: »Hör mal, Roman, heirate!«

Und ihm erwiderte Roman: »Zum Henker, wozu in aller Welt habe ich ein Weib nötig? Was soll ich im Walde mit einem Weibsbilde anfangen, da ich doch schon einen Gehilfen habe? Ich will nicht heiraten.«

Er war nicht gewohnt, sich mit Frauenzimmern abzugeben, das war die ganze Sache. Na, der Herr war aber auch schlau! Wie ich mich dieses Herrn erinnere, so glaube ich, solche giebt es gar nicht mehr – sie sind ausgestorben. Nun, du, zum Beispiel, bist ja, wie man sagt, auch aus edlem Geschlecht, mag ja sein, aber dieses echte, dieses Herrenmäßige ist in dir gar nicht da.

Jener hatte es aber. Da will ich dir etwas sagen. Wie können doch auf der Welt Hunderte von Menschen einen einzigen Mann fürchten, vor einem einzigen zittern! Sieh mal: der Adler und das Huhn, beide kommen aus dem Ei – jener schwingt sich, kaum flügge, in die Luft, die er beherrscht, während dieses armselig wie ein Wurm auf der Erde kriecht – so auch der Edelmann und der einfache Mensch. Der Adler ist ein edler Vogel, das Huhn ein ganz gewöhnliches Wesen.

So kann ich mich noch aus meiner Jugend erinnern, wie einst gegen dreißig Bauern aus dem Walde dicke Baumstämme führten, und ihnen der Herr ganz allein, den Schnurrbart drehend, entgegengeritten kam. Das Pferd ging ruhig seines Weges, und er sah kaltblütig nach rechts und links. Kaum erblickten die Bauern den Edelmann, so begannen sie zu rennen und zu laufen, Pferde und Schlitten auf die Seite in den Schnee zu führen und die Mützen vom Kopfe zu ziehen. Stundenlange Arbeit im Schweiße ihres Angesichts brauchten sie später wieder, um die Baumstämme aus dem Schnee herauszuziehen, während der Herr wohlgemut weiter ritt. Er brauchte nur seine Augenbrauen zu bewegen, so zitterte der Bauer; er lachte und allen ward froh und frei ums Herz; er war verstimmt und alle gerieten in Furcht. Daß jemand dem Herrn widersprochen hätte, das wird wohl nie vorgekommen sein.

Nun war aber Roman im Walde aufgewachsen, kannte keine Umgangsformen, daher denn auch der Herr über ihn nicht ärgerlich wurde.

»Ich will, du sollst heiratet,« sagte der Herr, »das übrige ist meine Sache. Oxana soll dein Weib werden.«

»Nun, und ich will keine, und auch die Oxana nicht. Der Teufel selbst mag sie heiraten, ich aber nicht!«

Da ließ der Herr die Knute bringen, Roman wurde hingestreckt, und wieder fragte er ihn: »Willst du heiraten?«

»Nein,« erwiderte Roman.

»Los!« kommandierte der Herr.

Man schlug. Roman war zwar recht kräftig und abgehärtet, endlich aber wurde es auch ihm zu viel.

»Hol euch der Teufel, laßt mich los! Zum Henker, gebt sie mir lieber, als daß ein ordentlicher Kerl ihretwegen Schmerzen ertragen soll. Gebt sie her, ich will sie nehmen!«

Auf dem Gute wohnte ein armer Gast des Herrn, mit Namen Opanas. Er war gerade vom Felde zurückgekehrt, als man Roman zu seiner Ehe zu zwingen unternahm.

Als er von dem Unglück des Försters erfuhr, fiel er dem Herrn zu Füßen.

»Wozu, gnädiger Herr, einen Menschen mit Gewalt dazu bringen, was ich mit meiner ganzen Seele erstrebe. Gebt mir die Oxana zum Weibe!«

Er wollte sie selbst heiraten. Solch ein Mensch war der – ja wahrhaftig!

Da wurde Roman froh. Er stand auf und sagte: »Das ist gut! Weshalb bist du nur nicht früher gekommen? Und auch der Herr selbst? Er fragt nicht erst, ob sie jemand vielleicht willig nehmen will. So plötzlich nimmt er einen Menschen und läßt ihn schlagen. Ist das christlich? Pfui!«

Oho, zuweilen sagte er auch dem Herren ins Gesicht, was wahr war. Ja, mit ihm war auch nicht zu spaßen, ebenso wie der Herr, wenn er einmal verstimmt war, niemandem etwas hingehen ließ. Außerdem war der Herr auch schlau – er hatte noch etwas im Sinne ... Er ließ nochmals Roman die Knute geben.

»Ich will dir, du Esel, dein Glück geben, und du sträubst dich noch dagegen? Jetzt sitzt du immer allein wie der Bär in deiner Höhle und dich zu besuchen ist sogar langweilig ... Schlagt nur los auf diesen Schafskopf – so lange, bis er selbst »Genug!« ruft. Du aber, Opanas, geh zum Teufel! Lade dich nicht selbst zu Gaste, ohne geladen zu sein, sonst, passe auf, könnte dir noch dieselbe Speise verabreicht werden, die Roman zu schmecken bekommen hat!« Roman war indes böse geworden. He, he! Auf ihn hieb man tüchtig los, denn die Leute von früher verstanden mit der Knute umzugehen. Er lag still, so lang es ging, ohne »Genug!« zu rufen. Endlich spie er aus.

»Ihr sollt es nicht erleben, daß man einen ordentlichen Christenmenschen eines Weibes wegen mit der Knute unbarmherzig bearbeitet, ohne daß die Schläge auch nur gezählt würden. Daß eure Hände euch abfallen, ihr Hundesöhne! Gut, ich werde sie heiraten! ...«

Der Herr lächelte.

»So, das ist gut,« sagte er. – Wenn du auch auf deiner Hochzeit jetzt nicht wirst sitzen können, so wirst du doch wenigstens tanzen!«

Ein lustiger Herr war er – wahrhaftig, recht lustig! Nur später ging es ihm schlecht – Gott behüte einen jeden Christen davor. Wahrlich, ich wünsche niemandem so etwas, selbst nicht einem Juden ...

So heiratete denn Roman. Er brachte sein junges Weib in seine Hütte; anfangs schalt er sie und machte ihr die empfangenen Rutenstreiche zum Vorwurfe.

»Du,« sagte er, »bist es nicht wert, daß man deinetwegen einen Menschen dermaßen mißhandelt!« Wann immer er aus dem Walde nach Hause kam, trieb er sie aus der Hütte.

»Fort! Ich brauche kein Weib in der Hütte! Daß auch keine Spur von dir da ist! Ich liebe nicht, wenn ein Weib bei mir in der Hütte schläft!«

Mit der Zeit gewöhnte er sich aber. Oxana hielt die Hütte rein und in Ordnung, ordnete das Geschirr, daß alles nur so glänzte und sich das Herz im Leibe freute. Roman sah, daß es ein gutes Weib war und gewöhnte sich an sie. Ja, er gewöhnte sich nicht nur an sie, sondern gewann sie auch lieb. Wahrhaftig, ich lüge nicht! So war's mit Roman. Als er sich ordentlich an sein Weib gewöhnt hatte, sagte er:»Besten Dank schulde ich doch meinem Herrn, daß er mich das Gute erkennen gelehrt hat. Und ich bin auch so recht dumm gewesen, mußte erst so bitter die Knute kosten, um etwas anzunehmen, was doch wahrhaftig nicht schlecht ist. Ja, sogar so gut, so gut!«

So verging eine Zeit, ich weiß nicht, wie lange. Oxana fühlte sich unwohl, legte sich hin und begann zu stöhnen. Abends war sie krank geworden und als ich des Morgens aufwachte, höre ich jemand mit dünner Stimme quieken.»Aha,« denke ich, »da wird wohl ein ›Kleines‹ angekommen sein!« Und so war es auch.

Nicht lange lebte es – von diesem Morgen bis zum selben Abend; da hörte es auch auf zu schreien. Oxana weinte und Roman sagte ihr:»Da ist es nun aus mit dem Kinde, es ist nicht mehr bei uns, und weil es nicht da ist, brauchen wir auch nicht den Priester – hier im Walde wollen wir es begraben.«

So sprach Roman, und er sprach nicht nur so, er that auch, wie er gesprochen hatte, grub ein Grab und beerdigte das Kleine. Da steht ein Baumstumpf, vom Blitze zerbrochen, unter ihm hat damals Roman das Kleine begraben ... Und nun, höre auch, was ich dir noch sagen werde: bis zum heutigen Tage noch, wenn die Sonne untergeht und über dem Walde hell die Sterne leuchten, fliegt ein kleines Vögelchen um den Baum und singt sein Liedchen – so traurig, daß es mir das Herz rührt. Das ist nun die Seele des ungetauften Kindes, das um ein Kreuz bittet. Man sagt, daß jemand, der in den Büchern zu lesen versteht, ihr Ruhe geben kann, auf daß sie nicht mehr so unruhvoll umherfliege ... Wir leben hier im Walde und kennen nichts. Sie fliegt, fleht, und wir können ihr nur sagen: fliege, fliege arme Seele – nichts können wir für dich thun!« Dann weint sie und stiegt weg und fliegt doch wieder her. Wie schmerzt mich mein Herz dieser armen Seele wegen!

Als Oxana genesen war, ging sie täglich an dieses Grab. Sie saß und weinte, und häufig so laut, daß man ihre Stimme durch den ganzen Wald hörte. Um ihr Kind vergoß sie diese Thränen; Roman hatte es nicht geliebt, Oxana aber wohl. Zuweilen, wenn er aus dem Walde heimkehrte, stellte er sich neben Oxana und sagte zu ihr: »Schweige doch endlich still, thörichtes Weib du! Lohnt es sich auch! Ein Kind ist tot, Gott wird ein anderes geben! Und vielleicht auch ein besseres. Jenes ist vielleicht nicht einmal meines gewesen, ich weiß es ja nicht. Dieses aber wird meines sein!«

Wenn er so sprach, hörte Oxana es nicht gern. Sie hörte auf zu weinen und schalt ihn heftig. Doch Roman wurde nicht böse.

»Und was schiltst du denn? Ich habe ja gar nichts Schlimmes gesagt, nur daß ich's doch nicht wissen kann. Ich kann es nicht wissen, wohntest du doch früher nicht bei mir, nicht im Walde, sondern dort in der Welt mit den anderen Menschen zusammen. Wie also kann ich's denn wissen? Jetzt lebst du im Walde, jetzt ist's gut. Mir hat nur das alte Weib, die Theodosia, im Dorfe gesagt: »Wie kommst du, Roman, so früh zu einem Kinde?« »Woher soll ich's denn wissen, ob früh ob spät ... antwortete ich ihr. – Nun, und du hör mal auf, zu schelten, sonst werde ich böse und könnte dich schlagen.«

Sie schalt und schalt und hörte doch endlich auf. Sie schalt ihn und gab ihm bisweilen auch einen Schlag auf den Rücken; wurde er aber einmal böse, dann wurde auch sie ganz still. Sie fürchtete sich vor ihm. Sie küßt, umarmt ihn, sieht ihm in die Augen – dann wird auch Roman wieder ruhig. Denn siehst du, Herr, du wirst es vielleicht auch nicht wissen, ich aber, obgleich ich nie verheiratet war, sah in meinen Leben manchmal: süß küßt ein junges Weib, den bösesten Mann kann es begütigen. O ja – ich weiß es wohl, wie diese Weiber sind.

Oxana nun war ein schönes, glattes Weib, wie ich ein solches nie mehr gesehen habe. Auch die Weiber sind jetzt nicht mehr dieselben, wie früher.

3.

Da ertönte einmal im Walde ein Horn: Tra, tra, ta, ta, ta! So ergießt sich's durch den Wald hell und voll! Ich war damals ein kleiner Junge und wußte nicht, was das zu bedeuten habe. Ich sehe, wie die Vögel sich aus ihren Nestern erheben, die Flügel ausbreiten, schreien; hier und da erscheint auch ein Hase und springt schnell über den Weg. Da dachte ich mir erst, es müsse ein besonderes Tier sein, welches solche schöne Töne von sich gebe. Das war aber kein Tier, sondern der Gutsherr zu Pferde, der durch den Wald ritt und das Horn blies. Hinter ihm sein Gesinde mit den Hunden an der Koppel – am schönsten Opanas in seinem blauen Rocke, seine Mütze mit goldener Decke, sein Pferd spielt unter ihm, die Jacke glänzt auf seinem Rücken und die Laute hängt an einem Bande an seiner Seite.

Der Herr liebte den Opanas, weil er so schön die Laute schlagen und Lieder singen konnte. Und schön war er, dieser Opanas, o, sehr schön! Wo konnte sich mit ihm der Herr vergleichen, der schon grau und kahlköpfig war, mit roter Nase und mit Augen, die zwar lustig blitzten, aber doch nicht so waren, wie die des Opanas. Wenn Opanas mich zuweilen ansah, mich, den kleinen Jungen, so lachte mein Herz, ob ich doch kein Mädchen war. Man sagte, daß der Vater und die Ahnen des Opanas freie Kosaken waren, die ja alle schön und stattlich sind. Und überlege dir's nur selbst: auf schnellem Roß mit spitzer Lanze durchs Feld zu jagen oder im Walde mit der Axt Bäume zu fällen – das ist nicht dasselbe.

Ich lief hinaus aus der Hütte und sah wie der Herr angeritten kam und sein Roß anhielt. Das Gefolge stand beiseite. Roman war auch aus der Hütte getreten und hielt ihm den Steigbügel. Er stieg ab und Roman beugte sich vor ihm zur Erde.

»Grüß Gott! Bist du gesund?« fragte er den Roman.

»Ja, danke, ich bin schon gesund, was soll mir denn fehlen! Wie befinden sich Ew. Gnaden?«

»Na, Gott sei Dank, daß du wohl bist. Was macht dein Weibchen? Wo ist es denn?«

»Wo soll es denn sein? In der Hütte natürlich.«

»Nun, so wollen auch wir mal eintreten,« sagte der Herr. »Ihr legt mal so lange einen Teppich aus,« wandte er sich an das Gefolge, »und bereitet alles vor, um auf das Wohl des jungen Paares zu trinken.«

So traten sie denn in die Hütte: der Herr und Opanas und Roman mit der Mütze in der Hand hinter ihnen, und auch Bogdan, der älteste Knecht, ein treuer Diener seines Herrn.

Auch solche Diener giebt es nicht mehr auf der Welt: ein alter Mann war er, streng mit dem Gesinde, furchtsam wie ein Hund vor dem Herrn. Er hatte niemand auf der Welt, als seinen Herrn. Man erzählte von ihm, daß er, als sein Vater und seine Mutter gestorben waren, den alten Gutsherrn um die Erlaubnis gebeten habe, zu heiraten; das habe dieser nicht zugelassen, sondern ihn dem jungen Herrn beigesellt. »Der,« sagte er, »soll dir Vater, Mutter und Weib sein.« So hat ihn Bogdan denn erzogen und gepflegt, hat ihn reiten und mit der Büchse schießen gelehrt. So wuchs dieser heran und begann sein Gut zu bewirtschaften. Immer war ihm Bogdan zur Seite wie ein Hund. Ich will dir Wahrheit sagen: Viele haben diesen alten Bogdan verwünscht, viele Thränen liegen auf seinem Gewissen, und alles that er doch nur seines Herrn wegen. Ein Wort seines Herrn und er wäre imstande gewesen, den ersten besten abzuschlachten – ja, seinen eigenen Vater.

Ich folgte ihnen in die Hütte, natürlich war ich neugierig. Wohin der Herr ging, dahin ging auch ich.

Da sah ich ihn mitten in der Hütte stehen und seinen Bart glätten und lachen. Roman war auch hier und mit der Mütze in der Hand, während Opanas sich an die Wand lehnte – gebeugt, wie eine hohe Eiche im Sturm. Finster und zornig still ...

So wandten sich alle drei an Oxana. Nur der alte Bogdan setzte sich auf die Bank und wartete der Befehle seines Herrn. Oxana stellte sich zum Ofen, die Augen zu Boden gesenkt, rot wie mit Glut übergossen, als ob sie fühlte, daß sie Unglück über andere bringen würde. Und das, Herr, muß ich dir auch sagen: wenn drei Männer auf ein Weib blicken, so kann daraus nichts Gutes entstehen; ich weiß es, hab' es ja gesehen.

»Nun, Roman, habe ich dir eine gute Frau verschafft?« fragte lächelnd der Herr.

»Eine Frau, wie eine jede andere,« antwortete er.

Da zuckte Opanas die Achseln, blickte auf Oxana und bemerkte: »Ein Weib, doch nicht für solch einen Tölpel, wie du!«

»Inwiefern scheine ich Ihnen, Herr Opanas, denn solch ein Tölpel zu sein?«

»Insofern bist du ein Tölpel, als du dein Weib nicht zu hüten verstehst,« erwiderte Opanas.

Das sagte er ihm. Der Herr stampfte sogar mit dem Fuße, und Bogdan schüttelte seinen Kopf; Roman überlegte einen Augenblick, blickte dann fest auf den Herrn und sagte mit erhobenem Haupte: »Vor wem soll ich sie denn hüten?« sprach er, immer noch auf den Herrn blickend. »Außer den wilden Tieren des Waldes kommt hierher zu mir doch kein Teufel, nur zuweilen noch der gnädige Herr. Vor wem soll ich denn mein Weib hüten? Ich rate dir, Kosak, mich nicht zornig zumachen, sonst könnte es dir schlecht ergehn!«

Und wirklich, es hätte auch so geschehen können, hätte sich nicht der Herr eingemischt; er stampfte mit dem Fuß und sie schwiegen.

»Schweigt, ihr Teufelskinder! Wir kamen nicht hierher, um zu sehen, wie ihr euch prügelt. Aufs Wohl des jungen Paares wollen wir trinken und dann zum Abend, im Moore jagen gehen. Nun, kommt!«

Sich umwendend, verließ er die Hütte; ihm folgte Bogdan, während Opanas den Roman im Flur aufhielt und mit ihm sprach; draußen hatte das Gefolge inzwischen den Aufbiß vorbereitet.

»Sei nur nicht böse, Bruder,« wandte Opanas sich an Roman, »höre zu, was dir Opanas sagen will. Hast du gesehen, wie ich den Gutsherrn fußfällig gebeten, er solle Oxana mir zum Weibe geben. Doch, Gott mit dir, Mann! Du bist ihr angetraut – das Schicksal hat es also bestimmt. Doch das will und kann ich nicht dulden, daß jener gierige Teufel dich und sie zum Narren hält und mit euch sein nichtswürdiges Spiel treibt. Niemand, niemand weiß es, was mir auf dem Herzen ruht. Lieber will ich ihn und sie mit eigener Hand in die feuchte Erde betten ...«

Roman blickte auf den Kosaken und fragte: »Sage, Kosake, sprichst du nicht im Wahn?«

Ich weiß nicht, was darauf Opanas dem Roman ins Ohr geflüstert hat, nur hörte ich, wie dieser jenem auf die Schulter geklopft hat.

»Wie bitter schlecht doch die Menschen auf der Welt sind, und ich, ich Blinder, wußte nichts davon in meinem dunklen Walde! Herr, Herr, du hast böses Unheil auf dein Haupt herabbeschworen!«

»Geh jetzt,« sagte Opanas, »und verrate mit keinem Blicke, was du auf dem Herzen hast – am wenigsten vor Bogdan. Du bist nicht schlau genug für diesen schlauen herrschaftlichen Hund. Höre also, trinke nicht zu viel vom Feuertranke, und wenn dich dein Herr in das Moor sendet und selbst wird zurückbleiben wollen, so führe das Gefolge bis zur alten Eiche und zeige ihnen den Weg, du selbst kehre aber zurück, so schnell du nur kannst.«

»Gut,« sagte Roman, »ich will auf die Jagd gehen und mein Gewehr laden, doch nicht mit Pulver für den Vogel, sondern mit schwerer Kugel für den Bären.«

Sie traten hinaus. Der Herr saß schon auf dem Grase, ließ sich die Flasche mit dem Glase reichen, das er selbst vollgoß und Roman hinreichte. Schön waren die herrschaftliche Flasche und das Glas, doch schöner noch der Trank. Ein volles Glas erfreut das Herz, ein zweites öffnet Herz und Mund und beim dritten kann ein des Trinkens ungewohnter Gast sich nicht mehr auf den Füßen halten und muß unter den Tisch fallen, wenn nicht sein Weib ihn auf das Lager legt.

O, schlau war der Herr! Betrunken wollte er den Roman machen mit seinem Feuertrank, doch gab es keinen Trank, der den Roman hätte bezwingen können. Ein Glas trank er, ein zweites, drittes – und nur seine Augen blitzen, wie beim Wolfe, und sein schwarzer Schnurrbart zitterte. Der Herr sogar war ärgerlich geworden.

»Sieh mal an, wie tapfer der Teufelssohn trinken kann, ohne mit dem Auge zu zwinkern! Einem anderen wären schon längst die Thränen über die Backen gelaufen, er aber – seht hin, Leute! – lacht.«

»Weshalb soll ich denn weinen?« erwiderte ihm Roman, »das wäre sogar schlecht von mir. Zu mir kam der gnädige Herr zu Besuch, um mir zuzutrinken, und ich sollte weinen, wie ein altes Weib! Ich habe, Gott sei Dank, keinen Grund zu weinen, lasse lieber meine Feinde weinen ...«

»So bist du also zufrieden?«

»Weshalb soll ich denn unzufrieden sein?«

»Kannst du dich noch entsinnen, als man dich mit der Rute zur Heirat zwingen mußte?«

»Warum nicht gar? Sage ich's ja auch selbst, daß ich ein Tölpel war, der das Schlechte vom Guten nicht unterscheiden konnte und nicht wußte, was süß ist. Bitter ist die Knute, und doch liebte ich sie mehr als das Weib. Euch habe ich dafür zu danken, daß ich das Süße kennen gelernt habe.«

»Schon gut, schon gut!« erwidert ihm der Herr. »Deshalb thu mir auch einen Dienst; geh mal mit meinen Leuten ins Moor und schieße mir einige Vögel, doch jedenfalls besorge mir einen Auerhahn.«

»Und wann wollt Ihr uns, gnädiger Herr, in das Moor schicken?«

»Wir wollen noch eins trinken, und Opanas wird uns dann ein Lied singen – dann geht mit Gott!«

Roman blickte auf den Himmel und erwiderte dem Herrn: »Das ist nicht recht. Es ist nicht mehr früh und das Moor weit, dann heult der Wind auch noch durch den Wald und ein Gewitter zieht auf. Wie soll ich jetzt solch einen vorsichtigen Vogel treffen?«

Doch der Herr war schon berauscht und böse. Als er bemerkte, wie unter seinen Leuten sich ein Gerede erhob: Roman habe recht, ein starkes Gewitter ziehe auf – so wurde er ärgerlich und geriet in Zorn. Er stieß sein Glas geräuschvoll auf den Tisch, und alles wurde still.

Nur Opanas erschrak nicht. Er war auf den Wunsch des Herrn mit seiner Laute vorgetreten und, sie stimmend, blickte er auf ihn und sprach: »Herr, überlegt doch! Wo hat man das gesehen, daß man spät nachts, und noch dazu im Sturm, Leute in den dunkeln Wald schickt, um Vögel zu schießen?«

So kühn war er! Die anderen, des Herrn Leibeigene, waren natürlich furchtsam; er aber war ein freier Mann, den als kleines Kind ein Kosak, ein Lautenspieler, in diese Gegend mitgebracht hatte. Denn dort in seiner Heimatstadt waren die Leute unruhig geworden, und hatten ihm, dem alten Kosaken, die Augen ausgestochen, Ohren und Nase abgeschnitten und ihn betteln gehen lassen. So war er denn durch Feld und Wald, durch Stadt und Land gezogen und war auch zu uns mit seinem kleinen Führer, dem Opanas, gekommen. Der alte Gutsherr hatte ihn zu sich genommen, da er schöne Lieder liebte. Der junge Herr hatte ihn auch lieb und ließ ihm manches Wort hingehen, für das ein anderer die Knute schon hätte kosten müssen.

So auch jetzt. Zornig war er geworden, und man glaubte schon, er würde den Kosaken schlagen, doch gleich darauf sprach er ruhig zu ihm: »O, Opanas, du bist doch sonst recht klug, doch scheinst du es nicht zu wissen, daß man seine Finger und seine Nase nicht zwischen die Thür stecken soll!«

4.

So sprach er und der Kosak verstand ihn und erwiderte ihm nur mit einem Liede. Daß doch der Herr dieses verstanden hätte – seine Leute hätten nicht über seiner Leiche weinen müssen.

»Dank, Herr, für die Lehre!« sagte Opanas, »ich will dir ein Lied singen, höre also!«

Und er schlug die Saiten der Laute, dann blickte er hinauf zum Himmel, wo der Adler seine Kreise zog und der Wind die finstern Wolken vor sich trieb. Er horchte, lauschte, wie die mächtigen Fichten rauschten ...

Und wieder schlug er die Saiten der Laute.

O, Herr, daß du nicht das Spiel des Opanas hast hören können! Jetzt wirst du so etwas nimmermehr zu hören bekommen. Das Lautenspiel ist zwar kein schwieriges Kunststück, und doch – wie erklingt die Laute unter den Händen eines kundigen Mannes! Er läßt die Finger über ihre Saiten gleiten, und alles findet in seinem Spiel einen Ausdruck: das Rauschen des finstern Kiefernwaldes, das Wehen des Windes im hohen Grase der Steppe und das Flüstern des Grases auf dem hohen Grabe des tapfern Kosaken – alles, alles!!

Nein, Herr, echtes rechtes Spiel wirst du nicht mehr hören. Verschiedene Leute fahren jetzt umher, die überall gewesen sein sollen – doch unsere Lautenspieler sind es nicht; man sagt auch, die seien ganz ausgestorben. Bei mir in der Hütte hängt an der Wand noch eine alte Laute, auf der mich Opanas selbst hat spielen gelehrt – doch ich habe es niemanden lehren können, und so wird diese Kunst wohl mit mir zu Grabe getragen werden. Und das wird bald sein. Wenn ich gestorben sein werde, so wird auf der großen weiten Welt wohl nirgends mehr die Laute ertönen ...

Da sang Opanas sein Lied mit leiser Stimme. Er hatte keine laute Stimme; nachdenklich und traurig waren seine Lieder, die sich ins Herz so mächtig ergossen. Das Lied, das der Kosak jetzt sang, mag er wohl selbst für den Herrn gedichtet haben – ich habe es später nie mehr gehört, und wie oft ich auch Opanas später gebeten habe, es mir wieder einmal zu singen – er hat es niemals mehr gethan. »Der, für den ich dies Lied gesungen,« erwiderte er mir stets, »ist nicht mehr da!«

In jenem Liede sagte er dem Herrn die volle Wahrheit, was ihm beschieden sei, und dieser weinte; Thränen flossen über seine Wangen, und doch verstand er nichts vom Liede.

Ich entsinne mich nicht mehr ganz der Worte; nur einiges habe ich behalten. Er sang von dem »Pan« (Herrn), dem »Johann«:

>»O Pan, Herr Johann! ...
>Klug bist du, und weißt so viel,
>Weißt, daß der Falke am Himmel fliegt und den Raben
>schlägt.

>O Pan, Herr Johann! ...
>Und doch weißt du's nicht.

Wie sich's in der Welt doch so häufig begiebt:
Daß beim Nest auch der Rabe den Falken erschlägt ...«

Als wäre es gestern, so lebhaft erinnere ich mich noch des Liedes und der Menschen, die es damals mit anhörten. Da steht der Kosak mit der Laute, der Herr sitzt auf dem Teppich, den Kopf gesenkt und weint, das Gefolge rund umher steht in einen Haufen gedrängt, einander mit dem Ellenbogen anstoßend, der alte Bogdan schüttelt das Haupt.

Und dabei rauscht der Wald, so wie jetzt, leise lispelt die Laute und der Kosak singt, wie die Gattin, den Pan, den Johann, beweint.

»Und sie weint, die Gattin, sie weint
Und zu Häupten des Pan, des Johann,
krächzt heiser der Rabe sein Lied!«

Der Herr hatte das Lied nicht verstanden, er trocknete die Thränen und sagte: »Nun, Roman, schnell auf den Weg, auf die Pferde. Auch du, Opanas, reite mit ihnen, genug mit deinen Liedern! – Schön war das Lied, doch niemals kommt so etwas vor auf der Welt!«

Das Herz war dem Kosaken weich geworden, die Augen trübe.

»O Herr, Herr,« sagte er ihm, »bei uns sagen die alten Leute: ›in Lied und Sage ruht Wahrheit. Nur ist in der Sage die Wahrheit hart wie das Eisen, das seit Jahrhunderten von Hand zu Hand gewandert und gerostet ist, im Liede ist sie wie lauter Gold,‹ so sagen die alten Leute.«

Der Herr winkte ab mit der Hand: »Vielleicht ist's so bei euch. Bei uns ist's jedenfalls nicht so« ... Geh, geh, Opanas, du langweilst mich!«

Da blieb der Kosak einen Augenblick stehen, dann fiel er vor ihm auf die Knie.

»Höre mich, Herr! Setze dich auf dein Roß und eile nach Hause zu deinem Weibe – es naht dir Schlimmes, mein Herz ahnt es!«

Da ward der Herr böse und stieß den Kosaken von sich mit dem Fuße, wie einen Hund.

»Fort von mir! Du bist ein altes Weib und kein Kosak. Fort von mir, sonst geht's dir schlimm! Und ihr, was steht ihr denn, Lumpengesindel? Oder bin ich nicht mehr Herr über euch? Ich will euch etwas zeigen, was eure Väter von den meinen noch nicht gesehen haben!«

Opanas erhob sich von der Erde, finster wie eine dunkle Gewitterwolke, und warf Roman einen Blick zu. Dieser stand zur Seite, auf sein Gewehr gelehnt, kalt und teilnahmlos.

> »Nun sie weint, die Gattin, sie weint
> Und zu Häupten des Pan, des Johann,
> Krächzt heiser der Rabe sein Lied.«

Der Kosak ergriff stumm seine Laute und schlug mit ihr mächtig an einen Baum, daß sie zersplitterte – und nur ein leises Stöhnen ging durch den Wald.

»Der Teufel selbst mag Leute lehren und solchen raten, die eine verständige Warnung in den Wind schlagen – du brauchst wohl keinen treuen Diener mehr, Herr!«

Bevor der Herr noch zu antworten Zeit gefunden, hatte sich Opanas aufs Pferd geschwungen und war fortgeritten. Die Jäger setzten sich auch auf ihre Rosse, während Roman sein Gewehr über die Schulter warf und fortschritt, indem er nur Oxana auf dem Wege zurief: »Lege den Kleinen zu Bett, Oxana! Er soll schlafen gehen und auch dem Herrn bereite ein Lager!«

Bald waren sie alle auf dem Wege nach dem Moor im Walde verschwunden, der Herr war in die Hütte getreten; sein Roß stand an den Baum gebunden. Es begann schon zu dunkeln, nur im Walde rauschte es und der Regen plätscherte – ganz so wie jetzt. Mich brachte Oxana auf dem Heuboden zu Bett und segnete mich mit dem heiligen Kreuzeszeichen zur Nacht ...

Da hörte ich sie weinen! Nichts, gar nichts habe ich kleiner Junge damals verstanden, was um mich her vorging. Zusammengekauert lag ich auf dem Heu und lauschte, wie der Sturm sein Lied pfiff, bis ich einschlief.

Da – plötzlich hörte ich Schritte. Jemand trat zum Baum und band das Pferd los; es schnaubte, schlug mit den Hufen auf, und bald verstummte im Walde das Geräusch aufschlagender Hufe.

Da hörte ich wieder jemand durch den Wald der Hütte zujagen. Man kam angeritten, sprang aus dem Sattel zur Erde und wandte sich zum Fenster.

»Herr, Herr!« hörte ich die Stimme des alten Bogdan. »Herr, öffne schnell! Der Kosak führt Schlimmes im Sinne – er hat dein Roß in den Wald gejagt!«

Kaum hatte der Alte geendigt, als ihn jemand ergriff. Ich erschrak, da ich jemand fallen hörte.

Der Herr öffnete die Thür und trat mit dem Gewehr bewaffnet heraus, als Roman ihn ergriff und zu Boden warf ...

Da sah er, daß ihm Schlimmes bevorstand, und sprach: »Laß ab, Roman! So gedenkst du des Guten, das ich dir that?«

Roman aber entgegnete ihm: »Ja, wohl gedenke ich des Guten, das du mir und meinem Weibe erwiesen hast, und will es dir auch vergelten!«

Der Herr sprach weiter: »Hilf du nun, Opanas, mein treuer Diener. Ich habe dich so geliebt, wie meinen eigenen Sohn!«

»Und hast doch deinen treuen Diener wie einen Hund von dir gestoßen. Geliebt hast du mich, wie die Peitsche den Hund liebt und jetzt liebst du mich, wie der Hund die Peitsche ... Auch ich lag vor dir im Staube und habe gefleht und gebettelt ...«

Da begann der Herr auch Oxana zu bitten: »Hilf du mir, Oxana, dein Herz ist weich!«

Oxana schlug schluchzend die Hände über dem Kopfe zusammen: »Auch ich lag dir zu Füßen und bat und flehte, mir meine Unschuld zu lassen und die Treue meinem Manne, mich nicht ehrlos zu machen. Du hast mich nicht erhört, und jetzt – jetzt bittest du selbst ... o, wie bin ich elend und unglücklich!«

»Laßt ab,« rief er nochmals, »ihr werdet um meinetwillen alle in Sibiriens Eisfeldern verfaulen!«

»Sorge dich nicht um uns,« entgegnete Opanas. »Roman wird noch vor deinen Leuten im Moore angelangt sein, während ich allein auf der Welt bin. Um mich wird niemand trauern. Ich werfe mein Gewehr über die Schulter und gehe hinein in den Wald ... Will mir Freunde werben und den Wald zu unserem Wohnsitz machen. Nur nachts wollen wir auf die Landstraße hinaustreten, und wenn wir ins Dorf kommen, soll unser erster Gang den herrschaftlichen Scheunen gelten. He, Roman, hilf mir, den gnädigen Herrn mal hinaustragen!«

Da wehrte er sich und schrie, doch Roman brummte nur finster etwas vor sich hin und der Kosak lächelte. So traten sie hinaus.

Ich bekam Angst und eilte in die Hütte in den Schoß Oxanas. Da saß sie bleich und weiß wie die Wand ...

Im Walde aber heulte der Sturm; die Fichten ächzten und der Wind pfiff, das schreckliche Rollen des Donners fast übertönend. So saßen wir, Oxana und ich, auf der Bank. Da hörte ich ein leises Stöhnen im Walde und so um Erbarmen flehend, daß es mir durchs Herz schnitt und noch jetzt am Herzen nagt, wenn ich daran denke – und doch sind schon viele Jahre seitdem vergangen.

»Oxana,« sagte ich, »mein Täubchen, wer seufzt denn so im Walde?«

Sie ergriff mich am Arme und flüsterte, mich wiegend: »Schlaf, Kind! Es ist nichts! Es rauscht der Wald.«

Und er rauschte auch wirklich, er rauschte schrecklich ...

So saßen wir noch einige Zeit, da hörte ich es wie das Echo eines Schusses durch den Wald rollen.

»Oxana,« fragte ich, »wer schießt denn jetzt im Walde aus der Flinte?«

Sie aber wiegte mich noch immer und sprach: »Schweig, Kind, schweig. Das ist der Donner Gottes im Himmel.«

Und sie weinte und drückte mich an ihren Busen und wiegte mich: »Das Rauschen des Waldes ist's, Kind; nur der Wald rauscht, er rauscht.

So lag ich auf ihren Ärmel: und schlief ein ...

Des Morgens aber, Herr, als ich erwachte, sah ich Oxana allein, angekleidet in der Hütte schlafen, und so erinnerte ich mich dessen, was geschehen war, und hielt es für einen Traum.

Und doch war's kein Traum, kein Traum; es war bittere Wahrheit. Ich lief aus der Hütte heraus, in den Wald hinein, doch hier zwitscherten fröhlich die Vögel und der Thau glänzte in tausend Farben an den Gräsern. Ich lief zum Gebüsch, da – lagen der Herr und sein Diener – der Herr ruhig und bleich, der Diener grau wie eine Taube und finster, als wäre er noch lebend. Auf der Brust sah man beim Diener und beim Herrn Blut.

– – »Nun und was geschah mit den anderen?« fragte ich, als ich sah, daß der Alte schwieg und sein Haupt auf die Brust sinken ließ.

»So geschah es, wie Opanas schon gesagt hatte. Er selbst lebte noch lange im Walde, und nur des Nachts erschien er auf dem großen Wege und auf den herrschaftlichen Gütern. Solch ein Leben war ihm vom Schicksal vorher bestimmt worden. Die Eltern waren Räuber gewesen, und auch er wurde es. Mehr als einmal ist er auch zu uns gekommen, Herr, doch gewöhnlich, wenn Roman nicht zu Hause war. Er kam, saß und spielte und sang zur Laute. Wenn er aber mit den anderen Gesellen erschien, nahmen Roman und Oxana sie immer auf. Und aufrichtig gesagt, es ward auch so manche Sünde hier begangen.

Da werden bald wohl Sachar und Maxim aus dem Walde zurückkommen – schau mal hin auf sie: ich habe ihnen zwar nie etwas gesagt; wer aber Roman und Oxana gekannt hat, der wird gleich sagen, wem von den beiden sie ähnlich sind, obgleich sie nicht mehr die Söhne, sondern die Enkel jener Leute sind.

Solche Sachen geschahen in meinem Leben hier im Walde. Doch der Wald rauscht stark; es wird gewittern.«

Die letzten Worte der Erzählung kamen aus dem Munde des Greises müde heraus. Seine Erregung war offenbar vergangen und löste sich jetzt durch eine starke Ermattung ab: die Zunge gehorchte nicht mehr, der Kopf zitterte und die Augen thränten.

Der Abend war schon angebrochen, im Walde war es dunkel, es wogte am Wege wie ein bewegtes Meer. Die dunklen hohen Kronen wallten und wogten, wie die schäumenden Wellen im Sturm.

Das frohe Gebell des Hundes zeigte die Rückkehr der Herren des Hauses an. Beide Förster kamen eilig in die Hütte geschritten, und hinter ihnen atemlos Motrja, welche die verloren gegangene Kuh in den Stall trieb. Unsere Gesellschaft war vollzählig.

Nach einigen Minuten saßen wir in der Hütte; im Ofen brannte ein lustiges Feuer und Motrja bereitete das Abendessen.

Obgleich ich früher schon mehr als einmal Sachar und Maxim gesehen hatte, blickte ich jetzt doch mit besonderem Interesse sie an. Das Antlitz Sachars war dunkel, die Augenbrauen über der Nasenwurzel unter der niedrigen Stirn verwachsen, die Augen blickten finster, obgleich die Gesichtszüge auf Gutmütigkeit mit Kraft gepaart hindeuteten. Maxim blickte mit freiem, lieblich lächelndem Blick seiner grauen Augen; zuweilen schüttelte er seine braunen Locken und sein frohes, freies Lachen wirkte ansteckend.

»Nun, was hat Ihnen der Alte erzählt, wohl die Sage von unserem Großvater?« fragte Maxim.

»Ja,« sagte ich.

»Er ist immer so! Beginnt nur der Wald zu rauschen, so erinnert er sich der Vergangenheit. Jetzt wird er die ganze Nacht nicht einschlafen können.«

»Er ist ganz kindisch,« sagte Motrja, ihm die Suppe eingießend.

Der Alte schien nicht zu verstehen, daß von ihm die Rede war; er war ganz schwach geworden, zuweilen lächelte er ausdruckslos, mit dem Haupte nickend; nur wenn der Wind von außen auf die Thür eindrang, begann er unruhig zu werden und zu lauschen und mit erschrockenem Gesichtsausdruck auf etwas hinzuhorchen. Bald war in der Waldhütte alles verstummt. Düster leuchtete die Öllampe und die Hausgrille zirpte ihren eintönigen Gesang...

Im Walde schienen Tausende gewaltiger Stimmen miteinander zu reden, dumpf und undeutlich einander zuzuflüstern in der sie umgebenden Dunkelheit. Eine schaurige Kraft schien dort in der Dunkelheit laute Abstimmung zu halten und die einsame, verlassene

Hütte überfallen zu wollen. Von Zeit zu Zeit wurde dieses schaurige Geflüster lauter, mächtiger, gewaltiger; dann erzitterte die Thür, als dringe jemand von außen auf sie ein, und im Schornstein pfiff der Nachtsturm eine grausige Melodie. Dann verstummten wieder die Windstöße, eine unheimliche Stille bedrückte das Herz, bis sich wieder der Sturm erhob, mächtiger, stärker noch als früher...

Ich war ein wenig eingeschlummert, doch schlief ich, glaube ich, nicht lange. Der Sturm heulte durch den Wald, die Öllampe zuckte mehrmals und erleuchtete die Hütte schwach mit ihrem unsicheren Licht. Der Alte auf seinem Lager tastete mit der Hand neben sich umher, als suche er jemanden. Der Ausdruck der Furcht und gleichsam kindlicher Hilflosigkeit stand auf seinem Gesichte geschrieben.

»Oxana, mein Täubchen,« hörte ich ihn leise, ängstlich flüstern, »wer seufzt dort so im Walde?«

Unruhig tastete er mit der Hand und horchte. »He, he,« sagte er. »Niemand seufzt. Der Wind pfeift im Walde ... Nichts weiter ... Der Wald rauscht ... er rauscht...«

Noch einige Augenblicke vergingen. In die kleinen Fenster der Hütte blitzten allaugenblicklich blaue Blitze, hohe Bäume hoben sich ab in ihrem plötzlichen Lichte von dem dunklen Hintergrunde des Waldes, in dem sie gleich darauf wieder verschwanden. Doch plötzlich erleuchtete ein greller Blitz wieder die Hütte und ein heftiger Donnerschlag erschütterte alles. Der Alte wälzte sich wieder unruhig auf seinem Lager.

»Oxana, mein Täubchen wer schießt denn jetzt im Walde?«

»Schlaf, Alter, schlaf!« ertönte die ruhige Stimme Motrjas. »Immer ist er so. Im Gewitter ruft er bei Nacht immer nach seiner Oxana. Vergessen hat er, daß sie schon längst tot ist.«

Sie gähnte, flüsterte, ein Gebet und bald herrschte in der Hütte wieder volle Stille, nur durch das Rauschen des Waldes und das Flüstern des Alten unterbrochen.

»Der Wald rauscht, der Wald rauscht ... Oxana, mein Täubchen!«
... Bald strömte ein heftiger Platzregen aus den Wolken nieder, mit seinem Geräusche das Rauschen des Waldes und das Seufzen des Alten übertönend.

In der Osternacht.

Es war am Sonnabend vor Ostern des Jahres 188*. Der Abend hatte sich schon auf die stumme Erde gesenkt, die jetzt, von der Frühlingssonne den Tag über beschienen, trotz leichten Nachtfrostes des scheidenden Winters, sich des nahen Lenzes bewußt zu sein und froh zu atmen schien; Nebelmassen entstiegen ihr wie Weihrauchwolken zum Himmel strebend, dem hehren anbrechenden Festtage entgegen, silbern erglänzend im Lichte der matt leuchtenden Sterne. Ruhe herrschte rings umher.

Die kleine Gonvernementsstadt N., in feuchtkühle Nebeldünste gehüllt, lag still da, den Augenblick erwartend, wo von der Höhe des Glockenturmes herab der erste Schlag erklingen würde. Doch war es nicht die Stille des Schlafes; in dem Dunkel und Schatten menschenleerer geräuschloser Gassen war eine erwartungsvolle Zurückhaltung bemerkbar; nur selten eilte ein verspäteter Arbeiter vorüber, den der anbrechende Festtag bei schwerer mühevoller Arbeit ereilt hatte; nur selten fuhr ein Fuhrmann geräuschvoll vorbei – und dann wieder lautlose Stille. Das ganze Leben hatte sich von den Straßen in die Häuser, in reiche Paläste und arme Hütten, zurückgezogen – über der Stadt, über der ganzen Erde lagerte der Hauch der Auferstehung und der Wiedererneuerung.

Noch war der Mond nicht aufgestiegen, und die Stadt lag im Schatten des Berges, auf dem ein dunkles, unfreundliches Gebäude sich erhob. Die unheimlichen regelmäßigen Linien des Baues hoben sich ab vom hellen Horizont, die altertümliche Pforte verschwand fast im Dunkel der Mauer und die vier Ecktürme starrten gespensterhaft in die Wolken.

Da erscholl von der Höhe des Domes herab der erste Schlag und ergoß sich durch die stille Nacht, da ein zweiter, dritter ... und von allen Türmen ertönten die Glockenschläge und stimmten ein harmonisches Spiel an; die Töne verschmolzen melodisch in eine feierlich mächtige Weise und, sich aufschwingend zum Himmelsdome, erfüllten sie den Raum mit herrlichen Akkorden. Da erklang auch aus dem finstern Bau ein matter Ton, schwach und gebrochen, und versuchte, seinen mächtigeren Brüdern gleich, sich zur Höhe hinaufzuschwingen, auch seine Stimme ertönen zu lassen und mitzusingen im Liede von der Freude und Liebe und Gnade der Menschheit – vergebliches Mühen, zitternd fiel er zur Erde herab und erstarb leise nachklingend im Äthermeere.

Die Glockenmusik verstummte.

Schon längst zwar waren die Töne im Raume verhallt, und doch tönte es noch nach wie das Zittern einer geheimnisvollen, unsichtbaren Saite. In den Häusern war es dunkel, nur die Fenster der Kirche glänzten hell. Die Erde bereitete sich zum 188*. male, die Worte des Friedens, der Liebe und der Brüderlichkeit erschallen zu lassen.

Die dunklen Thore des alten Baues öffneten sich knarrend. Eine Abteilung Soldaten schritt waffenklirrend heraus, um sich zu den einzelnen Posten zu begeben; aus ihrer Mitte trat gemessenen Schrittes ein Mann, während der frühere Wachthabende in der von der Dunkelheit umhüllten Schar gleichsam verschwand, und um die hohe Schutzmauer herumgehend, bewegte sie sich weiter. Beim Posten an der westlichen Fronte trat ein junger Rekrut vor, um seinen Vorgänger abzulösen.

In seinen Bewegungen ließ sich noch deutlich die bäurische Ungelenkigkeit erkennen, sein junges Antlitz bewahrte noch den Ausdruck des Neulings, der zum erstenmale einen verantwortlichen Posten antreten sollte. Er stellte sich mit dem Gesicht zur Mauer und schulterte das Gewehr. Zwei Schritte vortretend, machte er Halbkehrt und trat an die Seite des Abzulösenden. Dieser verlas mit leichter Wendung des Kopfes mechanisch die gewohnten Anordnungen. »Die Posten abschreiten! – aufpassen! – nicht schlafen! – nicht schlummern!« sprach er schnell, während der Rekrut gespannt zuhörte, und aus seinen blauen Augen ein Ausdruck tiefer Trauer blickte. »Verstanden?« fragte der Gefreite. »Zu Befehl!« »Also aufgepaßt!« sprach er streng, dann setzte er gutmütigen Tones hinzu: »Du fürchtest doch wohl nicht gar Gespenster?« »Nein,« erwiderte der Rekrut, »mir ist nur so eigen ums Herz.« – Bei dieser kindlichen Äußerung ertönte leises Lachen im Kreise der Soldaten. »Da ist das Muttersöhnchen!« brummte verächtlich der Alte und kommandierte: »Gewehr auf! Rechtsum – Marsch!« Gleichmäßig schreitend verschwand die Mannschaft hinter der Ecke, und bald waren ihre Schritte verhallt. Der Rekrut schulterte sein Gewehr und trat langsam seinen Gang an.

Drinnen im Gefängnis regte sich mit dem letzten Glockenschlage ein besonderes, ungewohntes Leben. Als wäre mit ihm wirklich die Freiheit auf die Erde eingezogen, so öffneten sich die Thüren der Zellen, und ihre Bewohner, in langen, grauen Röcken mit den bedeutungsvollen Vierecken auf dem Rücken, traten hervor, ordneten sich paarweise und durchschritten den langen Korridor, um die hellerleuchtete Kirche zu betreten; sie kamen von rechts und links, von oben und unten, und durch das Geräusch ihrer gleichmäßigen Schritte hindurch vernahm man das Klirren der Ketten und der Waffen. Bei dem Eintritt in die Kirche ergoß sich dieser Strom bleicher Menschen in ihre vergitterten Plätze und verstummte – auch hier waren eiserne Läden und Gitter an den Fenstern.

Das Gefängnis ist leer. Nur in den Ecktürmen, wo die Zellen für die Einzelarrestanten liegen, schreiten diese mürrisch und finster umher, von Zeit zu Zeit an der Thür stille stehend, um mit gierigen Ohren einzelne Töne des fernen, kaum hörbaren Gesanges aufzufangen, die aus der Kirche herüberklingen ...

Dort ist noch eine Zelle; da liegt auf hartem Lager ein Kranker. Der Aufseher, dem man das plötzliche Erkranken des Arrestanten mitgeteilt hatte, trat zu ihm heran, als man seine Genossen in die Kirche führte, und, sich über ihn beugend, blickte er ihm in die Augen, die im fieberhaften Glanze strahlten und starr in die Weite blickten.

»Iwanow, he Iwanow!« rief der Aufseher ihn an, doch er blieb unbeweglich und stieß nur unverständliche Laute hervor. Seine Stimme war rauh, die fieberglühenden Lippen öffneten sich nur mühsam. »Morgen ins Lazarett!« befahl der Aufseher und verließ die dumpfe Zelle, an ihrer Thür einen der Hüter zurücklassend. Dieser blickte anfmerksam auf den Daliegenden und sprach kopfschüttelnd: »Eh, du Landstreicher, bist nun wohl genug umhergeirrt!« Überzeugt davon, daß es hier nichts zu hüten gäbe, ging er zur geschlossenen Kirchenthür, um der Predigt zuzuhören, sich von Zeit zu Zeit hier zur Erde neigend und sie küssend.

Die Stille in der leeren Zelle wurde nur zuweilen von den halblauten Fieberphantasieen unterbrochen, die der Kranke führte. Er war ein noch nicht alter, kräftiger und starker Mann. Er phantasier-

173

te, von neuem die Vergangenheit durchlebend, und sein Gesicht spiegelte die inneren Qualen wieder, die er litt. Ein böses Spiel hatte mit ihm das grausame Schicksal gespielt. Tausende von Werst, über Schluchten und hohe Berge war er gewandert, tausende von Gefahren hatte er durchlebt, Hunger und Durst, Hitze und Kälte erlitten, und alles dies nur getrieben vom Heimweh, von der brennenden Sehnsucht, sein heimatliches Dorf wiederzusehen, von der ewigen Hoffnung aufrecht erhalten, einen Monat, eine Woche, ja nur einen Tag mit den Seinen verbringen, zu Hause sein, sich heimisch fühlen zu können – mochte dann auch geschehen, was da wolle, mochte er den weiten Weg in Sibiriens Bergwerke zurückwandern müssen. Kaum hundert Werst vom Ziele seiner heißesten Wünsche entfernt, war er gefangen und in diesen Kerker eingeschlossen worden ...

Da plötzlich verändern sich die Züge des Kranken, seine Augen öffnen sich weit, seine Brust atmet freier – fröhlichere Gedanken und Bilder scheinen sein Hirn zu durchziehen ... Der Wald rauscht. Er kennt dies Rauschen, dieses freie, gleichsam singende Rauschen. Er versteht die Sprache des Waldes und seiner Bäume: die majestätische Fichte erklingt hoch oben fast in den Wolken im herrlichen dunkeln Grün, die Tannen flüstern leise, melodisch bewegen die bunten Laubbäume ihre geschmeidigen Äste, die furchtsamen Blätter der Espe erzittern. Es zwitschert und jubelt der freie sich in die Lüfte schwingende Vogel, das Bächlein springt lustig über Stock und Stein und überstürzt sich in kleinen Wasserfällen, und hoch oben folgen dem Flüchtling aus den Bergwerken Sibiriens, der in undurchdringlichen Wäldern irrt, Wolken ziehender Vögel.

Wie ein Hauch des Frühlings weht es den Eingekerkerten an; er richtet sich auf und atmet schwer; die Augen blicken aufmerksam um sich – plötzlich erglänzen sie in Freude und Unglauben: er, der Umherirrende, der stete Flüchtling vor den strengen Gesetzen des Landes, der Vogelfreie – er sieht etwas unglaubliches vor sich – eine offene Thür!

Der mächtige Trieb zur Freiheit läßt ihn seine Krankheit abschütteln. Die Symptome des Fiebers verschwinden im Nu bei den Vorstellungen, die sich seinem kranken und hoffnungsfreudigen Geiste aufdrängen, da er sich allein und die Thür offen sieht ... Im nächsten Augenblick steht er auf dem Boden. Die ganze Fieberglut, die im

Hirn des Kranken war, scheint jetzt in seine Augen gedrungen zu sein, gleichmäßig, starr und schrecklich blicken sie.

Jemand öffnet, die Kirche verlassend, die Thür, und die Töne eines fernen und daher nur noch tiefer wirkenden Gesanges schlagen an sein Ohr, um gleich darauf zu verstummen. Auf dem bleichen Gesicht erscheint der Ausdruck der Zärtlichkeit, die Augen füllen sich mit Thränen und ein Bild steigt vor ihm auf, das er sich schon oft im Geiste ausgemalt hatte: eine stille, sternklare Nacht, das Geflüster der Fichten, die ihre dunklen Kronen wie schützend über die alte Kirche des heimatlichen Dorfes beugen, die Schar seiner Landsleute, der Feuerherd am Ufer des Flüßchens und derselbe Gesang – er eilt, um alle diese Bilder erfüllt zu sehen in der Wirklichkeit, zu Hause, bei den Seinen. – – Indessen betet an der Kirchenthür kniend der Hüter.

Der junge Rekrut geht mit seinem Gewehr auf der Schulter seinen Posten ab; vor ihm breitet sich ein ödes, weites Feld aus, von dem erst jüngst der Winterschnee weggeschmolzen ist. Ein leichter Wind bewegt das hohe, dürre Steppengras, es erklingt in eigentümlichem Klange im vorjährigen Grase und weht auch in das Herz des jungen Soldaten sehnsuchtsvolle, traurige Gedanken. Er bleibt an der Mauer stehen, stellt sein Gewehr auf den Boden und, sich auf den Lauf lehnend, überläßt er sich seinen Gedanken. Noch kann er nicht ganz begreifen, wozu er hier steht – in dieser heiligen, feierlichen Nacht, mit der Waffe in der Hand, im Anblick dieser öden Felder ... Überhaupt ist er noch vollkommen der Mann vom Lande, er versteht noch vieles nicht, was der Soldat verstehen muß, und nicht wunderbar ist es, daß ihn seine Kameraden mit seinen Ansichten und Dorfgebräuchen belächeln. Noch vor ganz kurzer Zeit war er sein eigener Herr, war er Besitzer und Bearbeiter seines eigenen Stück Feldes – und jetzt! Seine junge Seele ist erfüllt von Furcht und unbegreiflichem Schrecken, den er sich nicht erklären kann, der ihn aber auf Schritt und Tritt unablässig verfolgt, eine jede seiner Handlungen ihn bekritteln und überdenken läßt und so die freie Natur des Bauernburschen hineinzwängt in die Zwangsjacke des Gehorsams, der Disciplin und des strengen Militärdienstes.

Jetzt aber ist er allein. Der öde Anblick, der sich ihm eröffnet, und das Pfeifen des Windes in dem hohen Steppengrase scheinen ihn einzuschläfern, und vor seinen Augen steigen heimatliche Bilder auf. Auch er sieht das heimatliche Dorf, und derselbe Wind weht über dasselbe hin; die Kirche ist hell erleuchtet, und auch hier beugen die Fichten ihre Häupter über die Kirche des Ortes.

Von Zeit zu Zeit scheint er sich zu besinnen, er rüttelt sich auf aus diesem halbwachen Schlummer und dann ist in seinen blauen Augen die Frage zu lesen: Was ist denn das? Dies Feld, diese Flinte, diese Mauer? Wozu bin ich hier? Für einen Augenblick fällt ihm die Wirklichkeit ein, doch bald führt ihn das eintönige Geräusch des Windes zurück zu den Gebilden des Traumes, der ihm die Bilder der Heimat vorgaukelt, und wieder schlummert sanft der junge Posten, gelehnt auf den Lauf des Gewehrs ...

Nicht weit von der Stelle, wo der Rekrut steht, erscheint auf der Mauer ein dunkler Gegenstand, der Kopf eines Menschen ist es, der Kopf des Landstreichers. Er blickt in das weite Feld hinaus, an dessen Rande in unabsehbarer Ferne der Waldessaum kaum sichtbar ist, – seine Brust weitet sich, und er atmet gierig die frische Nachtluft ein. – Er läßt sich auf seinen Händen herab und gleitet leise an der Mauer entlang ...

Freudeverkündende Glockenschläge durchbrechen die Stille der Nacht. Die Thür des Gefängnisses hat sich geöffnet, und in dem Hofe tritt der Zug seinen Rundgang an mit den Kreuzen, Fahnen und Gottesbildern voran. Aus der Kirche ertönt Gesang ... Der Soldat fährt zusammen, er nimmt die Mütze vom Kopfe, um sich betend zu bekreuzen – und erstarrt mit der zum Gebete erhobenen Hand. Der Landstreicher ist auf dem Boden angelangt und strebt das hohe Steppengras zu erreichen.

»Halt, steh, ich bitte dich, steh!« ruft der Soldat, im Schrecken das Gewehr erhebend. Alles, was er so gefürchtet, was ihn in Schrecken gejagt und ihn zittern gemacht hatte – da ist es, im Anblicke dieses unglücklichen Flüchtlings. »Dienst, Pflicht, Verantwortlichkeit!« das sind die schrecklichen Worte, die ihm wie ein Blitz durch das Hirn fahren, schnell ergreift er das Gewehr und, die Augen schließend, drückt er ohne zu zielen mit zitternder Hand ab ...

Wieder ergießen sich über der Stadt die Töne der Glocken in herrlichen, freudigen Accorden, und wieder erklingt der matte und gebrochene Ton der Turmglocke, der zum Himmel strebt und wie ein flügellahmer Vogel zur Erde niedersinkt. Und dazwischen ertönt aus der Kirche der feierliche, ernste Gesang der betenden Gemeinde und der freudevolle Ruf dringt ins Feld hinaus: »Christ ist erstanden!«

Da – plötzlich fällt jenseits der Mauer ein Schuß und ein schwacher Ton scheint ihm klagend zu antworten ...

Für einen Augenblick verstummt alles. Nur das ferne Echo des Schusses rollt über das öde Feld und erstirbt in der Weite ...

Der alte Glöckner

Frühlingsidylle.

Es dunkelte.

Das kleine Dorf lag still versteckt im Schatten des Tannenwaldes am Ufer des stillhinfließenden Flüßchens in der sternklaren Frühlingsnacht. Nur ein feiner Nebelhauch hob sich von der Erde, die eben erst aus ihrem langen Winterschlafe erwacht war, und ließ die Schatten des Waldes stärker hervortreten und bedeckte die freie Fläche des Flusses mit mattsilbernem Glanze ... Stille, sehnsuchtsvolle Ruhe rings umher ... Die Bewohner des Dorfes schlafen ... Nur schwer lassen sich die Umrisse der ärmlichen Hütten unterscheiden; nur hie und da flammt ein fernes Lichtchen auf, nur selten läßt sich das Geräusch öffnender Pforten, das Bellen wachsamer Hunde hören, und dann wieder dieselbe beseligende Stille. Hin und wieder treten Gestalten einsamer Wanderer aus dem Dunkel des Waldes hervor, es zeigt sich ein Reiter, ein Bauernwagen fährt mit knarrenden Rädern vorbei: das sind alles Bewohner des Dorfes, die zur Kirche eilen, um dort den anbrechenden Feiertag würdig zu beginnen.

Mitten im Dorfe erhebt sich auf einsamem Hügel das Kirchlein, hell blinken die Fenster und hoch oben im Nebel versinkt das altersgraue Türmlein. Es knirscht die morsche Treppe. Der alte Glöckner besteigt sie mit unsicheren Schritten, und nach kurzer Zeit versendet ein neuer Stern in der Höhe sein Licht – die Laterne in der Hand des Glöckners.

Schwer wird es dem Greise, die steile Treppe hinaufzuklimmen. Die alten Füße wollen nicht mehr gehorchen, stark hat ihn das Leben mitgenommen, die Augen blicken auch nur noch schwach ... Zeit ist es für den Alten zur ewigen Ruhe zu gehen – doch der Tod kommt nicht! Die Söhne, die Enkel sah er dahinsinken, Alte und Junge hat er zu Grabe geläutet, ihn schien der Tod vergessen zu haben; doch wird ihm das Leben nicht leicht.

Oft hat er schon Ostern eingeläutet, er weiß auch nicht mehr, wie oft er die bestimmte Stunde hier oben auf dem Glockenturme erwartet hat. Und nun, heute soll es wieder geschehen, so Gott will.

Mit schweren Schritten nähert sich der Alte dem gebrechlichen Geländer des Turmes und lehnt sich an.

Ringsum im Schatten erblickt er nur mühsam die Gräber des Friedhofs. Die schwarzen Kreuze mit ihren ausgebreiteten Armen scheinen wie Wächter ihre Toten zu wahren. Hie und da bewegen sich auch noch unbelaubte Birken mit ihren glänzend weißen Stämmen.

Von unten steigt wie warmes Frühlingswehen der erfrischende Geruch junger Sprossen der Bäume und der stille Friedenshauch des Kirchhofs herauf zum alten Makar ... Was wird ihm wohl dies neue Jahr bringen? Wird er wohl heute übers Jahr hier oben, wie sonst, Ostern mit feierlichem Glockenschlage begrüßen, oder aber wird er da unten ... dort fern in jener Ecke des Friedhofs schlafen und wird auch sein Hügel ein Kreuz schmücken? Wie Gott will ... Er ist bereit; doch jetzt muß er wieder den hehren Feiertag verkünden. »Gott sei Ehre und Dank!« flüstern seine Lippen; er blickt nach oben zum Himmel, wo Millionen von Sternen blinken; er bekreuzt sich ...

»Micheitsch!« ruft von unten her eine zitternde, greise Stimme. Der alte Küster blickt nach oben zum Turm, ja, hält seine Hand vor seine von der Anstrengung tränenden Augen und dennoch kann er nicht den Gesuchten erblicken.

»Was willst du? hier bin ich!« erwidert der Glöckner und beugt sich herunter am Geländer des Turmes. »Siehst du mich denn nicht?«

»Nein!«

»Ist es nicht schon Zeit zu läuten? was meinst du?«

Beide blicken hinauf zu den Sternen. Tausende von diesen Himmelskörpern schauen von ihrer Höhe hernieder. Hoch oben glänzt der feurige »Wagen«.

Micheitsch überlegt.

»Nein, noch nicht! – Ich weiß schon ...«

Er weiß es wohl. Er braucht keine Uhr. Die Sterne Gottes sagen ihm, wann seine Zeit gekommen ist.

Himmel und Erde, und die weiße Wolke, die dort im Raume langsam dahinschwebt, und der dunkle Tannenwald, der unten rauschend sich bewegt und das Plätschern des unsichtbaren Flüßchens, – alles das ist ihm alt und lieb und bekannt. Ein ganzes Leben hängt daran. Längst Vergangenes steigt vor ihm auf: wie er mit seinem Vater zum erstenmal auf diesen Glockenturm gestiegen war ... Lieber Gott, wie lange ist das schon her ... und doch wie kurz! Er sieht sich selbst als Knabe mit seinem blonden Lockenkopfe, mit glänzenden Augen, wie der Wind – nicht der, welcher den Straßenstaub aufwirbelt, nein, ein besonderer, weit oben wehender – seine Locken spielend verwirrt. – Tief, tief unten sieht er viele kleine Leute, und die Hütten des Dorfes erscheinen ihm auch so winzig, und der Wald steht so fern, und der runde, freie Platz, auf dem das Dorf steht, scheint so groß, so unendlich groß.

»Da ist es ja so nah,« lächelt der greise Glöckner und zeigt auf das Dorf hinunter.

So auch das Leben! so lang man jung ist, scheint es so unendlich zu sein: da liegt es vor ihm, als wär' es auf der Hand, von der Geburt bis fast zum Grabe, das er sich dort in jener Ecke des Kirchhofs bestimmt hat ... Nun, Gott sei Dank, Zeit ist's, zu ruhen! Ehrlich ist er den schweren Gang durchs Leben gegangen, die feuchte Erde ist ihm Mutter. Bald, so Gott will, ruht er in ihrem Schoße.

Doch es ist Zeit! Noch einmal blickt Micheitsch hinauf zu den Sternen, entblößt sein Haupt, bekreuzt sich und ergreift die Schnüre der Glocken ...

Da ertönt schon durch die Luft ein greller Glockenschlag ... Da, ein zweiter, dritter, vierter ... einer nach dem anderen und durch die festliche Nacht ergießen sich diese ziehenden, schwellenden, bald grellen, bald leisen Töne im harmonischen Glockenspiel. Die Glocken verstummen, es beginnt der Gottesdienst. In früheren Jahren stieg Micheitsch auch die Treppen hinab und stellte sich in die Ecke an die Thür, um dem Gottesdienste zuzuhören und zu beten. Jetzt bleibt er oben, schwer trägt er die Jahrs des Alters. Besonders heute fühlt er eine eigentümliche Schwere in den Gliedern. Er läßt sich auf eine Bank nieder und während er dem ersterbenden Tone der Glocken zuhört, überläßt er sich seinen Gedanken. Woran? Er könnte selbst kaum darauf antworten. Der Glockenturm wird kaum erhellt von seiner Laterne. Die Glocken selbst sieht man kaum in der herrschenden Dunkelheit, von unten aus der Kirche hört man gedämpft nur den Gesang der Gemeinde, und der Wind fährt leise durch die Schnüre, die an den eisernen Glockenschlägern befestigt sind.

Der Greis läßt sein Haupt auf die Brust niedersinken, in dem unzusammenhängende Bilder eines vergangenen Lebens einander abwechseln. Man singt ... denkt er und sieht sich in der Kirche. Auf dem Altar ertönen die Stimmen singender Kinder, der alte Priester, der selige Pater Naum läßt laut seine Stimme ertönen. Hunderte von Bauern senken und heben ihre Häupter und bekreuzigen sich ... Alles bekannte Gesichter, und alle tot! ... Da das strenge Antlitz des Vaters, neben dem sich eifrig der ältere Bruder bekreuzt und seufzt, da steht er selbst, blühend an Gesundheit, Jugend und Kraft, voll unbewußtem Anspruch und Hoffnung auf Glück und Freude und Zukunft.

Und wo ist es, dieses Glück? Die Gedanken des Greises flammen hell auf, wie ein ersterbendes Feuer, und beleuchten alle geheimen Winkel und Ecken eines vergangenen Lebens. Unmäßige Mühe, Leid und Sorge ... Wo ist es, dies erwartete und erhoffte Glück? Ein schweres Los furchte das junge Gesicht, beugte den kräftigen geraden Rücken, lehrte so seufzen, wie der ältere Bruder geseufzt hat ...

Und da, links, mitten unter den Frauen des Dorfes, steht auch die seine, andächtig betend das Haupt gebeugt. Sie war ihm ein gutes, ein treues Weib, Gott habe sie selig. Und auch sie hatte nicht wenig zu sorgen. Mühe und Arbeit und hartes Frauenlos machten sie schnell altern. Ihre früher hellen glänzenden Augen verloren ihren Glanz, und der Ausdruck der Furcht und des Schreckens vor den unerwarteten Schlägen des Schicksals trat an die Stelle des frühern Selbstbewußtseins und Stolzes des jungen schönen Weibes ... und ihr Glück, wo war es? Ein Sohn war ihnen geblieben, die Freude und Hoffnung des Alters und auch den bezwang die Lüge der Menschen!

Und dort steht der reiche Dorfwucherer, und beugt seinen Körper bis zum Boden; eifrig küßt er ihn und schlägt ein Kreuz, um die Thränen beraubte Waisen durch ein gleißnerisches Gebet zu trocknen, und wie den Menschen, so auch Gott zu lügen ...

Es kocht das Herz des alten Micheitsch, ernst und zürnend blicken die Gottesbilder von den Wänden hinab auf menschliches Elend und menschliche Lüge – alles dies blieb hinter ihm weit, weit zurück ... Jetzt besteht seine Welt nur noch im dunklen Glockenturme hier hoch oben, wo der Wind heult und durch die Glockenschnüre fegt. »Gott wird richten, sein ist die Rache!« flüstert der Greis, und still fließen die Thränen über die gefurchten Wangen des Glöckners ...

»Micheitsch, hat dich der Schlaf übermannt!« ruft es von unten her.

»Wer ruft?« fragt der Alte und springt schnell auf. »Lieber Gott, bin ich denn wirklich eingeschlafen? Niemals ist mir diese Schande begegnet! ...«

Schnell, mit gewohnter Hand, ergreift er die Schnur, und wirft noch einen Blick nach unten, wo, wie Ameisen auf ihrem Haufen, sich geschäftig der Haufen der Bauern bewegt ... Da umgeht der festliche Zug, mit den Kreuzen und Gottesbildern voran, die Kirche und bis Micheitsch hinauf ertönt der freudige Ruf: »Christ ist erstanden von den Toten!« Beseligend hallt dieser Ruf wieder im übervollen Herzen des Alten ... ihm scheinen die Kirchenlichter heller zu brennen, die Bauern sich lebhafter zu bewegen – er läutet – und der wiedererwachte Wind ergreift im Fluge die schwellenden Töne und mit breitem Flügelschlage trägt er sie himmelwärts fort, und das Echo ergießt sich immer mit der herrlichen feierlichen Glockenmusik ...

Noch nie hatte der alte Glöckner seine Glocken so wundervoll spielen lassen. Sein übervolles Herz schien Leben dem kalten Metall eingehaucht zu haben, und dieses schien zu singen und in Lust und Freude zu lachen und zu weinen; zum Himmel steigen die lebendigen Töne, empor zu den glänzenden Sternen... heller erglänzen diese, während sich die Töne von neuem und neuem ergießen und von der Erde zum Himmel wiederhallen in Liebe und Lust und Wonnegefühl ... Dumpf ertönt der tiefe Baß und mächtig steigen seine Töne hinauf und lassen Himmel und Erde wiedertönen im Gesang: »Christ ist erstanden!«

Und die zwei Tenöre, erzitternd von den gleichmäßigen Schlägen der eisernen Schläger stimmen ein in den freudigen Ruf: »Christ ist erstanden!« Ja, auch die kleinsten Diskante, gleichsam in der Eile sich überstürzend in der Flucht der Töne, um nur nicht zurückzubleiben, flechten auch ihr Spiel ein im Spiele der Großen und Mächtigen, gleich Kindern, und lispeln jauchzend: »Christ ist erstanden!«

Selbst der alte Glockenturm scheint die Freude der Menschen mitzufühlen, und auch der Wind, der das Antlitz des Glöckners umfächelt, alles, alles singt und jubelt: »Christ ist erstanden!«

Das alte Herz vergißt sein Leid, ein Leben voller Sorge und Mühe ... Vergessen hat der alte Glöckner, daß sein Leben und Hoffen auf Glück nichts als ein leerer Traum war, daß er auf der Welt allein steht ... Er hört die Töne, die singen und weinen, sich erheben durch den dunklen Raum zum sternenbesäeten Himmel und niedersinken zur armseligen Erde, er sieht sich von Söhnen und Enkeln umgeben, hört ihre freudigen Stimmen, die Stimmen der Großen und Kleinen, sich zusammenergießen in einen Chor und singen ihm von Glück und Freude, wovon ihm das lange, dunkle Leben nichts geboten hat ... Es zieht die Glockenschnur der alte Glöckner, Thränen fließen über sein gefurchtes Antlitz, mächtig schlägt sein Herz im erdachten Glückestaumel ...

Unten stehen die Leute und sprechen zu einander, so herrlich habe noch nie der alte Glöckner geläutet ...

Plötzlich erdröhnt die erhabene Glocke in mächtigem Schlage – und schweigt. Die kleinen Glöckchen, bestürzt, beenden ihr Spiel mit einem schrillen Mißton, als wollten sie schweigend dem verklingenden Tone der mächtigen Schwester zuhören, der noch immer hallt und erzittert und weint und allmählich im Raume erstirbt ...

Kraftlos sinkt der Greis auf die Bank und zwei letzte Zähren fließen leise und leiser über die blassen, erkaltenden Wangen ...

Laßt abtreten! der alte Glöckner hat ausgeläutet ...

Ende.

Auf Kriegspapier gedruckt

Über tredition

Eigenes Buch veröffentlichen

tredition wurde 2006 in Hamburg gegründet und hat seither mehrere tausend Buchtitel veröffentlicht. Autoren veröffentlichen in wenigen leichten Schritten gedruckte Bücher, e-Books und audio-Books. tredition hat das Ziel, die beste und fairste Veröffentlichungsmöglichkeit für Autoren zu bieten.

tredition wurde mit der Erkenntnis gegründet, dass nur etwa jedes 200. bei Verlagen eingereichte Manuskript veröffentlicht wird. Dabei hat jedes Buch seinen Markt, also seine Leser. tredition sorgt dafür, dass für jedes Buch die Leserschaft auch erreicht wird.

Im einzigartigen Literatur-Netzwerk von tredition bieten zahlreiche Literatur-Partner (das sind Lektoren, Übersetzer, Hörbuchsprecher und Illustratoren) ihre Dienstleistung an, um Manuskripte zu verbessern oder die Vielfalt zu erhöhen. Autoren vereinbaren direkt mit den Literatur-Partnern die Konditionen ihrer Zusammenarbeit und partizipieren gemeinsam am Erfolg des Buches.

Das gesamte Verlagsprogramm von tredition ist bei allen stationären Buchhandlungen und Online-Buchhändlern wie z. B. Amazon erhältlich. e-Books stehen bei den führenden Online-Portalen (z. B. iBookstore von Apple oder Kindle von Amazon) zum Verkauf.

Einfach leicht ein Buch veröffentlichen: **www.tredition.de**

Eigene Buchreihe oder eigenen Verlag gründen

Seit 2009 bietet tredition sein Verlagskonzept auch als sogenanntes "White-Label" an. Das bedeutet, dass andere Unternehmen, Institutionen und Personen risikofrei und unkompliziert selbst zum Herausgeber von Büchern und Buchreihen unter eigener Marke werden können. tredition übernimmt dabei das komplette Herstellungs- und Distributionsrisiko.

Zahlreiche Zeitschriften-, Zeitungs- und Buchverlage, Universitäten, Forschungseinrichtungen u.v.m. nutzen diese Dienstleistung von tredition, um unter eigener Marke ohne Risiko Bücher zu verlegen.

Alle Informationen im Internet: **www.tredition.de/fuer-verlage**

tredition wurde mit mehreren Innovationspreisen ausgezeichnet, u. a. mit dem Webfuture Award und dem Innovationspreis der Buch Digitale.

tredition ist Mitglied im Börsenverein des Deutschen Buchhandels.

Dieses Werk elektronisch lesen

Dieses Werk ist Teil der Gutenberg-DE Edition DVD. Diese enthält das komplette Archiv des Projekt Gutenberg-DE. Die DVD ist im Internet erhältlich auf **http://gutenbergshop.abc.de**